나르치스와 골드문트

일러두기

- 이 책은 Hermann Hesse의 독일어 원전 『*Narziß und Goldmund*』(Project Gutenberg), 영역본 『*Narcissus and Goldmund*』(Ursule Molinaro 역, Internet archive), 불역본 『*Narcisse et Goldmund*』(Fernand Delmas 역, Ebooks libres et gratuits)를 참고했습니다.

Narziß und Goldmund

나르치스와 골드문트

헤르만 헤세 지음

살림

헤르만 헤세를 모델로 한 우표

1981년에 리히텐슈타인 공국에서 발행한 기념 우표이다. 스위스 현대 미술의 선구자 쿠노 아미에(Cuno Amiet, 1868~1961)가 스위스 모더니즘 양식으로 1919년에 그린 '헤르만 헤세의 초상'을 우표에 담았다.

독일의 칼프

헤르만 헤세는 1877년 7월 2일 남독일 산골의 작은 도시 칼프에서 태어났다. 그가 평생 사랑한 그의 고향 작은 도시에는 헤르만 헤세 박물관과 그의 동상이 다리에 서서 시내를 바라보고 있다.

마울브론 수도원의 교회 내부

헤르만 헤세의 자전적인 소설로 알려진 『수레바퀴 아래서』와 『나르치스와 골드문트』의 배경이 된 마울브
론 수도원의 교회 내부 모습이다. 소설 속에서는 '마리아브론' 수도원으로 명명된다. 실제 헤세는 마울브
론 수도원 신학교에 들어가 생활했었다.

나르치스와 골드문트 차례

제1장

두 개의 가느다란 기둥 위에 둥근 아치 모양을 하고 있는, 마리아브론 수도원 정문 밖에 밤나무 한 그루가 서 있었다. 길 가까이 서 있는 그 나무는 먼 옛날 로마로 순례 여행을 다녀온 어느 수도사가 가져다 심은 단 하나뿐인 남쪽 나라 유물이었다. 밤나무는 건장한 몸통을 뽐내며 둥근 나뭇가지들로 다정하게 길을 덮고 있었고 바람이 불어올 때면 마치 숨을 들이켜기라도 한 듯 부풀어 올랐다. 봄이 되어 주변의 나무들이 온통 초록색 옷을 입고 호두나무들이 불그스름한 새 잎을 내밀어도 그 밤나무는 첫 잎을 내밀지 않고 얌전히 기다렸다. 그러다가 이윽고 한 해 중 밤이 가장 짧을 때가 되면 잎사귀들 사이로 마치 연두색 빛줄기처럼, 이국적인 섬세한 꽃들을 풍성하게 드리웠으며 그 꽃들에서는 텁텁하고 기묘한 향기가 뿜어져 나왔다. 마치 타이르는 것 같기도 하고, 사람의 가슴을 저리게 만드는 것 같기도 한 향기였다. 사과와 포도 수확이 끝난 10월이 되면 가을바람에 누렇게 된 줄기들로부터 날카로운 가시가 달린 밤송이들이 떨어졌다. 수도원 원생들은 서로 밤을 줍겠다고 다툼을 벌였으며 남쪽 나라 출신인 그레고리 수석 사제는 밤을 난로에 구워 먹기도 했다. 수도원 건물 현관 양쪽의 기둥, 아치형 창문의 돌 장식 및 건물 기둥들과 마치 신비스러운 교감을 나누고 있는 것 같은 그 밤나무는 프랑스 남부 사람이니 라더게 사람들에게 큰 사랑을 받았다. 하지만 정작 이 고장 사람들은 이 나무들 앞에서 입을 벌린 채 마치 이방인 바라보듯 했다.

이미 몇 세대에 걸쳐 수도원 원생들이 먼 나라에서 온 이 나무 밑을 지나갔다. 공책을 옆구리에 낀 채 웃고 떠들면서, 장난을 치거나 말다툼을 하면서, 계절에 따라 맨발로 혹은 신발을 신고, 꽃을 입에 물거나 호두를 씹으며 혹은 손에 눈 뭉치를 들고 지나갔다. 매년 신입생들이 있었고 몇 년 후면 그들의 얼굴은 다른 얼굴들로 바뀌었지만 최소한 금발에 곱슬머리라는 점에서는 모두들 닮은 모습이었다. 그들 중에는 평생 이곳에 남아 수련 수사(修士)나 수도사가 되는 원생들도 있었다. 그들은 머리를 깎고 수도복을 입고 허리띠를 둘렀다. 그들은 책을 읽고 아이들을 가르쳤으며 이곳에서 나이를 먹고 세상을 하직했다. 다른 원생들은 공부가 끝나면 부모들이 그들을 데려갔다. 그들은 부모들의 직업에 따라 혹은 성(城)으로, 혹은 상점이나 공장으로 돌아가서 재주껏 세속적인 일에 종사했다. 가끔 그들이 어른이 되어 다시 이 수도원을 찾는 경우도 있었는데 자신의 어린 아들들을 이곳에 입학시키기 위해서였다. 그럴 때면 그들은 미소를 띤 채 한참 동안 밤나무를 바라보며 감회에 젖곤 했다.

이곳에서 원생들은 종교 영역과 세속적인 영역에 걸쳐 온갖 학문과 예술을 갈고 닦았다. 이곳에서 책이 저술되고 주석서가 출간되었으며 체계들이 창안되고 고대 저술들이 수집되어 그 뜻이 밝혀졌으며 민간신앙이 육성됨과 동시에 민간신앙의 우직함이 비웃음의 대상이 되기도 했다. 이곳에서는 박식과 경건함, 단순함과 교활함, 성경의 지혜와 그리스인들의 지혜, 백마술과 흑마술이 모두 번창했다. 그 모든 것들을 위한 넉넉한 장소 구실을 하는 곳이 바로 이곳이었다. 이곳은 고독과 참회를 위한 장소인가 하면 사교와 향락을 위한 장소이기도 했다. 그 둘 중 어느 쪽이 더 우위를 점하는가는 수도원장에 따라, 혹은 시대의 흐름에 따라 달라졌다. 마찬가지로 수도사와 원생들 가운데도 신앙심이 돈독한 사람과 그렇지 못한 사람이 있었으며 금식 기도를 철저히 지키는 사람도 있었고 살이 잔뜩 찐 사람도 있었다.

우리가 이제 이야기를 시작하려는 당시의 마리아브론 수도원에는 두 명의 특별한 사람이 있었다. 한 사람은 나이가 들었고 한 사람은 젊었다. 그 두 사람은 이곳 모든 사람들에게 널리 알려져 있었고 존경을 받았다. 나이 든 사람은 수도원장 다니엘이었고 젊은 사람은 나르치스 수사였다. 나르치스는 이곳에 들어온 지 얼마 되지 않았지만 특출한 재능 덕분에 기존의 관례를 깨고 수습 교사의 지위를 부여받았으며 주로 그리스어를 가르쳤다. 그 두 사람은 모든 사람들의 호기심의 대상이었으며 늘 주목과 존경을 받았으며, 질투의 대상이 되기도 했고 심지어 중상모략을 받기도 했다.

거의 모든 사람들이 친절하고 소박하며 겸손한 수도원장을 좋아했다. 그에게는 적이 없었다. 다만 수도원 내 학자들의 존경심에는 약간의 경멸감이 섞여 있었다. 그가 성인(聖人)이기는 했지만 학자는 아니기 때문이었다. 그는 소박함이라는 지혜를 타고 났지만 그의 라틴어 실력은 평범했고 그리스어에 대해서는 일자무식이었다.

원장의 소박함에 때로는 비웃음을 보내곤 하는 소수의 사람들은 그만큼 더 나르치스에게서 매력을 느꼈다. 이 신동(神童)은 그리스어를 우아하게 구사할 줄 알았고 행동거지도 나무랄 데가 없었으며 사색에 잠긴 두 눈은 차분하면서도 파고드는 듯했고 입술은 아름다우면서도 야무졌다. 하지만 그가 너무 말이 없고 자제력이 강한 데다 매너가 너무 완벽해서 그를 비난하는 사람도 꽤 있었다.

그들 두 사람은 서로에게 친밀감을 느끼고 있었고 두 사람 모두 수도원 내 그 누구에게보다 마음이 끌렸다. 하지만 두 사람은 그런 감정을 마음 편하게 표현할 줄 몰랐다. 원장은 그 젊은이에게 지대한 관심을 쏟으며 그에 대해 걱정했다. 그가 보기 드물게 예민하고 위험할 정도로 조숙해 보인 때문이었다. 한편 젊은이는 원장의 모든 명령, 충고, 칭찬들을 완벽하게 받아들였고 한 번도 그 뜻에 거스르거나 못마땅해한 적이 없었다. 나르치스의 유일한 결점이 오만함이라는 원장의 생각이 옳다면 그는 그 결점마저 철저하게 감출 줄 아는 능력을 지닌 셈이었다. 하지만 그가 너무나 완벽하고 뛰어났기에 학자들을 제외하고는 그와 진정한 친구가 될 수 있는 사람은 없었다. 그의 비범함이 마치 차가운 공기처럼 그의 주변을 감돌고 있었던 것이다.

어느 날 고해성사 후에 원장이 나르치스에게 말했다.

"나르치스 군, 고백하네만 그동안 내가 자네에게 좀 가혹한 판단을 내리고 있었다네. 자네가 오만하다고 생각한 적이 종종 있었지. 잘못 본 걸 거야. 이보게, 자네는 너무 외톨이야. 사람들이 자네를 존중하기는 하지만 친구가 없어. 내가 자네를 좀 꾸짖고 싶어도 어디 그럴 빌미를 보였어야 말이지. 자네도 자네 또래 젊은이들처럼 좀 철없는 짓을 했으면 좋겠네. 그런데 한 번도 그런 적이 없었지. 그래서 자네가 좀 걱정된다네."

젊은 수사는 검은 눈을 들어 늙은 수도원장을 똑바로 바라보며 말했다.

"신부님, 저는 무엇보다 신부님께 염려를 끼쳐드리지 않고 싶습니다. 제가 좀 오만했는지도 모르겠습니다. 그렇다면 제게 벌을 내려주십시오. 저는 가끔 스스로에게 벌을 내리고 싶어질 때가 있습니다. 저를 암자로 보내시거나 천하고 힘든 일을 시켜주십시오."

"형제여, 그러기에는 자네는 너무 어려." 수도원장이 말했다.

제1장

13

"게다가 자네는 언변도 뛰어나고 생각도 깊어. 자네에게 천한 일을 시킨다면 하느님께서 자네에게 주신 재능을 낭비하는 짓이 될 거야. 자네는 분명 교사나 학자가 될 걸세. 자네도 그러길 바라고 있지 않나?"

"신부님, 용서해주십시오. 저는 아직 제가 진정으로 무엇을 바라고 있는지 확신할 수 없습니다. 저는 늘 공부하는 것이 즐겁습니다. 하지만 제 인생이 오로지 학문에 국한되어 있다고는 믿지 않습니다. 그리고 원한다고 해서 자신의 운명이나 소명이 결정되는 건 아니잖습니까? 아마도 미리 예정되어 있는 섭리 같은 것이 있을 것입니다."

수도원장은 나르치스의 말에 귀를 기울이면서 진지한 표정이 되었다가 이윽고 미소를 지으며 말했다.

"내가 아는 바에 의하면 사람들은, 특히 젊은이들은 자신의 소망과 섭리를 혼동하는 경향이 있지. 하지만 가만히 보자 하니 자네는 자네의 운명에 대해 알고 있다고 생각하는 것 같군. 그래, 자네가 생각하고 있는 자네의 운명이 어떤 것인지 말해줄 수 있겠나?"

나르치스는 잠자코 있다가 수도원장이 재촉하자 그제야 다시 입을 열었다.

"존경하는 신부님, 저는 무엇보다 제가 수도원에서 일생을 보낼 운명이라고 믿고 있습니다. 수도사나 신부, 수석 신부가 될지도 모르고, 어쩌면 수도원장이 될 수도 있을 것입니다. 제가 그러기를 원해서가 아닙니다. 저는 그런 공적인 자리를 원치는 않습니다. 하지만 그런 자리가 제게 부과될 것 같습니다."

둘은 잠시 말이 없었다. 이윽고 수도원장이 다시 입을 열어 말했다.

"자네에게는 인간의 성격과 운명을 통찰하는 능력이 있는 것 같군. 그렇다면 그런 능력을 시험해본 적이 있니?"

"네, 있습니다."

"그렇다면 예를 들어주겠나? 아니야, 우리 수도원 형제들이 지닌 비밀을 은밀히 캐내고 싶지는 않군. 그럴 것 없이 나, 이 다니엘 신부가 어떤 사람인지 자네 생각을 말해줄 수 있겠나?"

나르치스는 눈을 들어 원장의 눈을 들여다보았다.

"원장님, 명령이신가요?"

"그렇다네."

"말씀드리기 어렵습니다, 원장님."

"자네에게 그 말을 해보라고 하는 것도 어려운 일이라네. 그런데도 나는 지금 그렇게 하고 있지 않은가? 어서 말해보게."

나르치스는 고개를 숙이고 속삭이듯 말했다.

"원장님, 저는 원장님을 잘 모릅니다. 원장님께서는 하느님의 종으로서 염소 떼를 지키거나 암자에서 벨을 울리는 일, 농부들의 고백에 귀를 기울이는 일을 큰 수도원을 이끄는 일보다 더 좋아하십니다. 저는 원장님께서 성모 마리아를 특히 사랑하시고 주로 그분을 향한 기도를 드리시는 것으로 알고 있습니다. 또 때로는 이 수도원에서 연구가 이루어지고 있는 그리스 학문이나 기타 학문들이 원장님이 이끄시는 영혼들에게 혼란이나 위험을 초래하지 않게 해달라고 기도하십니다. 또한 그레고리 수석 사제를 향한 인내심을 계속 잃지 않게 해달라고 기도하십니다. 또 때로는 평온한 임종을 맞게 해달라고 기도하십니다. 원장님의 기도가 응답을 받아 평온한 임종을 맞으시리라고 저는 믿습니다."

수도원장의 작은 집무실에 잠시 정적이 흘렀다. 이윽고 노인이 말했다.

"자네는 몽상가고 상상력이 풍부해. 하지만 제아무리 경건하다 하더라도 상상력은 우리를 속이기 마련이야. 자네도 나처럼 더 이상 그런 상상력을 믿지 말게. 이 몽상가 친구야, 지금 내가 어떤 생각을 하고 있는지 자네는 알아맞힐 수 있겠나?"

"알 수 있습니다, 원장님. 원장님께서는 지금 우리가 나누는 대화에 대해 호감을 갖고 계십니다. 아마 이런 생각도 하고 계실 겁니다. '이 젊은 학자는 다소 위험에 빠져 있다. 이 친구는 환영을 보고 있다. 생각이 너무 많은지도 모른다. 이 친구에게 참회하라고 말할 수 있고 그 참회가 이 친구에게 도움이 될 수도 있을 것이다. 하지만 이 친구에게 부과할 참회를 내게도 부과해야겠다.' 이게 원장님 생각이십니다."

원장은 미소를 지으며 자리에서 일어났다. 그리고 눈짓으로 젊은 수사에게 기도하라고 했고 나르치스는 원장 집무실을 물러 나왔다.

어느 날 이곳 수도원에 새로운 인물이 하나 나타났다. 이곳 수도원을 오가는 수많은 얼굴들처럼, 별로 주목을 받지 못하다가 금세 잊힐 인물이 아니었다. 아버지가 미리 입학 수속을 마쳐 놓은 그 소년은 봄철 어느 날 이 수도원에 도착했다.

아버지와 함께 말을 타고 수도원 정문에 도착한 소년은 아직 겨울철 헐벗은 모습 그대로인 밤나무를 바라보면서 아버지에게 말했다.

"이런 나무는 본 적이 없어요. 정말 특이하고 아름다운 나무예요. 나무 이름이 뭔지 알고 싶어요."

지친 탓에 얼굴을 약간 찡그리고 있던 노신사는 아들의 질문을 귀담아듣지 않았다. 하지만 소년을 보자마자 마음에 든 수위가 나무 이름을 가르쳐주었다. 소년은 수위에게 고맙다고 상냥하게 말한 후 악수를 청하며 말했다.

"저는 골드문트라고 해요. 이 학교에 다니게 되었어요."

수위와 골드문트는 처음 만나자마자 친한 사이가 되었다. 골드문트는 이곳에 도착하자마자 마음에 드는 두 존재를 만난 것이다. 바로 밤나무와 수위였다.

수위가 부자를 안으로 안내했고 교장직을 맡고 있는 신부가 그들을 맞았으며 저녁때는 수도원장을 만났다. 소년의 아버지는 황제 직속 관리로 근무하고 있었으며 며칠 수도원에 머물다 가라는 교장 신부와 원장의 권유에도 불구하고 하룻밤만 머물고 돌아가겠다고 했다. 그는 타고 온 두 필의 말들 중 한 마리를 수도원에 기증했다. 골드문트가 평소에도 아끼던 점박이 말이었다. 원장은 기꺼이 받아들였다. 교장 신부와 원장은 골드문트를 보자마자 대단히 마음에 들어 했다.

이튿날 아버지를 수도원 정문까지 배웅한 골드문트는 수위의 안내로 교실로 들어갔다. 열 명 남짓한 소년들이 교실 안에 앉아 있었다. 골드문트가 교실로 들어가자 수습 교사인 나르치스 수사가 골드문트를 향해 고개를 돌렸다.

"제 이름은 골드문트입니다." 골드문트가 말했다. "신입생입니다."

나르치스는 고개를 끄덕이더니 미소도 짓지 않은 채 그에게 뒤쪽 자리를 가리킨 후 수업을 계속했다.

골드문트는 자리에 앉았다. 그는 선생이 젊은 데 놀랐다. 자기보다 몇 살 더이 신 정도 위인 것 같았다. 또한 선생이 미남이고 기품이 있는 데다 엄해 보이면서도 매력이 있었고 호감을 느끼게 해주었기에 더욱더 놀랐다. 골드문트는 수위도 친절하고 수도원장도 자신을 다정하게 대해주는 데다 마구간에 자신이 좋아하는 말 점박이까지 있으니 이곳이 마치 고향처럼 여겨졌다. 그런데 지금 이 교실에 학자처럼 진지하고 왕자처럼 세련된 젊은 선생까지 있지 않은가! 게다가 그 목소리는 차분하고 절제되어 있었지만 동시에 아주 호소력이 있었다.

그는 처음에는 수업 내용을 알아듣기 어려웠지만 흥겨운 마음으로 집중했다. 그는 행복했다. 너무 선량하고 호감이 가는 사람들 사이에 있게 된 것이며 그는 이들과 친하게 지낼 준비가 되어 있었다. 아침에 자리에서 일어날 때만 해도 그는 싱숭

생숭했고 이곳에 도착했을 때는 긴 여행으로 지쳐 있었다. 아버지와 작별 인사를 할 때는 눈물을 보이기도 했다. 하지만 이제는 기분이 좋아졌고 모든 게 만족스러웠다. 그는 계속해서 선생의 얼굴을 오래 쳐다보았다. 쭉 뻗은 날씬한 체격, 차가우면서도 빛나는 두 눈, 정확한 발음이 나오고 있는 야무진 입, 마치 영감을 받은 것 같은, 지칠 줄 모르는 목소리, 그 모든 것이 그를 즐겁게 해주었다.

그런데 수업이 끝나고 학생들이 왁자지껄 자리에서 일어났을 때 골드문트는 깜짝 놀랐다. 창피하게도 자신이 깜빡 졸고 있었던 것이다. 그런데 그가 졸고 있었다는 사실을 교실의 학생들이 모두 알아차리고 있었다. 선생이 밖으로 나가자 학생들이 그의 곁으로 몰려와 그를 놀려댔다.

"잘 주무셨나?" 그들 중 한 명이 이빨을 드러내고 웃으며 말했다.

"대단한 친구로군!" 다른 한 명이 놀려댔다. "성당의 기둥이 되시겠군. 첫 수업 시간부터 잠을 주무시다니!"

"침대로 모셔야겠어." 누군가가 그렇게 말하자 모두가 골드문트의 팔다리를 잡더니 깔깔 웃으며 그를 끌고 가려 했다.

골드문트는 깜짝 놀랐다. 이윽고 화가 치밀었다. 그는 그들을 뿌리치려고 몇 번 바동거리다가 바닥에 나동그라졌다. 골드문트는 아직 그의 다리를 잡고 있는 아이를 발로 힘껏 걷어차며 벌떡 일어나더니 다짜고짜 맨 앞에 있는 녀석에게 달려들었다. 이어서 둘 사이에 몸싸움이 벌어졌다. 상대는 힘이 센 녀석이었다. 모두 둘을 둘러싸고 싸움을 구경했다.

골드문트는 당당하게 맞서며 상대방을 향해 주먹을 몇 방 날렸다. 그 순간 아직 채 통성명도 나누지 못한 친구들이 몇 명 새긴 셈이었다. 그런데 아이들이 갑자기 허둥지둥 흩어져 도망치기 시작했다. 모두가 도망치고 난 사이 교장 마르틴 신부가 나타났다. 신부는 홀로 남은 골드문트 앞으로 걸어와 어리둥절한 모습으로 그를 바라보았다. 골드문트의 얼굴은 벌겋게 부어올라 있었고 상처도 있었다.

"아니, 대체 무슨 일이냐?" 신부님이 물었다. "너, 골드문트 아니냐? 저놈들이 네게 무슨 못된 짓을 했니?"

"아니에요." 그가 말했다. "제가 누군가에게 달려들었어요."

"누구에게 말이냐?"

"모르겠어요. 아직 아이들 이름은 하나도 몰라요. 어쨌든 그들 중 한 명과 싸웠어요."

"그래? 그 애가 먼저 싸움을 걸었니?"

"모르겠어요. 아니, 제가 먼저 싸움을 걸었던 것 같아요. 저를 놀려서 화가 났거든요."

"녀석, 아주 멋지게 시작했군, 그래. 잘 들어라. 다시 한번 교실에서 싸우다 들키면 벌을 주겠다. 자, 이제 식사하러 가라."

식당을 향해 뛰어가며 골드문트는 처음부터 꼴사나운 바보짓을 했다고 생각했다. 그는 약간은 풀이 죽은 채 식당에서 급우들을 찾았다. 그런데 그들은 그를 아주 반갑게 맞았다. 그를 맞는 친구들의 표정에는 우정과 존경심이 떠올라 있었다. 그는 맞서 싸웠던 적수와 늠름하게 화해를 했고, 바로 그 순간 그는 이 학교에 대한 소속감을 느꼈다.

제2장

골드문트는 모든 급우들과 잘 지냈시만 진정한 친구는 쉽게 찾을 수 없었다. 동료 급우들 중에는 가깝게 느껴지거나 마음이 끌리는 친구가 없었던 것이다. 급우들은 첫날부터 주먹을 휘두른 그를 사랑스러운 싸움꾼으로 알았지만 실은 그가 모범생이 되려고 애쓰는 학생이라는 것을 알고 놀랐다.

골드문트에게는 동료 급우들보다 마음이 더 끌리는 사람들이 따로 있었다. 그의 생각은 온통 그들로 꽉 차 있었으며 그들을 찬양했고 존경했다. 바로 다니엘 수도원장과 수습 교사 나르치스였다.

그에게는 원장이 성자처럼 보였다. 그의 온화한 태도와 말투, 사려 깊은 시선, 명령과 결정을 내릴 때의 그 겸허한 태도

등이 모두 그의 마음을 끌었다. 게다가 그는 이 수도원 학교 졸업 후에도 가능한 한 이 수도원에 남아 일생을 온전히 하느님에게 바칠 결심을 하고 있었기에, 그 경건한 분의 종이 되어 언제고 그 곁에 머물며 시중을 들고 헌신하며 배울 수 있다면 소원이 없겠다고 생각했다. 그것은 그의 뜻이었으며 그의 아버지의 소망이자 명령이었고, 무엇보다 하느님의 결정이자 명령 같았다. 그토록 잘생기고 빛나는 소년이 안에 그런 각오를 지니고 있으며 그런 운명의 짐을 어깨에 지고 있음을 아무도 눈치채지 못했으며 심지어 수도원장조차 짐작하지 못했다. 골드문트의 아버지가 수도원장에게 넌지시 암시를 했지만 수도원장은 왠지 잘난 체하는 것 같은 그의 말투가 마음에 들지 않아서 그를 냉담하게 대했고 그의 암시에 별로 주의를 기울이지 않았다.

골드문트의 주의를 끈 또 한 사람은 날카로운 눈과 예리한 직관을 지닌 사람이었고 실은 그도 골드문트에게 관심이 갔다. 하지만 그는 그런 것을 겉으로 드러내지 않았다. 그는 매력적인 한 마리 황금빛 새가 자신에게 날아왔음을 잘 알고 있었다. 그는 자신과 골드문트가 겉보기에는 아주 대조적이었지만 정신적으로 동류에 속한다는 것을 느꼈다. 나르치스가 어둡고 삼가는 편이었다면 골드문트는 밝게 빛나는 젊음이었다. 나르치스가 분석적인 사색가였다면 골드문트는 어린아이의 순수한 영혼을 지닌 몽상가였다. 하지만 이런 대조적인 면에도 불구하고 둘을 연결해 줄 수 있는 공통점이 있었다. 둘 다 뛰어난 젊은이였다. 둘 다 다른 사람들을 능가하는 재능과 개성을 지니고 있었다. 또한, 둘 다 특별한 재능과 운명의 표지를 지니고 태어났다.

나르치스는 이 젊은이의 성격과 운명을 금세 알아보고 이 젊은 영혼에게 뜨거운 관심을 갖기 시작했다. 골드문트는 그 누구보다 뛰어나고 총명한 그의 선생님을 빌밀히 사모했다. 다지만 골드문트는 소심한 성격이었다. 그는 온 힘을 다해 훌륭한 학생이 되는 것 외에는 나르치스의 눈에 들 방법이 없다고 생각했다. 하지만 그를 한발 물러서게 한 것은 소심함 때문만이 아니었다. 그는 나르치스에게서 뭔가 위험을 느꼈다. 친절하고 겸손한 수도원장과 지극히 총명하고 학구적이며 날카로운 나르치스 수사를 동시에 따르고 배우는 것은 불가능했다. 그럼에도 불구하고 이 젊디젊은 영혼은 온 힘을 다해 이 더할 나위 없이 훌륭한 두 이상을 본받고자 애를 썼다. 하지만 서로 방향이 다른 두 사람이 서로 조화를 이룰 기미가 보이지 않는 것에 대해 그는 흔들릴 수밖에 없었다. 그런 가운데도 나르치스 역시 마음 깊은 곳에서는 자신을 사랑하고 있으며 자신에게 관심을 갖고 자신을 기다리고 있음을 가끔 어렴풋이 느끼기도 했다.

사실 나르치스는 골드문트가 생각하고 있는 것보다는 훨씬 더 깊이 골드문트에게 관심을 쏟고 있었다. 그는 이 영리하고 해맑은 소년을 친구로 삼고 싶었다. 그는 그 소년이 자신과 상극이면서 동시에 보완일 수 있음을 직감했다. 그는 할 수만 있다면 소년을 가까이서 이끌어주고 깨우쳐주고 싶었으며 그가 꽃을 피울 수 있도록 돕고 싶었다. 하지만 그는 한발 물러서 있었다. 여러 가지 이유가 있었고 그 자신도 그 이유들을 분명히 의식하고 있었다. 그는 무엇보다도 학생들이나 수련 수사를 향해 선생들이나 수도사들이 너무 자주 보여주는 애정에 대한 혐오감 때문에 자신이 자제하고 있음을 잘 알고 있었다. 그도 나이 든 선생들이 자신을 향해 보내는 애정의 시선에 역겨움을 느낀 적이 많았으며 그들의 호의 어린 손길에 저항을 한 적도 있었다. 그런데 이제는 그도 그들을 이해할 수 있게 되었다. 자신도 이 매력적인 소년을 향한 사랑에, 그를 웃음 짓게 만들고 싶다는 욕망에, 다정한 손길로 그의 금발을 쓰다듬어주고 싶다는 욕망에 자주 사로잡히게 된 것이다.

하지만 그는 결코 그렇게 하지 않았으며 결코 그러지 않을 것이었다. 게다가 그는 아직 수습 교사 신분이어서 행동거지가 조심스러웠다. 그는 학생들보다 불과 몇 살이 위였지만 마치 그들보다 스무 살은 위인 것처럼 행동하는 데 익숙해 있었다. 그는 특정한 학생을 편애하지 않으려 애썼으며 마음에 들지 않는 학생에 대하여 특별히 신경을 씀으로써 공평한 선생이 되려고 스스로를 늘 다그쳤다. 그는 골드문트와의 우정을 꿈꾸고 있었지만 그 꿈은 위험하다고 여겼다. 그런 위험한 우정이 자신의 삶의 중심이 되어서는 안 되었다. 그는 삶의 본질과 의미를 정신적인 봉사, 언어적인 봉사에 놓고 있었으며, 개인의 이익은 포기한 채 학생들을 숭고한 정신적 목표로 이끄는 데 두고 있었다.

골드문트가 마리아브론 수도원의 학생이 된 지도 어언 1년 넘게 흘렀다. 그는 급우들과 보리수나무와 아름다운 밤나무 아래서 수도 없이 달리기, 공차기, 눈싸움 등을 하며 놀았다. 이제 다시 봄이 되었다. 하지만 골드문트는 피곤했고 몸이 아팠으며 가끔 두통도 느꼈다. 수업 시간에 졸지 않고 집중하기도 힘이 들었다.

그러던 어느 날이었다. 아돌프가 그에게 와서 말을 걸었다.

골드문트가 주먹질 싸움을 했던 날 처음 만난 친구로서 지난겨울부터 함께 유클리드 기하학을 배우고 있었다.

"골드문트," 그가 마당을 향해 계단 아래로 골드문트를 끌고 가면서 말했다. "뭔가 네게 말해줄 게 있어. 아주 재미있는 일이야. 하지만 너는 모범생이고 아마 언젠가는 주교가 되겠지. 그렇다면 먼저 우리들의 명예를 걸고 선생님들에게 일러바치지 않겠다는 약속을 해야겠다."

골드문트는 즉각 약속하겠다고 말했다. 수도원에도 명예가 있듯이 학생들 간에도 명예가 있었다. 골드문트는 자신이 학생인 한, 학생들끼리의 규칙과 명예라는 불문율을 지키고 싶었다.

아돌프는 골드문트를 정문 앞 밤나무 아래로 데리고 가서 귓속말을 했다. 이 수도원에는 멋지고 대담한 급우들의 그룹이 있는데—물론 그는 그 그룹의 일원이었다—그들은 아주 오래된 전통을 그대로 이어받아 실행해오고 있다는 것이었다. 그 전통이란 가끔 하루 저녁 수도원을 빠져나가 마을로 가서 즐기다 오는 것이라고 했다. 그는 자신들이 아직 수도사가 아니라는 점을 강조하면서 사내대장부라면 결코 피해서는 안 되는 모험이라고 했다.

"하지만 그 시간이면 수도원 문이 잠겨 있잖아." 골드문트가 반박했다.

"물론 잠겨 있지. 당연해. 그래서 더 재미있는 거야. 들키지 않고 나갔다가 들어올 방법이 있어. 한두 번 해본 게 아니라니까." 아돌프가 말했다.

골드문트는 마을로 나간다는 것이 무엇을 뜻하는지 잘 알고 있었다. 그것은 죄를 짓는 일이었으며 엄격히 금지되어 있는 일이었다. 하지만 바로 그 때문에 소위 '사내내장부'들에게는 명예로 간주되고 있었으며 그런 권유를 받는다는 것 자체가 영광이었다.

그는 거절하고 침대로 돌아가고 싶었다. 오후 내내 피곤했고 몸이 아팠으며 두통이 있었기 때문이었다. 하지만 그러자니 아돌프 앞에서 약간은 부끄러웠다. 게다가 뭔가 새로운 경험을 하게 될지, 수도원 밖에 뭔가 멋진 게 기다리고 있을지 알 수 없는 일이었다. 혹시 두통과 권태, 온갖 근심을 잊게 해줄 일이 기다리고 있을지도 모르지 않은가. 골드문트가 그런 생각을 하고 있는 가운데 아돌프가 이건 세상 속으로 소풍을 가는 것과 같다, 금지되어 있는 만큼 해방감이 클 것이라고 말하자 골드문트는 웃음을 터뜨리며 기꺼이 같이 가겠다고 승낙했다.

그들은 날이 어두워지자 보리수나무 아래 몸을 숨기고 있다가 수도원 방앗간을 통해 쉽게 밖으로 빠져나왔다. 골드문트에게는 모든 것이 자극적이었고 신비스럽게 느껴질 정도였다. 그들이 방앗간 바로 옆을 흐르고 있는 개울을 건너 울창한 숲에 이르니 그곳에서 급우인 콘라드가 이미 그들을 기다리고 있었다. 셋이 그곳에서 한참을 기다리고 있자니 덩치가 큰 에버하르트가 합류했다. 네 명의 소년은 당당하게 숲을 가로질렀다. 머리 위로는 밤새들이 푸드덕 날갯짓을 하며 날아올랐고 은은히 떠 있는 구름 사이로 몇 개의 별들이 촉촉하게 빛나고 있었다. 콘라드가 농담을 하자 다른 친구들이 따라 웃었지만 불안하면서도 엄숙한 밤기운에 휩싸인 그들의 가슴은 세차게 두근거렸다.

거의 한 시간 후에 그들은 숲 반대편에 있는 마을에 도착했다. 마을은 잠들어 있는 것 같았다. 검은 목재들이 교차되어 있는 지붕의 박공들이 희미하게 가물거리고 있을 뿐 그 어디에도 불빛은 없었다. 그들은 발소리를 죽여 어느 집 울타리를 넘어 정원으로 내려섰다. 그리고 부드러운 흙을 조심스럽게 밟으며 집 앞까지 걸어갔다.

아돌프가 덧창문을 똑똑 두드린 후 잠시 기다렸다가 다시 두드렸다. 안에서 인기척이 나더니 이내 희미한 등불이 켜지고 덧문이 열렸다. 그들은 한 명씩 창문을 넘어 검게 그을린 굴뚝이 있는 부엌으로 들어갔다. 난로 위에 놓여 있는 작은 기름 등잔에서 희미한 불꽃이 타오르고 있었다.

그곳에 야윈 하녀 한 명이 서 있다가 이 침입자들을 맞기 위해 손을 내밀었다. 이어서 또 다른 소녀 한 명이 그녀 뒤 어둠 속에서 모습을 드러냈다. 검은 머리를 길게 땋아 내린 앳된 소녀였다. 아돌프가 그녀들을 위해 가져온 선물을 꺼냈다. 수도원의 흰 빵 반 덩어리와 무언가 들어 있는 종이봉투였다. 골드문트는 수도원에서 훔쳐 온 향이거나 양초 비슷한 것이 그 안에 들어 있을 것이라고 생각했다. 머리를 땋은 소녀가 등불도 없이 손을 더듬어 부엌 밖으로 나가더니 한참 뒤에야 꽃무늬가 그려진 회색 항아리를 들고 다시 나타났다. 소녀는 항아리를 아돌프에게 넘겨주었다. 아돌프는 항아리 안에 든 것을 한 모금 마시더니 다음 사람에게 넘겨주었다. 그들 모두 그것을 마셨다. 독한 사과주였다.

그들은 모두 희미한 등잔 불빛을 받으며 자리에 앉았다. 두 소녀는 작고 딱딱한 의자에 앉았고 불청객들은 그들을 둘러싸고 바닥에 앉았다. 그들은 속삭이며 이따금 사과주를 마셨다. 이야기를 주도하는 것은 아돌프와 콘라드였다. 이따금 누군가

제2장

31

일어나서 가냘픈 소녀의 머리칼과 목덜미를 어루만지며 뭔가 속삭이기도 했지만 어린 소녀에게는 아무도 손을 대지 않았다. 큰 소녀는 이 집의 하인이며 앳되고 귀여운 소녀는 이 집의 딸이리라고 골드문트는 생각했다. 하지만 그런 것은 아무 상관이 없었다. 두 번 다시 이곳에 오지 않으리라고 생각하고 있던 때문이었다.

수도원을 몰래 빠져나와 이곳까지 오면서 그는 스릴을 느꼈고 무슨 신비한 체험을 하는 것 같았다. 비록 금지된 일이었지만 양심의 가책을 느끼지는 않았다. 하지만 이렇게 밤에 소녀들을 만나는 것은 단순히 금지된 것 이상이었다. 그는 죄악을 범하고 있다고 느꼈다. 다른 친구들에게는 단순한 모험이나 탈선에 불과할지 몰라도 그에게는 그렇지 않았다. 그는 자신에게 수도사로서의 금욕적인 삶이 운명처럼 정해져 있다고 생각하고 있었다. 따라서 여자들과 즐기는 일은 스스로 허락할 수 없는 일이었다. 그렇다, 두 번 다시 이곳에 오지 않으리라. 골드문트는 다짐하고 또 다짐했다. 하지만 이 초라한 부엌의 희미한 불빛 아래서 그의 가슴이 심하게 두근거리고 불안했던 것은 사실이었다.

골드문트를 제외한 세 명의 친구들은 잘난 척 뽐내며 대화

도중 하녀로 보이는 소녀에게 다가가 서툰 애무를 했다. 물론 기껏해야 입술에 가볍게 키스를 하는 정도였다. 세 친구는 자신들에게 허용되어 있는 한도를 정확히 알고 있는 것 같았다. 골드문트는 그런 친구들의 행동을 가끔 부러운 듯 곁눈질로 바라보기도 했지만 대체로 꼿꼿이 몸을 세운 채 앞만 바라보았다.

한 시간쯤 지나자—골드문트에게 이토록 지루하고 긴 시간은 없었다—농담과 애정 행각의 바닥이 드러난 원생들은 어색하게 앉아 있었고 에버하르트는 하품을 했다. 그러자 하녀가 이만 가보라고 했다. 그들 네 명은 두 소녀에게 작별 인사를 하고 다시 창문을 넘었다. 골드문트는 제일 마지막으로 소녀들과 작별 인사를 한 후 창문을 통해 밖으로 빠져나가려고 했다.

그때였다. 골드문트는 누군가 자신의 어깨를 잡는 것을 느꼈다. 하지만 그는 멈출 수 없었다. 땅바닥에 내려선 후에야 그는 머뭇거리며 뒤를 돌아다보았다. 머리를 길게 땋은 앳된 소녀가 창문 밖으로 몸을 내밀고 있었다.

"골드문트!" 그녀가 속삭였다. 그는 그 자리에 서서 기다렸다.

"또 올 거지?" 그녀가 물었다. 목소리라기보다는 차라리 숨소리 같았다.

골드문트는 고개를 가로저었다. 소녀는 양손을 뻗어 그의 머리를 잡았다. 관자놀이에 그녀의 작고 따스한 손이 느껴졌다. 소녀가 몸을 깊숙이 숙였고 그녀의 검은 두 눈이 바로 그의 코 앞에 있었다.

"또 와." 소녀는 속삭였고 그녀의 입술이 그의 입술에 닿았다. 어린아이들의 순진한 입맞춤이었다.

골드문트는 얼른 친구들을 뒤따라 정원을 가로지르다가 화단에서 넘어졌다. 습기 찬 흙냄새와 거름 냄새가 코에 훅 끼쳐 왔고 손이 장미 넝쿨에 찔려 상처가 났다. 그는 허둥지둥 울타리를 넘어 친구들을 뒤쫓았다. 마을을 벗어나 숲길을 걸어가며 그의 의지는 '다시는 오지 않을 거야'라고 그에게 명령했다. 하지만 그의 마음은 '내일 다시 와야지'라고 애원하고 있었다.

이튿날 아침, 큰 덩치의 에버하르트만 흔들어 깨워야 일어날 만큼 곤하게 잠들어 있었을 뿐 나머지 세 명은 정시에 가뿐하게 일어났다. 소년들은 모두 아침 미사에도, 식사에도, 수업에도 제시간에 참석했다.

하지만 골드문트는 얼굴이 너무 창백해서 마르틴 신부가 그에게 어디 아프냐고 물어볼 정도였다. 아돌프가 골드문트에게 경고의 눈짓을 보내더니 교장 신부에게 골드문트가 아프지 않다고 대신 말했다. 그리스어 수업 시간에 나르치스도 골드문트에게서 눈길을 뗄 수 없었다. 어딘가 아픈 것이 분명했지만 묻지는 않았다. 수업이 끝나자 그는 골드문트를 도서관으로 심부름을 보냈다. 그런 뒤 자신도 발걸음을 도서관으로 향했다. 다른 학생들의 눈길을 피하기 위해서였다.

"골드문트," 그가 말했다. "내가 뭐 도울 게 없을까? 뭔가 고민이 있는 것 같은데. 어디 아픈 거야? 그렇다면 침대에 누워 있도록 해. 수프와 포도주 한 잔 보내줄게. 오늘 그리스어 수업 시간에 정신을 놓고 있더구나."

그는 꽤 오래 골드문트의 대답을 기다렸다. 얼굴이 창백해진 소년은 불안한 눈길로 나르치스를 바라보다가 고개를 떨어뜨렸다. 그는 다시 고개를 들고 뭔가 말을 하려는 듯 입술을 달싹거렸지만 한마디도 하지 못했다. 그는 갑자기 옆으로 쓰러지더니 책상 위에 머리를 기대고 훌쩍이기 시작했다. 당황한 나르치스는 잠시 시선을 다른 곳으로 돌렸다가 울고 있는 소년을 안아 일으켰다.

"그래, 그래. 실컷 울어. 기분이 한결 나아질 거야." 이제까지 한 번도 들어보지 못한 친근한 목소리였다. "자, 앉아보렴. 아무 말 안 해도 돼. 오전 내내 아무런 내색하지 않고 버티느라 힘들었지? 아주 용기 있는 행동이었어. 지금은 우는 게 최선이야. 아니라고? 다 울었다고? 이제 괜찮아진 거야? 좋아, 그렇다면 양호실로 가자. 거기 침대에 누워 있도록 해. 저녁때쯤이면 말짱해질 거야. 자, 가자.”

나르치스는 학생들이 있는 교실을 피해 골드문트를 양호실로 데려갔다. 골드문트가 옷을 벗고 침대에 눕자 그는 밖으로 나갔다. 그는 교장에게 골드문트가 아프다는 사실을 보고한 후 약속한 대로 수프와 포도주 한 잔을 주문했다. 환자에게 수프와 포도주를 주는 것은 이 수도원의 오래된 관행이었다.

골드문트는 침대에 누워 혼란한 마음을 추스르려 애썼다. 그는 자신이 왜 그렇게 오전 내내 힘들어했는지 스스로도 잘 알고 있었다. 어젯밤 일을 잊으려는 노력 때문이었다. 하지만 그 노력은 매번 실패했고 번번이 어젯밤 일에 대한 기억이 되살아났다. 그가 잊으려 한 것은 외부와 차단되어 있는 수도원을 벗어나 어리석고 멋진 나들이를 했다는 사실 자체가 아니었다. 그가 잊으려 애쓴 것은 어두운 부엌 창문 앞에서의 한순간에 대한 기억, 소녀가 했던 말, 그녀의 숨결, 그녀의 손길, 그녀의 입맞춤에 대한 기억이었다.

그런데 그 외에 이제 뭔가 새로운 일이 일어났고 그는 충격을 받았다. 또 다른 새로운 경험을 하게 된 것이다. 나르치스가 그에게 관심을 가지고 그를 사랑해준 것이며 그를 돌봐준 것이다. 그 멋지고 고귀하고 똑똑한 나르치스가! 약간 냉소적인 얇은 입술의 그 선생이! 그런데 자신은 바로 그의 앞에서 추한 모습을 보이고 말았다. 그 앞에서 당황해서 더듬거렸고 눈물까지 보이고 말았다. 그 고결한 인물을 쟁취하기는커녕 그의 앞에서 비참하고 나약하게 허물어지고 만 것이다. 그는 그런 자신을 용서할 수 없었다. 앞으로 부끄러워서 나르치스의 얼굴을 똑바로 쳐다볼 수노 없을 것 같았다.

하지만 울고 나자 그토록 엄청났던 긴장감이 풀어졌다. 조용하고 한적한 양호실 침대에 누워 있자니 마음이 어느 정도 가라앉은 것이다. 한 시간 정도 흐르자 평(㉾)수사 한 명이 오트밀수프와 흰 빵 한 덩어리 외에 학생들이 축제 때나 맛볼 수 있는 적포도주 한 잔을 갖다주었다. 골드문트는 먹고 마셨다. 접시를 반쯤 비운 다음 그는 접시를 옆으로 밀어놓고 다시 생각을 가다듬어보려 했다. 하지만 여의치 않자 그는 다시 접시를 들고 수프를 몇 숟갈 더 떠먹었다.

얼마 후 양호실 문이 조용히 열리더니 나르치스가 환자를 보러 들어왔다. 골드문트는 뺨에 홍조를 띤 채 잠들어 있었다. 나르치스는 한참 동안 골드문트를 내려다보았다. 사랑과 호기심이 담긴 눈길이었지만 가벼운 부러움도 섞여 있었다. 그는 더이상 골드문트가 환자가 아님을, 따라서 내일 포도주를 보내줄 필요가 없음을 알았다. 하지만 동시에 둘 사이의 얼음 장벽이 깨지고 그들이 친구가 될 것도 알았다. 오늘은 골드문트가 자신을 필요로 했고 도울 수 있었다. 하지만 언젠가는 자신이 약해져서 도움과 사랑을 필요로 할 때가 올지도 모른다. 그런 날이 온다면 자신은 이 소년의 도움과 사랑을 받아들이게 되리라.

제3장

나르치스와 골드문트 사이에는 기묘한 형태의 우정이 싹이 트이 되었고 그에 대해 호의를 느끼는 사람은 거의 없었다. 이따금 둘 사이의 우정에 대해 그들 자신조차 못마땅해하는 것 같았다.

둘 사이에 생긴 우정으로 인해 먼저 힘들어한 것은 사색가인 나르치스였다. 그에게는 모든 것이 사색의 대상이었고 사랑이라고 해서 예외일 수 없었다. 그에게는 사색의 과정을 거치지 않은 채 그 누군가에게 매혹당한다는 일은 있을 수 없었다. 그는 이 우정의 정신적 인도자였다. 그는 오랜 기간에 걸쳐 홀로 그 우정의 운명과 깊이, 그리고 그 의미를 인식했다. 그는 골드문트와 우정을 나누는 가운데도, 자신의 친구가 자신의 인도에 의해 깨우침에 이르게 되었을 때라야 비로소 진정한 친구가 될 수 있음을 알고 있었기에 고독할 수밖에 없었다. 하지만 골드 문트는 점점 더 열렬히, 마치 놀이하듯 아무런 책임감을 느끼지 않고 이 새로운 삶에 빠져 들었다.

골드문트에게는 이 우정이 무엇보다 해방이고 치유였다. 그는 예쁜 소녀의 눈길과 입맞춤에 의해 사춘기의 사랑의 욕망에 눈을 떴다. 하지만 그와 동시에 그 사랑에 대해 위협을 느끼고 아무런 희망 없이 물러나야 했다. 그가 지금까지 꿈꿔왔던 삶, 그의 믿음, 자신의 운명이자 소명이라 여겨왔던 것들이 창가에서의 입맞춤과 그 검은 눈동자의 눈길로 인해 뿌리째 위협을 받은 것처럼 느껴졌던 것이다. 처음으로 눈을 뜬 관능의 불길이 경건하고 금욕적인 영웅의 이미지를 불태워버리려 한 것이다. 그의 관능을 향한 여성의 첫 번째 손짓에서 그는 그곳에 적이, 악마가, 위험이 도사리고 있음을 느꼈다. 그런데 운명이 그에게 구원의 손길을 내밀었다. 가장 절박할 때에 우정이 그에게 다가왔고 새롭게 경배할 수 있는 제단을 마련해준 것이었다. 이 새로운 우정을 통해 그는 죄의식 없이도 마음껏 사랑할 수 있었으며 존경하던 친구, 자신보다 똑똑한 친구에게 마음을 바칠 수 있었고 위험한 관능의 불꽃을 고결한 희생의 불길로 승화시키고 변모시킬 수 있었다.

하지만 이런 우정이 싹을 트려는 순간 그는 이상한 장애물에 부딪히고 말았다. 마치 얼음 지대로 들어선 것처럼 예기치 않던, 게다가 이해조차 할 수 없는 냉담함, 놀라운 요구와 마주치게 된 것이다.

골드문트는 자신이 자기 친구와 대립되거나 반대되는 사람이라고는 전혀 생각해본 적이 없었다. 그리고 오직 사랑과 헌신만 있다면 사소한 차이점을 극복하고 가까워질 수 있다고 생각했다. 그런데 나르치스는 그 얼마나 엄격하고 단호했는지! 그 얼마나 가차 없고 정확했는지! 그는 우정의 땅을 함께 거닐면서 감사하는 마음으로 순진하게 그 우정에 자신을 맡기는 일 같은 것은 아예 모르거나 원치도 않는 것 같았다. 그는 일정한 목표도 없이 마치 꿈꾸듯 길을 간다는 것은 아예 이해할 수도, 용납할 수도 없는 사람 같았다. 나르치스는 골드문트가 아픈 것 같으면 그를 돌봐주었고 학교 문제와 공부에 대해서도 성실하게 돕고 조언해주었다. 책에서 어려운 대목을 설명해주기도 했고 문법과 논리학과 신학에서 새로운 시야를 터주기도 했다. 하지만 그는 친구에게 온전히 만족하는 것 같지도 않았고 친구를 인정해주는 것 같지도 않았다. 때로는 비웃는 것 같기도 했고 진지하게 대하지 않는 것 같기도 했다. 골드문트는 그가 아는 게 많거나 연장자로서, 혹은 머리가 더 좋다는 뜻에서 그러는 것만은 아니라고 느꼈다. 그의 그런 태도에는 뭔가 더 깊고 중요한 이유가 숨어 있다고 느꼈다. 하지만 그 깊은 이유가 무엇인지는 알 수 없었기에 그와 우정을 나누면서도 종종 슬펐고 허전했다.

사실 나르치스는 친구의 성격이나 자질에 대해 잘 알고 있었다. 그는 골드문트의 피어나는 아름다움, 타고난 생명력, 타고난 자질들을 모르는 바가 아니었다. 그리고 골드문트의 불타오르는 영혼을 오로지 그리스어로 살찌우려는, 순진무구한 그의 사랑에 대해 논리적인 답변이나 일삼으려는 선생이 아니었다. 반대로 그는 그 금발 소년을 너무나 사랑하고 있었다. 그리고 바로 그 사실이 그에게는 너무나 위험한 일이었다. 사랑한다는 것은 그에게 자연스러운 것이 아니라 하나의 기적이었다. 그는 사랑에 빠져서는 안 되었다. 그 소년의 눈을 기쁜 마음으로 바라보는 것도, 그 빛나는 금발에 가까이 가는 것도 스스로 용납할 수 없었다. 한순간도 그 사랑이 관능으로 변하면 안 되었다. 골드문트가 자신이 수도사로서의 고행의 길을 걷도록, 평생 거룩함을 향해 노력할 운명을 타고났다고 '느끼고' 있었다면, 나르치스에게는 그런 삶이 바로 그의 운명이었다. 그에게는 오로지 드높은 한 가지 형태의 사랑만이 허용될 수 있었다. 나르치스는 골드문트가 금욕의 길을 향한 소명을 받았다고는 믿지 않았다. 나르치스는 누구보다 사람들의 마음을 정확히 읽어낼 줄 알았으며 사랑하는 친구의 마음은 더 정확히 읽을 수 있었다. 나르치스는 자기와 여러 가지 면에서 대조적인 골드문트의 본성을 정확히 파악하고 이해하고 있었다. 골드문트의 본성이 바로 자신의 잃어버린 반쪽인 때문이었다. 그는 골드문트의 본성이 환상, 그릇된 교육, 아버지의 가르침 같은 딱딱한 껍질에 싸여 있다는 것을 알았다. 그는 자신이 해야 할 바를 생각하고 있었다. 그 비밀을 당사자가 알게 해주는 것, 그가 그 껍질을 깨고 나오게 해주는 것, 그를 본래의 본성으로 되돌아갈 수 있게 해주는 것, 그것이 바로 그의 임무였다. 쉬운 일이 아니었다. 게다가 그러다가는 친구를 잃을 수도 있다는 사실이 가장 어려운 점이었다.

나르치스는 한없이 조심스럽게 그 목표를 향해 나아갔다. 그런 식으로 몇 달이 흐른 후에야 두 사람은 진지한 대화를 나눌 기회를 가질 수 있었다. 골드문트가 아직 채 지워버리지 못하고 있던 그날 밤의 일탈에 대한 기억이 계기가 되었다. 그는 그날 밤의 일을 고해하고 싶었지만 고해할 대상이 없었다. 그가 정말로 신뢰하는 사람은 수도원장밖에 없었고, 원장은 그의 고해 신부가 아니었던 것이다.

그러던 어느 날이었다. 둘은 이제 서로 말을 트고 지내는 사이가 되었다. 나르치스가 적당한 기회를 잡아 둘이 가깝게 된 바로 그날에 대한 이야기를 꺼냈다. 그러고는 그 전날 밤 무슨 일이 있었는지 아주 자연스럽게 물었다. 그러자 골드문트가 주저 없이 말했다.

"네가 서품 신부로서 내 고해를 들어줄 수 있다면 좋을 텐데. 고해를 하고 그 일에서 벗어나고 싶어. 어떤 벌이라도 달게 받을 준비가 되어 있어. 고해 신부님께는 말씀드릴 수가 없어. 그래, 네게 이야기해줄게. 네가 고해 신부님이라고 생각하고 말하겠어. 언젠가는 고해해야 할 일이니까."

골드문트는 고개를 숙인 채 그날 밤의 일을 친구에게 이야기해주었다. 이야기가 끝나자 나르치스가 웃으며 말했다.

"그래, '마을에 간다'는 것은 물론 금지된 일이야. 하지만 일을 저지르고도 그냥 웃어넘길 수 있는 금지된 일은 무수히 많아. 너처럼 고백을 할 수도 있겠지. 그러면 다 된 거야. 너라고 다른 학생들처럼 사소한 어리석은 짓을 범하지 말란 법이 어디 있어? 그게 뭐 그리 심각한 일인가?"

그러자 골드문트가 자제력을 잃고 분통을 터뜨렸다.

"정말 선생처럼 말하는군. 아무것도 모르는 척하지 마! 나도 학생으로서 한 번쯤 수도원 규칙을 어기는 게 대단한 죄라고는 생각하지 않는단 말이야. 사소한 규칙을 어겼다고 양심의 가책을 느껴서 고해를 하는 게 아니야."

이어서 골드문트는 숨을 고르더니 다시 입을 열었다.

"그건 전혀 다른 거야. 바로 그 소녀 때문이었어. 내 감정을 어떻게 설명해야 할지 모르겠어. 내가 그 유혹에 넘어간다면, 내가 그 소녀를 향해 손을 뻗치기만 하면 모든 것이 절대로 돌이킬 수 없게 될 것 같았어. 죄악이 마치 지옥의 아가리처럼 나를 삼켜버리고 다시는 뱉어낼 것 같지 않았어. 나의 모든 아름다운 꿈도, 온갖 미덕도, 하느님과 선을 향한 사랑도 모두 끝나버릴 것 같은 기분이었단 말이야."

나르치스가 깊은 생각에 잠겨 고개를 끄덕였다.

"하느님을 향한 사랑이," 그는 마치 적절한 말을 찾는 듯 천천히 말했다. "선을 향한 사랑과 언제나 같은 건 아니야. 그렇게 간단하다면 좋으련만……. 우리는 어떤 게 선한 건지 알고 있어. 계율에 적혀 있으니까. 하지만 하느님은 계율 속에만 존재하고 계시지 않아. 계율이란 하느님의 지극히 작은 일부일 뿐이야. 계율을 잘 지키더라도 하느님으로부터 멀어질 수 있어."

"아니, 내 말을 알아듣지 못하겠다는 거야?"

"물론 이해하지. 너는 여성과 성이 네가 '세속'이나 '죄'라고 부르는 것의 핵심이라고 느끼고 있어. 너는 다른 죄는 네가 범할 리 없다고, 혹시 저지르더라도 네가 완전히 망가지지는 않으리라고 생각하고 있어. 고백하고 참회하면 속죄할 수 있다고 생각하고 있지."

"맞아. 정확해."

"내가 너를 이해하고 있다는 걸 알겠지? 네 생각이 과히 틀린 건 아니야. 하지만 그렇다고 옳은 이야기도 아니야. 네가 수도사라도 된다면 옳은 이야기일 수도 있겠지. 하지만 너는 그렇지 않아. 너는 학생이야. 네가 평생 수도원에 남겠다는 희망을 품고 있다 하더라도, 혹은 네 아버지가 그런 소망을 품고 있다 하더라도 너는 아직 아무런 서약도 하지 않았고 성직자 서품도 받지 않았어. 그러니 네가 지금 어떤 예쁜 소녀의 유혹에 넘어간다 하더라도 너는 그 어떤 서약을 파기한 건 아닌 셈이야."

"글로써 서약한 건 아니지만!" 골드문트가 급히 외쳤다. "나는 글로 쓰이지 않은 서약, 가슴속에 가장 신성한 서약을 갖고 있단 말이야. 너도 아직 사제 서품을 받지 않았지만 여자를 가까이 하는 짓은 절대 하지 않잖아. 너도 마음속 맹세를 지키고 있는 거잖아. 나하고 뭐가 다르다는 거야?"

"아냐, 골드문트. 나는 너와 달라. 비록 너와 같은 방식은 아니지만 나도 무언(無言)의 서약을 하고 있어. 하지만 너와는 방식이 달라. 언젠가 내가 무슨 말을 하려는 건지 너도 알 수 있게 될 거야. 네가 나와 얼마나 다른지 네게 보여주고 싶다는 것, 오로지 그것만이 내가 너와 우정을 나누는 유일한 목표이자 이유야."

골드문트는 정신이 나간 듯 멍하니 서 있었다. 나르치스의 어조에는 반박을 허용하지 않는 그 무언가가 담겨 있었다. 골드문트는 입을 다물었다. 나르치스가 왜 이런 말을 하는 거지? 왜 나르치스의 무언의 서약이 자신의 서약보다 더 신성하다는 걸까? 이 친구는 나를 조금도 진지하게 받아들이지 않고 있는 게 아닐까? 자기를 그저 어린아이 취급하는 게 아닐까? 이러한 기묘한 우정으로 인한 혼란과 슬픔이 그를 다시 사로잡기 시작했다.

나르치스는 이제 골드문트의 비밀이 어떤 것인지 확실히 알게 되었다. 그 비밀 뒤에는 인류 최초의 어머니인 이브가 숨겨

제3장

47

져 있었다. 그런데 어찌하여 이토록 아름답고 건강하고 꽃처럼 피어나는 사춘기 소년이 막 깨어나기 시작한 성에 대하여 저토록 적대심을 품게 된 것일까? 그의 내부에서 어떤 악령이 꿈틀거리고 있는 게 분명했다. 그 보이지 않는 적이 이 훌륭한 친구의 내부에 분열을 일으켜 원초적인 본능에 대해 반역을 꾀하게 만드는 것이 분명했다. 그렇다, 그 악령을 찾아내어 구마(驅魔)술로 그 모습을 드러내게 해야 한다. 그래야만 그 악령을 퇴치할 수 있으리라.

두 사람이 사이좋게 지내자 모두 그들을 시샘하고 비방했으며 심지어 모함하기도 했다. 그리고 급기야 온갖 소문과 비방과 모함이 다니엘 수도원장의 귀에까지 들어갔다. 수도원장도 둘이 위험할 정도로 가깝게 지낸다는 것을 알고 있었다. 하지만 그는 둘의 순수함을 한순간도 믿어 의심치 않았기에 둘의 관계가 순리대로 흘러가기만 바라고 있었다. 게다가 나르치스가 골드문트와 친하게 지낸다고 해서 겉으로 아무 문제도 발생하지 않았다. 그는 여전히 뛰어난 교사였고 조금도 나태해지거나 편파적이 되지 않았다. 만일 그런 일이 벌어졌다면 원장은 당장 나르치스를 선생직에서 물러나게 했을 것이다. 하지만 다른 원생들의 입방아와 질투 외에는 아무것도 문제될 것이 없었다. 게다가 원장은, 골드문트가 남들보다 행동이 올바르고 성품이 곧다는 것, 다소 지나친 열정으로 인해 가끔 애늙은이처럼 보인다는 사실 외에는 그에 대해서 아는 것이 별로 없었다. 원장은 그가 아직 학생이면서 마치 수도원의 일원처럼 행동한다는 것도 알고 있었다. 수도원장은 감동적이면서 미숙하기도 한 골드문트의 열정을 나르치스가 북돋고 올바른 길로 이끌어줄 수 있다면 좋은 일일 수도 있다고 생각했다.

나르치스는 그의 친구에 대해 자주 깊은 생각에 잠겼다. 다른 사람들의 성격이나 운명을 꿰뚫어 보고 정서적으로 감지할 줄 아는 그의 천부적 능력 덕분에 그는 골드문트에 대해 많은 것을 알 수 있게 되었다. 이 젊은 친구가 발산하고 있는 생명력과 빛은 모든 것을 또렷하게 보여주고 있었다. 골드문트는 감각적으로, 그리고 영적으로 뛰어난 재능을 부여받은 사람이었다. 어쩌면 예술가적 재능인지도 몰랐다. 그것은 위대한 사랑의 힘을 지닌 사람의 재능이었고 그의 성취와 행복은 그 재능을 불태워 자신을 그 재능에 바치는 데 달려 있었다. 그런데 그렇게 섬세하고 풍부한 감성을 지닌 인간이 왜 금욕의 길을 가야 하는 수도사의 길에 집착하게 된 것일까? 나르치스는 그 점에 대해 곰곰이 생각해보았다. 그는 골드문트의 아버지가 아들에게 그런 결심을 하게 만들었다는 것을 알고 있었다. 아버지가 그에게 영감을 불어 넣어준 것일까? 무슨 주술을 흘렸기에 이 길이 자신의 운명이자 의무라고 믿게 만들 수 있었던 것일까? 아들에게 그런 영향력을 줄 수 있는 아버지란 어떤 존재일까?

하지만 나르치스는 골드문트의 아버지란 인물을 상상할 수 없었다. 골드문트를 통해 그의 아버지의 이야기를 가끔 들은 적이 있었지만 그의 모습이 상상이 되지 않았고 그의 모습을 그릴 수도 없었다. 뭔가 이상하고 미심쩍은 일이 아닌가? 골드문트가 어린 시절의 이야기를 하면 모든 것을 생생하게 떠올릴 수 있었지만 이상하게도 그가 아버지 이야기를 할 때면 아무것도 떠오르지 않았다. 나르치스는 골드문트의 아버지를 높이 평가하지 않았으며 왠지 마음에도 들지 않았다. 심지어 그가 진짜 골드문트의 아버지일까, 의심해본 적도 자주 있었다. 그렇다면 그의 아버지는 어떻게 해서 그런 힘을 갖게 된 것일까? 어떻게 해서 골드문트의 영혼을 그의 본래 영혼에는 낯설기만 한 꿈들로 가득 채울 수 있었던 것일까?

골드문트도 생각이 많았다. 나르치스로부터 듬뿍 애정을 받고 있는 것이 분명했지만 자신이 마치 어린아이 취급을 받는다는 생각을 떨쳐내기가 어려웠다. 나르치스가 계속해서 '우리는 다르다'라고 말하는 것은 대체 무엇 때문일까?

하지만 골드문트는 그런 생각만 하면서 지낸 것은 아니었다. 그는 오랫동안 생각에 잠겨 있는 체질이 아니었다. 그에게는 하루 종일 할 일들이 많았다. 그는 남몰래 사이좋게 지내는 수위 아저씨에게 갔다. 그리고 그에게 애원해서 한두 시간씩 점박이 말을 타기도 했다. 그는 수도원 내의 인부들과 친해져 수달을 잡으러 가기도 했고 그들과 함께 빵을 구워 먹기도 했다.

골드문트는 미사도 열심이었다. 미사는 그에게는 일종의 놀이와 같았다. 그는 합창을 즐겨 불렀으며 제단 앞에서 묵주 알을 세며 기도하는 것도 재미있었고 미사 때 엄숙한 라틴어를 듣는 것도 좋았다. 특히 그는 성당을 장식하고 있는 성상들에 마음이 끌렸다. 그는 그런 성상들과 자신이 신비로운 관계를 맺고 있다고 상상했으며, 그 성상들이 불멸의 보호자로서 자신의 삶의 이정표를 제시해준다고 생각했다. 그리고 그는 성상뿐 아니라 성당의 온갖 장식들도 좋아했다.

또한 골드문트는 찬송가도 좋아했으며 그중에서도 특히 〈마리아 송가〉를 좋아했다. 그는 찬송가들의 진중한 흐름과 반복되는 리듬, 찬미의 가사가 좋았다. 그는 찬송가를 부르며 가사의 의미를 따라가기도 했고 때로는 의미는 잊은 채 운율 자체의 장엄함에 취하기도 했다. 그는 문법, 논리학 등 공부에는 별로 취미가 없었다. 그것들도 나름 아름다웠지만 그의 마음을 끈 것은 미사 때 보고 들을 수 있는 이미지와 소리들이었다.

골드문트는 얼마 동안은 급우들로부터 받는 냉대를 잊고 지낼 수 있었다. 하지만 시간이 지날수록 냉대와 거부의 분위기에서 지낸다는 게 짜증이 났다. 그는 마음만 먹으면 뿌루퉁해 있는 옆자리 친구를 웃게 만들 수 있었고 과묵한 친구의 입을 열게 할 수도 있었으며 결국 그렇게 했다. 그가 그런 식으로 한 시간 정도 노력하면 그를 외면하던 친구들은 잠시나마 그에게 눈길을 돌렸고 친근하게 지낼 수 있게 되었다. 그런데 두어 번 그런 시도를 한 결과 그의 의도와는 다른 엉뚱한 일이 벌어졌다. 친구들이 '마을로 가자'고 제안한 것이다. 그는 놀라서 얼른 물러섰다. 절대 안 된다! 다시는 마을로 가지 않을 것이다! 그는 머리를 땋은 소녀를 완전히 잊고 있었다. 절대로,—혹은 거의 절대로—그녀 생각을 다시는 하지 않으리라.

제4장

나르치스는 오랫동안 골드문트의 비밀을 끌어내려 했지만 성공할 수 없었다. 골드문트가 고향 이야기나 어린 시절 이야기를 해주어도 분명한 그림이 그려지지 않았다. 그가 존경한다는 아버지의 모습은 그림자처럼 흐릿했고 윤곽도 희미했다. 또한 사라진 것인지 혹은 죽었는지 모르는 그의 어머니도 창백한 이름만 남은 전설 속의 인물 같았다. 사람의 마음을 읽는 데 일가견이 있는 나르치스는 점차 골드문트가 인생의 한 토막을 잃어버린 사람이라는 것을 알게 되었다. 어떤 상황의 압력 때문에, 혹은 일종의 마력적인 힘에 의해 과거의 일부를 망각하게 된 것이다. 나르치스는 단순한 질문이나 가르침으로는 아무것도 알아낼 수 없다는 것을 깨달았으며 자신이 논리의 힘을 과

신했으며 쓸데없는 말들만 늘어놓았음을 자인했다.

하지만 둘 사이의 우정이나 둘이 함께 보낸 많은 시간들이 결코 헛된 것은 아니었다. 그들은 성격이 판이하게 달랐음에도 불구하고 서로에게서 많은 것을 배웠다. 그들 사이에는 이성의 언어 외에도 영혼의 언어, 상징의 언어가 점차 형성되었다. 그것은 말하자면 두 사람이 살고 있는 거처 사이에 마차나 말 탄 기사들이 다니는 큰 길이 생기고 그 길 곁에 작은 샛길들, 둘만이 놀 수 있는 거의 눈에 띄지 않는 작은 길들이 생긴 것과 같았다. 골드문트는 상상력을 통해 나르치스의 말과 생각들 속의 그 작은 길들을 더듬어갈 수 있었으며 나르치스는 골드문트가 말을 하지 않아도 생각하고 느끼는 것을 이해하고 공감할 수 있었다. 사랑의 불꽃이 따스하게 타오르는 가운데 영혼과 영혼 사이에 다리가 놓인 것이며 말은 부수적일 뿐이었다.

그러던 어느 휴일, 두 사람은 도서관에서 전혀 예기치 않던 대화를 나누게 되었다. 그들 사이의 우정에 대해 핵심을 건드리는 대화였으며 그 우정의 의미가 어렴풋이 밝혀질 수 있게 만든 대화였다.

그들은 점성술에 관한 이야기를 나누고 있었다. 수도원에서 금기시하고 있는 주제였다. 나르치스는 점성술이 아주 다양한

유형의 인간들을 그들의 본성과 운명에 따라 체계적으로 분류하려는 시도라고 말했다. 그러자 골드문트가 반박했다.

"너는 언제나 차이와 다양성에 대해서만 말하지. 그게 네가 가장 애지중지하는 이론이라는 걸 이제 알겠어. 예컨대 너는 너와 내가 아주 다르다고 늘 말하지. 하지만 그때 네가 말하는 차이라는 것은 어디에서건 차이를 정립하겠다는 너의 집념의 결과물일 뿐인 것 같아."

나르치스가 곧바로 대답했다.

"옳아. 정곡을 찌르는 말이야. 그래, 네게는 자아가 별로 중요하지 않지만 내게는 그게 가장 중요해. 나는 천생 학자야. 학문이 내 소명이지. 학문이라는 것은 네 말을 그대로 빌리면 '차이를 정립하겠다는 집념' 외에 아무것도 아니야. 그보다 더 정확하게 학문의 본질을 정의할 수는 없을 거야. 학문을 하는 우리 같은 사람들에게는 차이를 정립하는 것보다 중요한 건 없어. 학문이란 차이를 정립하는 기술이야. 각각의 사람들을 구별할 수 있게 해주는 차이를 발견하는 것, 그것은 바로 그를 알게 되는 것과 같아."

골드문트가 말했다.

"오, 그래? 누구는 나막신을 신고 있으니 농부이고 누구는 왕관을 쓰고 있으니 왕이라고 구별하는 식이겠지. 그래, 그런 차이가 있을 수 있다는 건 인정해. 하지만 그런 건 굳이 학문을 끌어들일 필요도 없이 어린아이라도 알 수 있어.”

나르치스 : “하지만 농부와 왕이 똑같은 옷을 입고 있다면 어린아이는 구분할 수 없어.”

골드문트 : “학문도 마찬가지야.”

나르치스 : “그럴 수도 있겠지. 학문이라고 해서 어린아이보다 영리하다고 할 수는 없으니까. 하지만 학문은 어린아이보다 참을성이 있어. 학문은 눈에 두드러지는 특성만 보고 그치는 게 아니야.”

골드문트 : “영리한 아이도 마찬가지야. 똑똑한 아이는 왕의 눈빛이나 거동을 보고 그가 왕이라는 것을 알아차릴 수 있어. 단도직입적으로 말할게. 너희들 학자들은 오만해. 너희들은 늘 다른 사람들은 어리석다고 생각하지. 하지만 누구든 공부하지 않고도 똑똑한 사람이 될 수 있어.”

나르치스 “네가 그 사실을 깨달았다니 정말 기쁘다. 하지만 내가 네게 차이에 대해 말할 때 단순히 지적(知的)이냐 아니냐의 문제에 대해 말한 게 아니라는 것도 곧 알게 될 거야. 내가 우리들 사이의 차이에 대해서 말할 때 누가 더 똑똑하냐 아니냐,

누가 더 좋으냐 나쁘냐를 말하는 게 아니야. 나는 단지 네가 나와 다르다고 말하는 것일 뿐이야."

골드문트 : "그렇게 말하니까 쉽게 이해가 되는군. 하지만 너는 우리들의 성격 차이에 대해서만 말한 게 아니야. 너는 종종 우리들의 운명의 차이에 대해서도 말을 해. 그런데 왜 네 운명이 나와 달라야 하는 거지? 우리는 둘 다 기독교인이고 둘 다 수도원에서 일생을 보내겠다고 결심하고 있잖아. 둘 다 인생의 목표가 똑같아. 영원한 축복을 받는 것. 우리의 운명도 똑같아. 하느님께 귀의하는 것."

나르치스 : "맞는 말이야. 교리상으로 본다면 사람들은 다 똑같은 게 사실이야. 하지만 실제 삶에서는 그렇지 않아. 예수를 품에 안고 있는 제자와 예수를 배반한 제자가 같은 운명을 타고 났다고 할 수는 없잖아."

골드문트 : "너는 궤변론자야. 네가 말하는 식의 길이라면 우리는 함께 걸을 수조차 없겠다."

나르치스 : "우리가 함께 걸을 수 있는 길이란 건 없어."

골드문트 : "그런 식으로 말하지 마."

나르치스 : "진심으로 하는 말이야. 해와 달이, 바다와 육지가 함께 할 수 없듯이 우리는 함께 할 수 없어. 우리는 해와 달

이고 바다와 육지야. 우리의 목표는 둘이 서로 섞이는 게 아니야. 우리가 과연 어떤 존재인지 각자를 구별하는 것, 자신이 어떤 존재인지를 알고 그 차이를 존중하는 것, 그게 우리의 목표야. 서로 대립하면서 서로를 보완하는 것, 그게 우리의 목표야."

골드문트는 당황했다. 그는 고개를 떨어뜨렸다. 슬픈 표정이었다. 이윽고 그가 다시 입을 열었다.

"네가 가끔 내 생각을 진지하게 받아들이지 않는 것도 그 때문이야?"

나르치스는 잠시 대답을 망설였다. 하지만 곧 또렷하고 단호한 어조로 말했다.

"그래, 그 때문이야. 내가 진지하게 받아들이는 건 네 생각이 아니라 바로 너 자신이야. 너는 거기에 익숙해져야 해. 믿어줘, 골드문트. 나는 네 목소리, 네 몸짓, 네 미소 하나하나를 모두 진지하게 받아들여. 하지만 네 생각은 그렇게 진지하게 받아들이지 않아. 나는 너에게서 본질적이고 필연적인 것만을 진지하게 받아들여. 네게는 그토록 장점들이 많은데 왜 유독 네 생각만 진지하게 받아들이길 원하는 거니?"

골드문트는 씁쓸한 미소를 지었다.

"전에도 말했지만 너는 언제나 나를 어린애 취급하는구나."

나르치스는 여전히 단호했다. 그가 말했다.

"네 생각 중에는 어린애 생각 같은 게 있어. 물론 아까도 말했듯이 영리한 어린아이가 학자보다 어리석다고 할 수는 없어. 하지만 어린아이가 자기 생각을 학문적으로 표현하려고 한다면 그건 진지하게 받아들일 수 없지."

그러자 골드문트가 격하게 외쳤다.

"하지만 너는 우리가 유식한 이야기를 할 때만 나를 비웃는 게 아니야! 예를 들어 너는 내가 나의 종교적 경건함, 학문적 발전을 위한 나의 노력, 수노사가 되려는 나의 소망에 대해 이야기할 때도 어린아이 같은 환상이라고 비웃었어!"

나르치스는 심각한 표정으로 골드문트를 바라보았다. 그는 골드문트가 자신의 말을 평소보다 훨씬 더 허심탄회하게 받아들이고 있는 것 같아 마음이 흡족했으며 그 때문에 평소보다는 훨씬 흥분해 있었다. 그의 말투는 부드러웠지만 그는 자신의 말에 취해 자신이 의도한 것보다 더 많은 말을 하게 되었다.

그가 말했다.

"골드문트, 내가 너보다 우월한 건 딱 한 가지밖에 없어. 네가 반쯤 깨어 있거나, 때로는 아예 잠들어 있는 데 반해 나는 깨어 있다는 거야. 내가 깨어 있다고 말하는 건, 이성과 의식으로 자신 내부의 비이성적인 힘과 충동과 나약함을 인식한다는 것, 그리고 그것을 어떻게 다루어야 할지 안다는 것을 뜻해. 그렇게 하는 법을 배우는 것, 그게 바로 네가 나를 만나는 이유야. 골드문트, 네게는 정신과 본능, 의식과 꿈이 너무 떨어져 있어. 너는 네 유년기를 잊어버리고 있어. 그리고 그 유년기가 네 영혼 깊은 곳에서 너를 향해 울부짖고 있어. 네가 그 외침에 귀를 기울이기 전까지 너는 고통스러울 거야. 이제 그만하자! 아까 말했듯이 내가 깨어 있다는 점에서는 너보다 우월해. 그리고 바로 그 점에서 나는 네게 도움을 줄 수 있어. 하지만, 골드문트, 다른 모든 점에서는 네가 나보다 우월해. 아니, 그보다는, 네가 너 자신을 발견하는 순간, 네가 나보다 우월해질 거라고 말하는 게 낫겠군.”

골드문트는 놀란 가운데 나르치스의 말에 귀를 기울였다. 그런데 “너는 네 유년기를 잊고 있어”라는 대목에서 마치 화살이라도 맞은 듯 움찔했다. 하지만 나르치스는 말을 하면서 눈을 감고 있었기에 그것을 눈치채지 못했다.

“내가 너보다 우월하다고……!” 골드문트가 더듬더듬 말했다. 그는 무언가 할 말이 있는 듯했지만 입이 굳어버린 듯 말이 나오지 않았다.

나르치스가 말을 계속했다.

"물론이야. 너처럼 강렬하고 섬세한 감각을 가진 사람들, 영혼 지향적이고 몽상에 잘 빠지는 사람들, 시인이며 사랑을 하기 쉬운 사람들은 언제나 우리 같은 정신적인 사람들보다 우월하기 마련이야. 너희들은 모성으로부터 태어난 존재들이야. 너희들은 충만한 삶을 살 수 있어. 사랑의 힘과 감수성을 타고 났기 때문이야. 우리처럼 이성을 지닌 존재들은 종종 너희 같은 사람들을 이끌고 지배하는 것처럼 보이기도 하지. 하지만 우리는 충만한 삶을 살지 못해. 우리는 메마른 땅에 살고 있어. 충만한 삶, 달콤한 과일즙, 정열의 정원, 아름다운 예술적 풍경, 이런 것들은 너희에게만 있어. 너희들의 고향은 바로 이 땅이야. 우리들의 고향은 관념이며 이상이야. 너희에게는 감각의 세계에 빠져버릴 위험이 있고 우리에게는 진공 상태의 대기에서 질식해버릴 위험이 있어. 너는 예술가이고 나는 사상가야. 너는 어머니의 품에서 잠자고 있고 나는 사막에서 깨어 있어. 내게는 태양이 빛나고 네게는 달과 별들이 빛나고 있어. 네 꿈속에는 소녀들이 나타나고 내 꿈속에는 나의 학생들이 나타나고……."

골드문트는 눈을 크게 뜨고 마치 웅변가처럼 자기도취에 빠져 쏟아내는 나르치스의 말에 귀를 기울이고 있었다. 나르치스

제4장

의 몇 마디 말들이 골드문트의 폐부를 비수처럼 찔렀다. 나르치스의 말이 끝날 무렵 골드문트는 얼굴이 창백해지더니 눈을 감았다. 나르치스가 그 모습을 보고 어디 아프냐고 묻자 여전히 하얗게 질린 채 골드문트가 말했다.

"언젠가 네 앞에 쓰러져 울었던 적이 있던 것 기억나? 그런 일이 다시는 일어나면 안 돼. 다시는 나를 용서할 수 없을 거야. 혹은 너를 용서할 수 없을지도 몰라. 제발 이만 가버려! 나 좀 혼자 있게 해줘! 너는 방금 내게 끔찍한 말을 했어!"

나르치스는 사실 제정신이 아니었다. 그는 자신의 말에 취했었다. 그는 자신이 평소보다 말을 더 잘한다고 느꼈었다. 그런데 자신의 말 중의 어느 부분인가 자신의 친구에게 깊은 충격을 준 것을 알고 당황했다. 어딘가 급소를 건드린 것이다. 그는 그런 친구를 혼자 놔두고 갈 수 없었다. 그는 우물쭈물했다. 하지만 골드문트가 얼굴을 잔뜩 찡그리며 재촉하자 도리가 없었다. 그는 당황한 채로 친구를 홀로 남겨두고 그 곁을 떠났다.

골드문트는 울음 정도로는 풀어질 수 없을 정도로 극심한 격정에 처해 있었다. 친구에게 느닷없이 칼에 찔려 마음 깊은 곳에 절망적인 상처를 입은 것이다. 금방이라도 숨이 넘어갈 듯 가슴이 조여 왔으며 얼굴은 납처럼 창백해졌다. 오, 성모 마리아여, 도대체 이게 무슨 일이란 말입니까? 그가 살해되기라도 했단 말입니까? 아니면 그가 그 누군가를 죽였단 말입니까? 도대체 그가 무슨 끔찍한 말을 들었단 말입니까?

골드문트는 숨을 헐떡거렸다. 마치 독약이라도 들이켠 사람처럼 자신 내부에 깊이 침투한 치명적인 그 무언가를 몰아내려고 애쓰는 것 같았다. 그는 마치 헤엄치듯 허우적거리며 방에서 뛰쳐나와 무의식적으로 사람들을 피해 밖으로 도망쳤다. 이윽고 그는 이 수도원에서 가장 깊숙한 은신처인 숲속 한가운데 산책길로 도망쳤다. 하늘은 맑았고 드문드문 피어 있는 꽃들 위에서 태양이 빛나고 있었으며 장미가 돌처럼 냉랭한 공기 중으로 그 달콤하면서도 은은한 향기를 내뿜고 있었다.

사실 나르치스는 자신도 모르는 새 자신이 오랫동안 노려왔던 과업을 완수한 셈이었다. 즉 그는 친구의 내부에 도사리고 있던 악령을 밖으로 불러낸 것이었다. 그가 입 밖에 낸 말들 중 한마디가 골드문트 가슴속의 비밀을 건드린 것이었고 그것이 격렬한 고통으로 인해 벌떡 일어나게 된 것이다. 그날 나르치스는 골드문트를 찾아 수도원 안을 한참 동안 헤맸지만 그를 찾을 수 없었다.

한편 다니엘 수도원장은 그날 마음이 별로 편치 않았다. 중

제4장

년의 수사 두 사람이 별것도 아닌 일로 말다툼을 벌인 것이다. 그는 마음을 달래려고 작은 예배당으로 가서 기도를 드렸지만 여전히 기분이 개운치 않았다. 그는 바람을 쐬려고 마당으로 나갔고 장미 냄새에 이끌려 산책로 쪽으로 걸음을 옮겼다. 그는 그곳에서 산책로의 돌 위에 골드문트가 정신을 잃고 쓰러져 있는 것을 발견했다. 평소에 그토록 젊음의 활기가 넘치던 아름다운 골드문트가 창백한 얼굴로 쓰러져 있는 것을 보고 원장은 깜짝 놀랐다. 오늘 어쩌다 이런 일까지 벌어진단 말인가! 원장은 한숨을 내쉬며 골드문트를 일으키려 했으나 너무 무거워 감당할 수 없었다. 그는 젊은 수도사 두 명을 그곳으로 보내 골드문트를 안으로 옮기게 하고는 수도원 내 의술을 담당하고 있는 안젤름 신부를 불러왔다. 이어서 원장은 나르치스를 불러오게 했다. 나르치스는 금세 원장 앞에 나타났다.

"소식 들었겠지?" 원장이 나르치스에게 물었다.

"골드문트 말씀인가요? 예, 원장님, 방금 들었습니다. 어디가 아프거나 무슨 사고를 당해서 옮겨 놓았다는 이야기를 들었습니다."

"저 안뜰에 누워 있는 걸 내가 발견했네. 무슨 사고를 당한 게 아니라 기절해 있더군. 자네는 골드문트와 친한 사이니까 무슨 일이 있었는지 알고 있을 것 같아서 불렀네. 어디 말해보게."

나르치스는 평시처럼 침착한 태도로 골드문트와 나누었던 대화에 대하여, 그리고 그 대화가 골드문트에게 큰 충격을 주었던 사실에 대하여 짧게 보고했다. 원장은 뭔가 언짢은 듯 고개를 가로저었다.

"거참 이상한 대화로군." 그는 애써 마음을 억누르며 말했다. "자네는 골드문트의 영적 보호자가 아니면서 그 역할을 하려 한 거로군. 아직 사제 서품도 받지 않은 자네가 어찌 학생들과 그런 대화를 나누는가? 자네가 보다시피 이런 나쁜 결과를 초래하지 않았는가?"

나르치스는 부드러우면서도 단호한 어조로 대답했다.

"원장님, 결과는 아직 알 수 없습니다. 골드문트의 격렬한 반응에 저도 놀랐습니다만 저는 저희들 간의 대화가 골드문트에게 유익할 것이라고 확신합니다. 그리고 저는 영적 지도자로서 그와 대화한 것이 아닙니다. 저는 친구로서 대화한 것입니다. 다만 골드문트에 대해서 그 자신보다는 제가 더 잘 알고 있다는 생각에서 이야기를 해준 것입니다."

원장은 어깨를 으쓱했다.

"골드문트가 몇 살인가? 열일곱인가?"

제4장

65

"열여덟 살입니다."

"열여덟이라……. 젊은 나이에 흔히 앓을 수 있는 병을 앓고 있는 게로구먼."

"그렇기도 하고 그렇지 않기도 합니다. 골드문트는 성적 충동과의 싸움 외에 오랫동안 다른 문제로도 마음의 병을 앓아왔습니다. 제 생각에 그 친구의 마음의 병은 그가 과거의 일부분을 잊은 것과 관련이 있는 것 같습니다."

"과거의 일부분을 잊어? 그래, 그게 어떤 건데?"

"어머니 및 어머니와 관련된 모든 일입니다. 자세한 것은 모르지만 병의 근원이 거기에 있다는 것은 분명합니다. 골드문트 자신도 어머니를 어릴 때 잃었다는 것 외에는 아무것도 분명하게 아는 게 없습니다. 마치 어머니를 부끄러워하는 것 같은 인상을 받았습니다. 하지만 그의 재능은 어머니로부터 물려받은 게 틀림없습니다. 그가 아버지에 대해 하는 말을 들어보면 그렇게 재능이 뛰어나고 개성이 독특한 아들을 가질 만한 사람으로 보이지 않습니다. 물론 그가 직접 해준 이야기는 아니고 제가 이런저런 암시들로 추론해본 것입니다."

나르치스의 말을 듣고 있자니 원장에게 문득 한 가지 생각이 떠올랐다. 골드문트의 아버지가 부인에 관해 털어놓은 이야기였다. 그녀가 뭔가 자신에게 수치스러운 일을 한 후 어디론 가 멀리 떠났으며 아들에게서 그녀에 대한 기억과 혹시 그녀로 부터 물려받았을지 모를 나쁜 기질을 없애버리기 위해 애썼다 는 말이었다. 그는 자신의 노력이 성공을 거두어 아들이 자신 의 일생을 하느님께 바치기로 결심하게 되었다고 말했었다.

원장은 나르치스에게 물러가라고 말했다. 그는 나르치스를 질책은 하지 않았지만 당분간 환자를 만나지 말라는 경고를 내 렸다.

그 시간 안젤름 신부는 기절한 골드문트를 침대에 눕히고 그 곁에 앉아 있었다. 그는 골드문트의 맥을 짚어보고 심장 박동 을 들어보며 뭔가 좋지 않은 음식을 먹어서 대장염에 걸린 것 이라고 생각하고 있었다. 마음씨 좋은 노인은 골드문트의 잘생 긴 얼굴을 들여다보며 평소 못마땅해하던 나르치스가 이 일에 분명히 관련이 있으리라 생각하고 있었다.

얼마 후 문이 열리더니 원장이 나타났다. 원장은 환자를 살 펴보더니 한쪽 눈꺼풀을 젖혀 본 후 신부 의사에게 물었다.

"깨어날 수 있겠지요?"

"좀 기다려야 할 것 같습니다. 심장은 정상입니다. 아무도 이 아이 곁에 오지 못하게 해야 합니다."

"위험한 상태인가요?"

"그렇지는 않습니다. 상처도 없고 맞거나 넘어진 흔적도 없습니다. 기절했을 뿐입니다. 아마 대장염 같습니다. 고통이 극심하면 정신을 잃게도 되니까요. 하긴 중독이라면 열이 있을 텐데 그렇지도 않고. 어쨌든 정신이 들 것이고 생명에는 아무 지장이 없습니다."

수도원장은 다시 한번 몸을 굽혀 골드문트의 얼굴을 들여다본 후에 양호실에서 나갔다.

골드문트가 정신을 차렸을 때는 날은 이미 어두워져 있었다. 그는 마치 머리가 텅 비어버린 것 같았고 어지러웠다. 자신이 침대에 누워 있는 것은 알 수 있었지만 어디인지는 알 수 없었다. 하지만 굳이 어디인지 알고 싶지도 않았다. 그런 건 아무래도 상관없었다. 그런데 도대체 어디 있었던 거지? 어디서 무슨 경험을 하고 돌아온 거지? 그때 그에게 나타났다가 사라진 거대하고 고통스러우면서 동시에 축복에 가득 찼던 그것은 대체 뭐지?

그는 가물가물 사라져가는 이미지들을 바라보며 차츰 의식을 되찾았다. 그러자 다시 그 이미지가 보였다. 그는 고통과 기뺨으로 몸을 떨었다. 그녀가 분명히 보였다. 함박웃음을 짓고 있으며 머리칼이 빛나는 그 여인, 큰 키에 온몸에서 빛을 발하고 있는 그녀, 바로 그의 어머니가 보였다. 동시에 어떤 목소리가 들려왔다. "너는 네 유년기를 잊어버리고 있어." 대체 누구의 목소리일까? 그는 귀를 기울였고 드디어 생각해냈다. 그건 나르치스의 목소리였다. 나르치스라고? 순간 모든 것이 갑자기 기억났다. 오, 어머니, 어머니! 산더미 같은 쓰레기가 무너져 내렸고 망각의 바다가 사라져버렸다. 잃어버린 여인, 바로 그 어머니, 말로 다 할 수 없이 사랑했던 어머니가 밝고 푸른 여생의 시선으로 다시 그를 바라보고 있었다.

침대 곁 안락의자에서 졸고 있던 안젤름 신부가 눈을 떴다. 환자가 움직이는 기척과 숨소리가 들렸던 것이다. 그는 조용히 몸을 일으켰다.

"누구세요?" 골드문트가 물었다.

"날세. 겁낼 것 없어. 불을 켜주겠네."

신부가 램프에 불을 붙였다. 주름살투성이의 선량한 얼굴이 불빛에 드러났다.

"제가 병에 걸린 건가요?"

"기절했을 뿐이야. 어디 손 좀 내밀어보게나. 맥박 좀 재봐야겠어. 그래, 기분은 어떤가?"

"좋아요. 감사합니다, 안젤름 신부님. 이렇게 보살펴주시다니……. 이제 아픈 데는 없어요. 다만 좀 피곤할 뿐이에요."

"물론 그럴 거야. 곧 다시 잠이 올 걸세. 그 전에 우선 따끈한 포도주 한잔 마시도록 하게. 준비가 다 되어 있어. 우정의 표시로 함께 건배할까?"

안젤름 신부는 향료를 탄 따끈한 포도주를 잔에 조심스럽게 따르더니 그 잔을 뜨거운 물에 담갔다.

"우리 둘 다 잘 잔 셈이로군." 신부가 웃으며 말했다. "자, 이 마법의 술을 한잔 마셔보자고. 한밤중에 남들 모르게 마시는 술처럼 좋은 건 없지. 자, 건배!"

골드문트는 웃으면서 잔을 부딪치고는 맛을 보았다. 계피와 패랭이꽃 향료를 첨가하고 설탕으로 단맛을 낸 이런 따끈한 포도주는 생전 처음 마셔보는 것이었다. 언젠가 몸이 아팠을 때는 나르치스가 간호를 해주었는데 이번에는 자신이 좋아하는 안젤름 신부가 간호를 해주고 있었다. 그는 기분이 너무 좋았다.

"배가 아프지 않은가?" 노인이 물었다.

"아뇨."

"그래? 혹시 대장염이 아닌가 생각했는데 대장에는 아무 이상이 없는 게로군. 어디 혀를 한번 내밀어보게나. 음, 정말 괜찮군, 그래. 이런, 이 늙은이가 또 잘못 짚었군. 자네, 정말로 사람들을 깜짝 놀라게 했어. 산책길에 쓰러져 있었으니 말일세. 정말 배가 아프지 않은 거지? 여기 딱 반 잔씩 나눠 마시면 좋을 만큼 남아 있군. 우리, 마저 마시도록 하세.”

그들은 웃으며 남아 있는 환자 회복용 포도주를 함께 마셨다. 잠시 후 안젤름 신부는 잠자리에 들기 위해 자리를 떴다.

신부가 떠난 후에도 골드문트는 오랫동안 깨어 있었다. 다시 한번 그의 마음속에 천천히 이미지들이 떠오르고 친구의 날이 불꽃처럼 타올랐다. 그리고 그의 영혼 속에 금발의 빛나는 여인, 그의 어머니가 다시 나타났다. 마치 따뜻한 남풍처럼 그녀의 이미지가 그를 감싸고 지나갔다. 마치 생명과 따뜻함과 애정과 내밀한 유혹을 품고 있는 구름과도 같았다. 오, 어머니! 제가 어떻게 어머니를 잊을 수 있었던 거지요!

제5장

이제껏 골드문트가 어머니에 대해 알고 있는 몇 안 되는 사실들은 모두 남들을 통해 들은 것들이었다. 어머니의 이미지는 그의 기억에서 거의 사라지고 없었다. 그에게 어머니란 존재는 입에 올려서는 안 되는 수치스러운 존재였다. 그녀는 무희였다. 아름답고 정열적인 여자로서 지체는 높았지만 불순한 이교도적인 집안 출신이었다. 골드문트의 아버지는 자신이 그녀를 빈곤과 수치로부터 구해냈다고 했다. 아버지는 그녀가 이교도인 줄 모르고 그녀에게 세례를 주었고 종교를 가르쳤다. 그는 그녀와 결혼했고 그녀를 바람직한 여성으로 만들었다. 그녀는 몇 년간 정숙한 여자로서 지냈다. 하지만 곧이어 옛날의 재주와 습관이 되살아나 문제를 일으켰고 남자들을 유혹했으며 며칠간 집을 비우기도 했다. 그녀는 마녀라는 소문에 휩싸이기도 했고 남편이 멀리까지 가서 몇 번이고 집으로 데려왔지만 결국은 영원히 사라져버렸다. 불안과 공포, 수치, 지울 수 없는 충격에 빠져 있던 아버지는 한참 세월이 흐른 뒤에야 서서히 기력을 회복할 수 있었다. 그는 돌이킬 수 없게 된 아내 대신 아들 교육에 전력을 기울였다. 그런데 아들의 모습이나 성품은 아내를 닮아 있었다. 아버지는 점점 잔소리가 심한 고집불통이 되어버렸다. 그리고 그는 아들에게 어머니의 죄를 씻기 위해 평생을 하느님께 바쳐야 한다는 믿음을 심어주었다. 그 와중에 골드문트에게는 실제의 어머니 모습은 완전히 기억에서 지워지고 아버지가 만들어낸 이미지만 남게 되었다.

그런데 그에게 다시 나타난 어머니의 이미지는 아버지와 하인들의 입, 나쁜 소문을 통해 형성된 이미지와는 전혀 달랐다. 그 이미지는 유년기의 별로서 그에게 다시 나타났다.

"내가 어떻게 그 모습을 잊고 있었는지 이해할 수 없어." 골드문트가 나르치스에게 말했다. "내 생애 그토록 무조건, 열정적으로 사랑했던 사람은 어머니밖에 없어. 어머니만큼 존경하고 경탄했던 사람은 없어. 어머니는 내게는 태양이고 달이었어. 내 영혼 속에서 그토록 빛나던 모습이 어떻게 그토록 사악하고 창백한 모습으로, 아무 형체도 없는 마녀로 변할 수 있었는지 정말로 모르겠어. 이미 오래전부터 나와 아버지에게 어머니는 그런 모습으로 변해 있었던 거야."

나르치스는 최근에 수련 과정을 마치고 사제복을 입고 있었고 골드문트도 아무런 후유증 없이 완쾌되어 있었다. 골드문트에게는 진지하지 못한 태도도 눈 녹듯 사라졌고 마치 수도사라도 된 듯 조숙한 척하던 모습도 사라졌으며 하느님께 특별히 봉사해야 한다는 의무감도 사라졌다. 그는 자기 자신을 발견한 이후 더 젊어진 동시에 더 어른이 된 것 같았다. 그 모든 것이 나르치스 덕분이었다.

골드문트를 대하는 나르치스의 태도도 변해 있었다. 그는 골드문트에 대해 무척 겸손했으며 더 이상 그를 가르치려는 태도를 보이지 않았다. 한편 골드문트는 이전보다 더 나르치스를 존경했다. 나르치스는 골드문트가 그 어떤 신비스러운 샘으로부터 힘을 얻고 있음을 알았다. 자신은 결코 도달할 수 없는 샘이었다. 나르치스는 골드문트가 그 힘을 강화하는 데 도움을 줄 수는 있었지만 직접 그 힘에 동참할 수는 없었다. 그는 자신의 친구가 자신의 인도(引導)로부터 점차 벗어나는 모습을 보면서 기쁨과 슬픔을 동시에 느꼈다. 자신은 이제 골드문트가 밟고 넘어선 어느 단계, 그가 벗어버린 허물 같은 것이 되었음을 알았다. 그는 자신에게 그토록 소중하던 둘 사이의 우정에 끝이 가까웠음을 알았다. 하지만 그는 여전히 골드문트에 대해 골드문트 자신보다 더 잘 알고 있었다. 골드문트는 자신의 영혼을 되찾았고 그 영혼의 부름에 순종할 준비가 되어 있었다. 하지만 그 영혼이 자신을 어디로 인도할지는 모르고 있었다. 나르치스는 그 모든 것을 잘 알고 있었지만 더 이상 그를 이끌 힘은 없었다. 골드문트가 나아갈 길은 그가 이제껏 발을 들여놓지 않았던 세계인 때문이었다.

골드문트가 병에서 회복되자 그의 본능은 한층 더 예리해졌다. 그는 자신의 미래가 어찌 될 것인지 알 수 없었지만 자신의 운명이 이제 그 모습을 형성하기 시작했음을, 팽팽하게 긴장한 채 그 준비를 하고 있음을 분명하게 느꼈다. 그러한 예감은 그에게 마치 축복처럼 여겨져 때로는 밤새 그를 달콤한 꿈에 젖어 잠 못 이루게 했다. 또 때로는 어둡고 숨 막히는 밤을 보내기도 했다. 오랫동안 잊고 있던 어머니의 목소리가 돌아온 것이다. 그것은 그에게 너무나 행복한 일이었다. 하지만 그 유혹의 목소리가 과연 자신을 어디로 데려갈 것인가? 불확실성의 세계, 가시덤불 속, 곤궁 속일지도 몰랐고 죽음일지도 몰랐다.

제5장

75

그 목소리가 자신을 고요하고 평온하며 안전한 곳, 수도사의 독방이나 수도원으로 이끌 것 같지는 않았다. 어머니의 부름은 그가 오랫동안 자신의 소망이라고 착각해 왔던 아버지의 명령과는 아무런 공통점이 없었다. 그가 아무리 열심히 기도를 해도 어머니의 세계는 향기를 내뿜으며 그를 휘저어 놓았고 신비스러운 눈길로 그를 지켜보았으며 마치 저 깊은 바다, 아니면 낙원에서 들려오는 듯 그에게 속삭였다. 그 속삭임의 세계, 어머니의 세계에는 사랑과 달콤함이 있었고 행복을 약속하는 정겨운 미소가 있었으며 마음을 달래주는 안락함이 있었다. 하지만 그와 동시에 그 매혹적인 겉모습 안에는 무섭고 어두운 것, 탐욕, 불안, 죄악, 고통, 탄생과 죽음이 동시에 들어 있었다.

젊은이는 이러한 꿈에, 몇 겹으로 얼키설키 얽혀 있는 감각의 실타래, 영혼과 함께 하는 그런 감각의 실타래에 빠져 있었다. 그 꿈속에서 유년기, 어머니의 사랑, 찬란하게 금빛을 발하던 여명기의 삶이 되살아났다. 하지만 그 꿈속에는 위협적이고 유혹적이며 위험한 미래가 잉태되어 있었다. 어머니와 성모 마리아와 연인이 한 몸이 되어 있는 그 꿈은 때때로 그에게 신성모독이나 돌이킬 수 없는 무시무시한 죄악처럼 보이기도 했고 때로는 조화와 안식처럼 보이기도 했다. 신비에 가득 찬 삶이,

깊이를 알 수 없는 어두운 삶이, 동화 속에서처럼 온갖 위험으로 가득 찬 무서운 숲이 그를 지켜보고 있었다. 하지만 그 모든 것은 바로 어머니의 비밀이었으며 그 모든 것은 어머니로부터 와서 어머니에게로 그를 인도했다. 그것은 어머니의 눈에서 검게 빛나고 있는 작은 심연, 위협적인 심연 바로 그것이었다.

어머니에 대한 이런 꿈속에서 그의 유년기는 완벽하게 되살아났다. 그는 심연 속에서 헤엄치는 물고기 꿈도 꾸었고 날아다니는 새들 꿈도 꾸었다. 그리고 꿈속에서 그 물고기와 새들은 그의 피조물이 되었다. 또한 그는 자신의 세례명인 성자 크리소스토무스에 대한 꿈도 꾸었다. 그리고 그 성자는 골드문트 자신이 되었고 골드문트는 꿈속에서 황금의 입을 갖고 있었다. 그가 그 금빛 입으로 말을 하자 그의 말들이 조그만 새 무리가 되어 날갯짓을 하며 날아갔다. 한번은 이런 꿈도 꾸었다. 그는 이미 성인이 되어 있었다. 하지만 그는 어린아이처럼 바닥에 주저앉아 찰흙으로 형상들을 빚고 있었다. 그는 말이나 황소, 키 작은 남자나 여자들을 만들었다. 그가 싫증이 나서 자리를 뜨자 뒤에서 무언가 살아 있는 것들이 따라오는 소리가 들렸다. 그는 뒤를 돌아보았다. 놀라운 광경이 눈에 들어왔다. 그가 만든 작은 진흙 형상들이 몸집이 커진 채 살아 움직이고 있었던 것이다. 골드문트는 놀랐고 충격을 받았다. 하지만 동시에 기쁘기도 했다. 그가 만든 형상들이 거대한 탑처럼 몸집이 커진 채 이 세상을 향해 나아가고 있었다.

그는 현실 세계보다는 오히려 이런 꿈의 세계에서 살고 있었다. 강당, 수도원 뜰, 도서실, 침실, 예배당 같은 현실 세계들은 그에게 표면에 불과했다. 그것들은 초현실적인 이미지의 세계를 덮고 있는 표피일 뿐이었다. 그리고 그 얇은 표피에는 자주 구멍이 뚫렸다. 그 꿈의 세계에서 라틴어 머리글자는 성모 마리아의 빛나는 얼굴이 되었고, 찬송가 음조는 천국의 문이 되었다. 또 어떤 그리스어 글자는 달리는 말이 되거나 풀잎 위를 기어가는 뱀이 되었다. 그러다가 어느 순간 그것들은 다시 딱딱한 문법책으로 돌아와 있었다.

골드문트는 자신의 꿈에 대해 나르치스에게 약간의 암시만 주었을 뿐 거의 이야기해주지 않았다.

그가 어느 날 나르치스에게 말했다.

"내게는 꽃잎 한 장이나 땅 위를 기어가는 벌레 한 마리가 도서관을 가득 채우고 있는 책들보다 더 많은 것을 말해주고 더 많은 것을 품고 있는 것 같아. 글자들을 들여다보고 있자면 그것들이 새가 되어 날아가고 물고기가 되어 헤엄을 치기도 해.

나르치스, 너는 그런 글자들이 대단치 않다고 생각하겠지? 하지만 나는 하느님이 그 글자들로 이 세상을 표현한 것 같다는 생각이 들어."

"아니야, 나도 글자들을 대단히 중시해." 나르치스가 약간 슬픈 목소리로 말했다. "그것들은 마법의 글자야. 그것들로 모든 악령들을 몰아낼 수 있어. 물론 학문 추구에는 적합하지 않지. 인간의 정신이란 분명하게 정의된 것을, 단단한 형상을 좋아하기 마련이야. 인간의 지성은 그 기호들이 믿을 만한 것이 되기를 원해. 생성되는 것보다는 존재하는 것을 좋아하고 가능성보다는 현실성을 더 중시해. 오메가라는 글자가 뱀이나 새가 되는 걸 용납하지 않는다는 뜻이야. 따라서 지성은 자연 속에서는 살 수 없고 오로지 자연과 맞서서, 자연의 적수로서만 존재할 수 있어. 네가 결코 학자가 될 수 없으리라는 말을 이제 이해할 수 있겠지?"

사실이었다. 골드문트는 오래전부터 그런 생각을 하고 있었다.

"나는 이제 너처럼 지성을 연마하기 위해 힘쓸 생각이 없어." 그가 반은 농담처럼 말했다. "지성이나 학문에 대한 내 생각은 아버지에 대한 생각과 비슷해. 나는 아버지를 무척 사랑하며 내가 아버지처럼 되길 원한다고 생각했었어. 아버지가 말씀하신 것을 절대적으로 믿었었지. 하지만 어머니가 다시 나타나자 나는 사랑의 의미에 대해 다시 알게 되었고 어머니 곁에서 아버지의 이미지가 갑자기 왜소해졌어. 심지어 불쾌해 보이고 거부감까지 느끼게 되었어. 이제 나는 지성과 관련되는 것은 모두 어머니가 아닌 아버지와 결부시키게 되었고, 어머니에게 적대적인 것으로 보게 되었어. 별로 존중하지 않게 된 거야.”

골드문트는 농담조로 이야기했지만 친구의 얼굴을 밝게 해 주지는 못했다. 나르치스는 마치 애무하는 듯한 눈길로 말없이 골드문트를 바라보더니 말했다.

“이해할 수 있어. 이제 우리는 다시 논쟁을 벌일 필요가 없어. 너는 깨어난 것이고 너와 나의 차이를 깨닫게 된 거야. 영혼과 지성 사이의 차이를 알게 된 거지. 수도사가 되겠다는 네 생각은 아버지가 꾸며낸 믿음일 뿐이야. 아마 너를 수도사로 만들어서 아내를 그리워하는 마음을 속죄하듯 씻어내고 싶었을 거야. 아니면 네 어머니에게 복수를 하고 싶었거나. 이제 수도원에서 일생을 보내는 게 네 운명이라고 믿지는 않겠지?”

골드문트는 생각에 잠겨 친구의 손을 바라보았다. 우아하고 가냘프면서 엄격함이 묻어 있는 희고 잘생긴 손이었다. 그것이 고행하는 학자의 손이라는 데는 의심의 여지가 없었다.

"모르겠어." 골드문트가 마치 한 단어 한 단어에 머물러 있는 듯한 어조로 천천히 말했다. 최근에 그에게 생긴 버릇이었다. "정말로 모르겠어. 아버지에 대한 네 이야기가 가혹하긴 해도 사실일지도 몰라. 나를 이곳에 보내신 뒤 3년 동안 한 번도 찾아오지 않으셨으니까. 아버지는 여전히 내가 수도사가 되길 바라고 계실 거야. 그게 아버지로서는 최선의 길인지도 몰라. 하지만 이제는 내가 정말 뭘 소망하고 있는지 모르겠어. 전에는 정말 모든 게 단순했어. 하지만 지금은 그렇지 않아. 글자 하나하나마다 단순해 보이지 않아. 모든 것들이 수많은 의미와 얼굴을 지니고 있는 것만 같아. 내가 어떻게 될 것인지는 모르겠어. 지금은 그런 생각을 할 수조차 없어."

"그럴 필요도 없어." 나르치스가 말했다. "네가 앞으로 나아갈 길 자체가 그걸 보여줄 테니까. 그 길은 너를 다시 어머니에게로 인도하기 시작했어. 그리고 계속 그녀 가까이로 인도할 거야. 네 아버지에 대해 내가 그다지 가혹한 평가를 한 건 아니야. 설마 아버지에게로 다시 돌아가고 싶은 건 아니겠지?"

"아니, 절대로 아니야. 학자가 되고 싶은 생각은 없으니까 지금 당장 집으로 돌아갈 수는 있겠지. 라틴어와 그리스어, 수학 등을 충분히 배웠으니까. 하지만 아버지에게 돌아가지는 않을 거야."

나르치스는 확고한 결의를 품은 시선으로 골드문트를 바라보며 말했다. 단호한 어조였다.

"잘 들어, 골드문트. 우리는 좋은 우정을 나눴어. 우리의 우정에는 목표가 있었고 이제 그걸 이룬 거야. 우리의 우정이 너를 깨운 거지. 나는 우리의 우정이 끝나지 않길 바라고 있어. 나는 우리의 우정이 새로워지길, 그래서 새로운 목표를 향해 나아가길 바라고 있어. 지금 당장은 아무 목표도 없어. 네 목표도 불확실하고 내가 너를 이끌 수도, 너와 함께 할 수도 없어. 어머니께 물어. 어머니의 이미지에게 묻고 귀를 기울여. 하지만 내 목표는 불확실하지 않아. 나의 목표는 이곳, 이 수도원 안에 있고, 언제나 나를 부르고 있어. 나는 네 친구가 될 수는 있지만 사랑할 수는 없어. 나는 이제 서약을 했고 사제 서품을 받을 때까지는 학생들을 가르치면서 금식과 수련을 하게 될 거야. 그 기간 동안 세속적인 이야기는 하지 않을 거야. 너와도 이야기를 나누지 않을 거고."

골드문트는 친구의 말을 이해했다. 그가 슬픈 어조로 말했다.

"그래, 너는 몇 년 후에 최고의 스승이 되겠지. 그리고 또 많은 일을 하겠지."

나르치스가 말했다.

"네가 무슨 생각을 하는지 알아. 하지만 그런 것들이 내 목표는 아니야. 나는 교장으로서 죽게 되거나 수도원장 또는 주교로서 죽음을 맞게 될지도 모르지. 수도원을 위해서 많은 일을 하게 될지도 모르지. 하지만 그런 것들이 내 목표는 아니야. 가능한 한 내 정신을, 내 지성을 내가 이해할 수 있는 한도 내에서 사용하는 것, 그게 내 목표야. 그 외에 다른 목표는 없어. 그것도 목표일 수 있지 않니?"

골드문트는 오랫동안 생각에 잠겨 있다가 대답했다.

"네가 옳아. 그런데 네가 네 목표를 향해 가는 데 내가 너무 방해가 됐던 건 아니니?"

"네가 내게 방해가 됐다고! 오, 골드문트, 너처럼 내게 도움이 되어 주었던 사람은 아무도 없었어. 네가 내게 어려움들을 안겨준 건 사실이지만 나는 그 어려움들의 적(敵)이 아니었어. 나는 그것들을 통해 배웠고, 부분적으로는 그것들을 극복하기도 했어. 그리고 앞으로 우리가 어떻게 되더라도 네가 나를 진지하게 불러주고 나를 필요로 하는 순간에는 결코 너를 외면하지 않을 거야. 절대로 그럴 일은 없어."

나르치스의 그 말은 마치 작별 인사처럼 들렸다. 그리고 그것은 실제로 이별의 전주곡이었다. 골드문트는 친구의 얼굴을 바라보았다. 목표가 뚜렷한 결의에 찬 모습이었다. 그러자 그들이 더 이상 형제나 동료가 아니라는 것이 분명하게 느껴졌다. 그들이 나아갈 길이 이미 갈라지기 시작한 것이다. 골드문트 앞에 서 있는 사람은 몽상가가 아니었다. 그는 운명이 자신을 불러주기를 기다리고 있는 사람이 아니었다. 그는 자신의 삶을 서약한 수도사였다. 그는 수도원에, 의무에 속한 사람이었다. 그는 교단과 교회의 봉사자이자 군인이었다.

골드문트는 자신이 이 세계에 속한 사람이 아니라는 것을 알게 되었다. 이제 그에게 그 모든 것이 뚜렷이 보였다. 그에게는 돌아갈 고향이 없었다. 미지의 세계가 그를 기다리고 있을 뿐이었다. 일찍이 그의 어머니도 그런 길을 갔다. 그의 어머니는 집과 농장, 남편과 자식, 공동체와 질서, 의무와 명예, 그 모든 것을 버리고 미지의 세계 속으로 달아났다. 그녀는 아마 오랫동안 그런 세계 속에 빠져 있었을 것이다. 어머니에게 목표가 없었듯이 골드문트에게도 목표가 없었다. 목표를 갖는다는 것은 남들에게나 허용될 수 있는 것이었지 그에게는 아니었다. 오, 나르치스는 그 얼마나 오래전부터 그 사실을 꿰뚫어 보고 있었던가! 그가 얼마나 옳았던가!

둘 사이 대화가 있은 지 얼마 되지 않아 나르치스는 마치 행방불명처럼 되었다. 다른 선생이 그가 가르치던 과목을 떠맡았고 도서실 안 그의 책상은 비어 있었다. 하지만 그가 완전히 자취를 감춘 것은 아니었다. 때때로 그가 회랑을 지나가는 모습이 보이기도 했고 예배당에 무릎을 꿇고 기도하는 소리가 들리기도 했다. 사람들은 그가 수련 과정 마지막 단계에 접어들었고, 그가 금식 기도를 하며 밤에는 세 번씩이나 잠자리에서 일어나 묵상 기도를 한다는 사실을 알고 있었다.

그는 그렇게 수노원에 있었지만 그는 이미 다른 세계로 넘어가 있었다. 골드문트는 그에게 다가갈 수도 없었고 이야기를 나눌 수도 없었다. 하지만 골드문트는 알고 있었다. 그가 다시 나타날 것이고 다시 강단에 설 것이며 식당 자기 자리에 앉을 것이고 자기와 다시 이야기를 나누게 되리라는 것을. 하지만 나르치스는 더 이상 자기만의 나르치스가 아니리라는 것을.

나르치스와 함께 있으면서도 동시에 그렇게 멀어지자 골드문트에게는 수도원의 모든 삶이 무의미해졌다. 그는 자신이 수도원의 모든 생활, 문법과 논리학, 공부와 정신세계를 좋아했던 것이 오로지 나르치스 덕분이었음을 확연히 깨달을 수 있었다. 나르치스가 그의 모범이었으며 그가 도달하고자 하는 목표였던 것이다. 이제 그와 자신이 목표가 다르다는 것을 확실히 알게 된 이상 그는 이곳의 낯선 손님에 불과할 뿐이었다. 그는 손님으로서 혹시 푸대접이나 받지 않을까 걱정하며 지내는 신세가 되었다.

그 짧은 기간 동안 골드문트의 생활은 망설임과 작별 준비 기간일 뿐이었다. 그는 그에게 친숙해지고 의미가 있는 장소들을 모두 찾아가 보았다. 그는 작별이 아쉬운 사람이 거의 없다는 사실에 놀랐다. 물론 나르치스도 있고 다니엘 수도원장도 있었으며 사람 좋은 안젤름 신부님, 친절한 수위 아저씨, 이웃 방앗간 주인도 있었지만 이제 그들 모두 현실적으로 그에게 아무 의미 없는 존재가 되고 말았다. 그들보다는 오히려 예배당의 거대한 석조 성모 마리아상과 정문의 12사도 상들과 작별하는 것이 더 서운한 것 같았다. 그는 오랫동안 그 석상들 앞에 서서 작별을 고했으며 앞마당의 보리수나무와 밤나무에 기대어 생각에 잠기기도 했다. 하지만 그 모든 것들 또한 현실성을 잃고 가을철의 조락(凋落)과 무상함의 냄새를 풍기고 있었다.

다만 자신의 내부의 삶만이 현실적이었다. 불안하게 두근거리는 가슴, 가슴을 찌르는 향수(鄕愁), 꿈속의 환희와 공포만이 그에게 현실적인 삶이었다. 그는 그 세계에 속해 있었고 그는 그 세계에 몸을 맡겼다. 책을 읽을 때나 수업 중에도, 동료들과 함께 있을 때도, 그는 갑자기 자기 자신 속으로 침잠해서 모든 것을 잊고 자신을 멀리 데려가는 내면의 격류와 소리에만 귀를 기울였다. 그것들은 그에게 어두운 멜로디로 가득 찬 깊은 샘물을 보여주기도 했고 동화 같은 행동들이 넘쳐흐르는 알록달록한 심연들을 보여주기도 했다. 그곳에 들려오는 소리들은 모두 어머니의 목소리와 닮아 있었으며 그곳에 반짝이는 수많은 눈동자는 바로 어머니의 눈동자였다.

제6장

　어느 날 안젤름 신부가 기이한 약재들 향기로 가득한 그의 약제실로 골드문트를 불렀다. 골드문트를 보자 신부는 그에게 책갈피에 끼워 말려 놓았던 풀잎을 하나 보여주었다. 약재로 쓰는 쑥 종류의 풀이었다. 골드문트는 그 풀을 잘 알고 있었다. 신부는 골드문트에게 그 약초를 한 다발 채집해 오라고 부탁하면서 그 약초가 잘 자라고 있는 곳을 알려주었다.

　골드문트는 교실에 앉아 있는 대신 들판에 나가 풀을 뜯어 오라는 안젤름 신부의 분부가 반가웠고 내심 감사드렸다. 그는 점심 식사 후 마구간으로 달려가 마사 관리인에게 부탁해서 점박이 말을 타고 수도원 밖으로 나갔다. 그는 신선한 공기를 한껏 들이마시며 말타기를 즐긴 다음 말을 단풍나무 그늘 아래

묶어 놓고 신부가 지시한 약초 채집에 나섰다.

들판에는 온갖 종류의 풀들과 꽃들이 무성히 자라고 있었으며 돌무더기 위에는 도마뱀들이 살고 있었다. 골드문트는 돌무더기 옆에서 신부님이 채취해 오라고 한 약초들을 발견하고 캐기 시작했다. 그는 꽤 많은 양의 쑥을 캔 다음 돌무더기 위에 앉았다. 무더운 날씨였다. 그는 돌무더기 위에 앉아 쑥 냄새를 맡아보기도 하고 잎사귀에 붙어 있는 자잘한 털들을 들여다보기도 했다.

그는 이토록 수많은 이파리들 하나하나에 자그마한 별무늬들이 마치 수를 놓은 것처럼 박혀 있는 것이 신기했다. 도마뱀도, 식물들도, 심지어 돌까지도 모든 것들이 신기하고 신비로웠다. 골드문트를 무척이나 좋아하는 안젤름 신부는 이제 약초를 직접 채집할 수가 없었다. 다리가 불편해서 움직일 수 없게 되었으며 신부의 의술로도 자신의 병을 고칠 수 없었다. 신부님은 머지않아 돌아가실지도 모른다. 약장의 약초들은 여전히 향기를 내뿜고 있는데도 신부님은 그곳에 계시지 않게 될지도 모른다. 아니, 좀 더 사시게 될지도 모른다. 어쩌면 10년이나 20년 더…… . 아, 20년 후의 내 모습은 어떨까? 아, 이 모든 것이 아름다우면서도 그 얼마나 슬픈가! 인간은 아무것도 모른다. 인간은 살면서 땅 위를 뛰어 돌아다니고 말을 타고 숲을 가로지르기도 한다. 그러면서 만나는 것들 중 어떤 것은 도발적으로 보이기도 하고, 그 무언가 약속하는 것처럼 보이기도 하며, 향수(鄕愁)를 불러일으키기도 한다. 밤하늘의 별, 푸른 초롱꽃, 갈대처럼 푸른 바다, 사람이나 암소의 눈길들과 마주치기도 한다. 그리고 때로는, 오랫동안 갈구해 왔지만 한 번도 목격한 적이 없던 그 어떤 일이 벌어질 것 같기도 하고, 모든 것들을 덮고 있던 베일이 벗겨질 것 같은 느낌에 젖기도 한다. 하지만 아무 일도 벌어지지 않은 채 그 순간이 지나간다. 수수께끼는 여전히 풀리지 않고 비밀스러운 마법은 풀리지 않는다. 그러면서 결국 안젤름 신부처럼 노련하게 늙어가거나 다니엘 원장처럼 지혜롭게 늙어간다. 하지만 그렇게 늙어가면서도 여전히 아무것도 모르는 채 귀를 기울이며 뭔가를 여전히 기다린다.

골드문트는 속이 빈 달팽이 껍질을 하나 집어 들었다. 햇빛에 달구어진 껍질은 돌들 사이에서 희미한 소리를 냈다. 그는 껍질의 굴곡, 나선형 무늬, 좁아진 머리 부분, 텅 빈 속들을 유심히 관찰했다. 그는 눈을 감은 채 달팽이 껍질 모양을 손으로 느껴 보았다. 그리고 이런 형태를 만들어낸 경이로운 마법에 감탄했다. 그는 몽롱한 가운데 '그래, 학교에서 배우는 것들, 학문들이 지닌 결점 중의 하나는, 인간의 이성으로 모든 것을 이차원적인 평면으로 본다는 데 있어'라고 생각했다. '그래, 모든 지적 활동이 지니는 얄팍함이나 무가치함도 그것과 비슷한 걸 거야.'

하지만 골드문트는 그 생각에 오래 잠겨 있을 수 없었다. 달팽이가 그의 손가락 사이에서 빠져나갔다. 갑자기 피곤해지더니 졸음이 왔다. 그는 말라가면서 점점 더 짙은 향기를 풍기는 약초 다발에 머리를 묻고 잠에 빠져들었다. 그의 신발 위로 도마뱀들이 기어갔고 약초가 시들어갔으며 단풍나무 아래 매어 놓은 점박이 말은 초조한 듯 발을 굴렀다.

숲 저쪽에서 누군가 걸어오고 있었다. 빛바랜 푸른 옷을 입은 여자였다. 조그만 붉은 수건으로 머리칼을 묶고 있었으며 얼굴은 여름 햇살에 갈색으로 그을려 있었다. 여인이 가까이 왔다. 그녀는 작은 보따리를 들고 있었으며 입에는 작고 빨간 패랭이꽃을 물고 있었다. 그녀가 골드문트를 발견했다. 그녀는 약간 떨어진 곳에서 호기심과 궁금증에 찬 표정으로, 잠들어 있는 그의 모습을 바라보았다. 맨발의 그녀는 살금살금 더 가까이 다가오더니 골드문트 앞에 서서 그를 유심히 내려다보았다. 의구심 같은 것은 없는 표정이었다. 이 잠들어 있는 미남 청년이 위험해 보이지 않았던 것이다. 그녀는 그가 아주 마음에 들었다. 이 황량한 들판에 왜 온 걸까? 약초 다발이 미소를 띠고 있는 그녀의 눈에 들어왔다. 그것들은 이미 시들어 있었다.

골드문트가 꿈의 숲에서 돌아와 눈을 떴다. 머리에 부드러운 게 느껴졌다. 여인의 무릎에 누워 있었던 것이다. 아직도 잠에서 덜 깨서 어리둥절해하고 있는 그의 눈을 어느 낯선 여인의 따뜻한 두 눈동자가 가까이서 들여다보고 있었다. 그는 두렵지 않았다. 이 따뜻한 갈색 눈동자는 조금도 위험해 보이지 않았다. 여인은 약간 놀라고 있는 그에게 미소를 보냈다. 아주 친근한 미소였다. 그도 천천히 미소를 짓기 시작했다. 그녀의 입술이 미소 짓고 있는 그의 입술 가까이 내려왔다. 두 사람은 부드러운 입맞춤으로 인사를 나누었다. 골드문트는 어느 날 저녁, 마을에 갔던 일과 머리를 땋아 내린 소녀가 생각났다. 입맞춤은 끝나지 않고 계속되었다. 여인의 입술이 계속 그의 입술 위에 머물며 여전히 유희를 계속했다. 그녀의 입술이 그의 입술을 핥고 유혹하다가 결국 탐욕스럽게, 그리고 거칠게 그의 입술을 깨물었다. 골드문트의 피에 불을 붙인 것이고 그 피가 혈관 속에서 고동치게 한 것이다. 갈색의 여인은 천천히 끈기 있게 청년을 이끌고 가르치면서 자신을 그에게 바쳤다. 그녀는 그가 스스로 찾고 발견할 수 있게끔 그를 이끌었으며 그에게

불을 질렀다가 이윽고 그 불꽃을 식혀주었다. 고양되었던 짧은 사랑의 환희가 그에게서 황금빛 불꽃처럼 타올랐다가 서서히 가라앉더니 이윽고 꺼졌다. 골드문트는 여인의 가슴에 얼굴을 묻은 채 눈을 감고 누워 있었다. 잠시 동안 두 사람은 아무 말이 없었다. 여인은 그의 머리칼을 천천히 쓸어주며 정신이 들게 했다. 마침내 골드문트가 눈을 떴다.

"당신!" 그가 말했다. "당신! 대체 당신이 누구지요?"

"난 리제예요." 그녀가 말했다.

"리제." 그가 그 이름을 음미하듯 되풀이했다. "리제, 오, 정말 사랑스러워요!"

그녀가 입을 그의 귀 가까이 대고 속삭였다.

"당신, 이번이 처음이었죠? 전에는 사랑을 나누어본 적이 없지요?"

그는 그렇다고 시인했다. 그가 갑자기 벌떡 일어나서 주위를 둘러보더니 머리를 들어 하늘을 바라보았다.

"오!" 그가 외쳤다. "벌써 해가 지려 하고 있네. 돌아가야 해요."

"어디로요?"

"수도원이요. 안젤름 신부님에게요."

"아, 마리아브론 수도원이요? 당신 그곳 사람이에요? 저랑 좀 더 있지 않을래요?"

"그러고 싶어요."

"그럼 가지 말아요!"

"안 돼요. 그건 옳지 않아요. 약초도 좀 더 캐야 해요."

"수도원에서 살아요?"

"네, 학생이에요. 하지만 그곳에 머물지는 않을 거예요. 당신을 찾아가도 되나요? 당신 어디 살아요? 집이 어디예요?"

"나는 집이 없어요. 그런데 이름을 말해주지 않을래요? 아, 골드문트라고요? 귀여운 골드문트, 키스 한 번 더해주지 않을래요? 그러면 보내드릴게요."

"집이 없다고요? 그러면 어디서 잠을 자요?"

"숲속이나 건초 더미 어디든지요. 오늘 밤 올래요?"

"그래요. 하지만 어디로? 어디로 가야 당신을 만나지요?"

"당신, 부엉이 소리를 낼 줄 알아요?"

"한 번도 안 해봤어요."

"자, 해봐요."

그는 부엉이 소리를 냈다. 그녀가 웃으며 흡족해했다.

"좋아요. 오늘 밤 수도원에서 나와서 부엉이 소리를 내요. 가까운 데 있을게요. 귀여운 골드문트, 내가 좋아요?"

"오, 리제, 당신이 정말 좋아요. 꼭 올게요. 조심해서 가세요. 전 서둘러야겠어요."

골드문트는 저녁노을이 질 무렵 말을 급히 몰아 수도원으로 돌아왔다. 안젤름 신부가 몹시 바쁜 걸 보고 그는 안심이 되었다. 동료 학생 한 명이 맨발로 개울에서 놀다가 유리 조각에 발을 다쳤던 것이다.

이제 나르치스를 찾는 것이 급선무였다. 골드문트는 수도원 형제들 중 누군가에게 나르치스가 어디 있는지 물었다. 이어서 그는 나르치스가 있다는 수도원 안쪽 고해실로 달려갔다. 금식 기도일인 데다 철야 기도를 앞두고 있어 그곳에서 자고 있으리라는 것이었다. 단숨에 그리로 달려간 골드문트는 문가에 귀를 기울여보았다. 아무 소리도 들리지 않았다. 그는 살그머니 안으로 들어갔다. 출입이 엄격하게 금지된 곳이었지만 그는 전혀 상관하지 않았다.

나르치스는 좁은 나무 침대에 누워 있었다. 어슴푸레한 불빛을 받고 있는 그의 얼굴은 창백하고 수척했다. 두 손을 가슴에 댄 채 똑바로 누워 있는 것이 꼭 시체 같았다. 그는 눈을 뜨고 있었다. 잠을 자고 있지 않았던 것이다. 그는 말없이 골드문트를 바라보았다. 그를 비난하지는 않았지만 그렇다고 움직이지도 않왔다. 마치 그 어딘가 다른 시간대에, 다른 곳에서 살고 있는 듯 친구를 알아보기도, 친구의 말을 알아듣기도 힘든 것만 같았다.

"나르치스! 미안해! 방해해서 정말 미안해. 하지만 괜히 그러는 게 아니야. 네가 나와 대화를 나누면 안 된다는 걸 잘 알고 있어. 하지만 네 말을 꼭 듣고 싶어. 정말 부탁이야."

나르치스는 생각에 잠겼다가 마치 깨어나려고 애를 쓰는 듯 두 눈을 격렬하게 깜빡였다.

"꼭 그래야 해?"

"응, 꼭! 작별 인사를 하러 온 거야."

"그렇다면 꼭 필요한 거로군. 헛걸음으로 만들지 않을게. 자, 여기 와서 앉아. 철야 기도까지는 15분 정도 여유가 있어."

뼈만 앙상한 나르치스가 딱딱한 나무 침대에 걸터앉았다. 골드문트는 그 곁에 앉았다.

"나를 용서해줘." 골드문트가 죄책감에 젖은 목소리로 말했다. 비좁은 방, 이부자리도 없는 딱딱한 침대, 피로에 젖고 극도로 긴장된 나르치스의 얼굴, 반쯤은 넋이 나간 것 같은 시선 등, 모든 것이 자신이 지금 친구에게 얼마나 방해가 되고 있는지를 분명하게 보여주고 있었다.

"용서할 게 뭐 있어? 내 걱정은 하지 마. 잘못될 건 아무것도 없어. 작별하러 왔다고 했지? 그럼 떠날 거니?"

"응, 오늘 바로 떠날 거야. 뭐라고 말해줘야 할지 모르겠어. 갑자기 모든 게 결정되어버렸어."

"아버지가 오셨니? 아니면 무슨 기별이라도?"

"아니야. 아무도 오지 않았어. 그냥 삶이 내게 다가온 거야. 아버지 없이, 그 누구의 허락도 없이 떠날 거야. 너한테 부끄러워. 그냥 도망가는 거야."

나르치스는 자신의 희고 긴 손가락을 내려다보았다. 얼굴에는 희미한 미소가 떠올라 있는 것 같았다.

그가 말했다.

"골드문트, 시간이 별로 없어. 분명하고 간단하게 요점을 말해봐. 아니면 내가 네게 무슨 일이 일어났는지 말해볼까?"

"말해줘." 골드문트가 사정했다.

"이봐, 넌 사랑에 빠진 거야, 넌 여자를 만난 거야."

"아니, 네가 그걸 어떻게 아니?"

"네가 훤히 다 보여주고 있어. 사람들이 사랑에 빠졌을 때 보이는 모습을 다 드러내고 있단 말이야. 자, 이제 네가 말해봐."

골드문트는 부끄러운 듯 친구의 어깨를 만졌다.

"네 말 대로야. 하지만 이번에는 정확하게 말한 셈이 아니야.

좀 달라. 나는 들판에 나갔다가 더위에 잠이 들었어. 내가 깨어났을 때 어느 아름다운 여인의 무릎에 내가 누워 있었어. 순간 나는 어머니가 나를 데리러 오셨구나, 하고 느꼈어. 물론 그 여인이 어머니라고 생각한 것은 아니었어. 짙은 갈색 눈에 머리칼은 검은색이었거든. 어머니는 나처럼 금발이야. 그녀의 모습은 어머니와 전혀 달랐어. 하지만 역시 어머니였어. 어머니가 나를 부른 것이고, 어머니로부터 전갈이 온 거야. 내 마음속 꿈으로부터 갑자기 한 아름다운 미지의 여인이 밖으로 나와서 내게 무릎을 베게 해준 것 같았어. 내게 꽃 같은 미소를 보내며 달콤한 사랑을 베풀어주었어. 첫 입맞춤에 내 안의 그 무언가가 녹아내리는 것 같았고 나는 통증을 느꼈어. 내 안에서 잠자고 있던 모든 갈망들, 꿈들, 달콤한 번뇌, 모든 비밀들이 깨어난 거야. 모든 것이 변했고 황홀했으며 모든 것이 의미가 있게 되었어. 그녀는 내게 여성이 어떤 존재인지, 그 비밀이 무엇인지 가르쳐준 거야. 30분 동안에 그녀는 나를 몇 년이나 성숙시킨 거야. 이제 난 많은 것을 알게 되었어. 그리고 더 이상 이곳에 머물 수 없다는 것도 알게 되었어. 날이 어두워지자마자 나는 떠날 거야."

나르치스는 조용히 귀를 기울이고 있다가 고개를 끄덕였다.

“정말 갑자기 일어난 일이구나. 하지만 내가 얼마간 예상하고 있던 거야. 종종 네 생각이 날 거야. 네가 그리울 거고. 내가 뭐 도와줄 일이 없을까?”

“있어. 기회가 되면 원장님께 말씀 좀 잘 전해줘. 나를 완전히 죄인 취급하시지 않도록 말이야. 그분은 이곳 수도원에서 너를 제외하고는 내 생각을 해주신 유일한 분이셨어.”

“알고 있어. 다른 건 없고?”

“하나만 더. 나중에 내 생각이 나면 나를 위해 기도해줄래? 그리고, 정말 고마웠어.”

“뭐가?”

“네가 내게 보여준 우정, 너의 인내, 그리고 모든 것이. 그리고 지금 이렇게 힘든 때인데도 내 말을 들어주고 있잖아. 그리고 나를 붙잡으려 하지 않는 것도 고맙고.”

“내가 어떻게 너를 붙잡으려 하겠니? 내 느낌이 어떤지 잘 알잖아. 그런데, 골드문트, 어디로 갈 거니? 목적지라도 있니? 그 여자에게로 갈 거야?”

“맞아, 그녀랑 갈 거야. 목적지는 없어. 그녀는 외국인이고 집도 없어. 아마 집시인 것 같아.”

“그래, 좋아. 하지만 골드문트, 그녀와의 여정을 금세 끝낼 거지? 그녀에게 너무 의지하지 않는 게 좋을 것 같아. 그녀에게 친척이 있거나, 혹은 남편이 있는지도 모르잖아. 너를 어떻게 맞아줄지 알 수 없잖아."

골드문트는 친구에게 몸을 기댔다.

"아직 그런 생각까지는 안 해봤지만 알고 있어. 그녀가 내 목적지가 아니야. 지금은 그녀에게 가겠지만 그녀 때문에 가는 건 아니야. 가야만 하기 때문에 가는 거야. 부르는 소리가 들렸기에 가는 거야."

골드문트는 한숨을 내쉬더니 입을 다물었다. 둘은 어깨를 맞대고 잠시 앉아 있었다. 이윽고 골드문트가 다시 입을 열었다.

"내가 너무 눈이 멀었고 순진하다고 생각하지 않아도 돼. 순전히 행복감과 만족감에 젖어 떠나는 게 아니야. 내가 가는 길은 험난한 길이 될 수도 있어. 하지만 아름다운 길도 되기를 바라고 있어. 내게는 한 여자에게 빠진다는 건, 바로 삶을 향한 길인 것 같아. 아, 나르치스, 이제 너를 떠나야 해! 나르치스, 너를 사랑해. 그리고 나를 위해서 잠잘 시간까지 희생해줘서 고마워. 너를 떠나려니 너무 힘들어. 나를 잊지 않겠지?"

"우리 너무 힘들게 헤어지지 말자! 결코 너를 잊지 않을 거야. 그리고 내가 너를 부르면 너는 다시 올 거야. 나는 그러길 바라고 있어. 그리고 그럴 필요가 생기면 내게 오던지 나를 부르던지 해. 안녕, 골드문트! 하느님께서 너와 함께 하시기를!"

나르치스가 몸을 일으켰고 골드문트는 그를 껴안았다. 골드문트는 친구가 애무를 싫어하는 것을 알고 있었기에 입맞춤은 하지 않은 채 손만 쓰다듬었다.

밤이 되었다. 나르치스는 방문을 닫고 예배당 쪽으로 올라갔다. 골드문트는 애정이 담뿍 담긴 눈길로 수척한 친구의 뒷모습을 바라보았다. 오, 이 얼마나 기묘한 일이란 말인가! 한 친구가 수련과 의무와 미덕의 세계를 향하고 있는 바로 그 순간 다른 친구는 꽃 피어난 사랑에 도취해서 친구를 찾아오다니! 그리고 아직 여인의 향기를 풍기는 친구의 이야기에 귀를 기울여주다니! 오, 자신을 완전히 버린, 이런 정신적인 사랑이 존재한다는 사실이 그 얼마나 신비스럽고 아름다운가! 나르치스의 그 사랑은 오늘 골드문트가 들판에서 나눈 관능적 사랑과 그 얼마나 다른가! 그럼에도 불구하고 둘 다 사랑이었다. 아, 이제 나르치스는 그에게서 사라졌다. 그리고 바로 그 마지막 순간에도 그 둘이 얼마나 다른가 하는 사실이 너무나 명확하게 밝혀진 것이다.

제6장

얼마 후 보리수나무 아래에서 벗어나 물레방앗간을 통해 수도원 밖으로 빠져나가면서 골드문트는 수백 가지 뒤엉킨 감정에 젖어 있었다. 그리고 언젠가 아돌프와 함께 이 샛길을 통해 수도원을 빠져나가 마을로 갔던 일이 생각나서 그는 미소를 머금었다. 당시 그 하찮은 금단의 외출을 단행하면서 그는 얼마나 흥분했고 두려움에 떨었던가. 하지만 지금은 훨씬 더 금지된 일을 행하고 있으며 더 위험한 길을 가고 있으면서도 조금도 두렵지 않았으며 수위 아저씨나 수도원장, 선생들이 머리에 떠오르지도 않았다.

개울을 건너 잠시 몸을 말리며 앉아 있는 동안 그는 다시 나르치스 생각을 했다. 무엇보다 그에게 고맙고 부끄럽기도 했고 마음이 얼어붙는 것 같았다. 하지만 동시에 또 다른 느낌도 들었다. 이제 더 이상 나르치스는 그에게 주의를 주고 이끌어주고 깨우쳐주는 우월한 존재가 아니라는 느낌이었다. 그는 이제 자기 스스로 길을 찾아야 하는 지대에 들어선 것 같았다. 그러자 골드문트는 기뻤다. 누군가에게 의존해야만 했던 시절을 되돌아본다는 것은 괴롭고 부끄러운 일이었다. 하지만 이제 그는 눈을 뜬 것이며, 더 이상 어린아이도, 학생도 아니었다.

골드문트는 그 자리를 떠나 돌투성이 좁은 길을 따라 걸었다. 수도원 담장에서 백 보 정도 떨어지자 그는 부엉이 소리를 냈다. 그러자 개울 아래쪽 저 멀리서 부엉이 소리가 응답했다. 골드문트는 이제 말이 필요 없는 세계, 부엉이의 울음소리로 서로를 유혹하는 세계로 들어선 느낌이었다. 그에게는 이제 말을 향한 갈망 같은 것은 존재하지 않았다. 오직 리제를 향한 갈망, 말이 필요 없는 채 맹목적으로 서로를 더듬고 신음 소리를 내며 함께 녹아드는 상태에 대한 갈망뿐이었다.

리제는 그곳에 있었다. 그녀는 벌써 숲을 벗어나 그에게 다가오고 있었다. 골드문트는 그녀를 느끼려고 손을 내밀었다. 그는 부드러운 손길로 그녀의 머리를 쓰다듬었고 그녀의 손을 더듬었으며 그녀의 목과 목덜미, 그녀의 가느다란 허리, 그녀의 풍성한 엉덩이를 더듬었다. 그는 한쪽 팔로 그녀를 안은 채 아무 말도 없이 계속 걸어갔다. 그는 어디로 가는지 묻지 않았고 그녀는 서슴지 않고 한밤중의 어두운 숲속으로 걸어 들어갔다. 그곳은 신비에 싸인 곳, 말도 생각도 없는 곳이었다. 그는 더 이상 아무것도 생각하지 않았다. 그가 떠나온 수도원도, 심지어 나르치스까지도…….

한참만에 두 사람은 드문드문 자라고 있는 소나무들 사이 탁 트인 곳에 도달했다. 이어서 두 사람은 소리 없이 흐르는 작은 개울을 건넜다. 숲속보다도 한결 조용한 곳이었다. 바스락거리는 덤불 소리도, 퍼드덕 날아오르는 밤새 소리도, 마른 나뭇가지가 부서지는 소리도 이곳에는 들리지 않았다.

커다란 건초 더미 앞에서 리제가 걸음을 멈추었다.

"우리 여기서 쉬어요." 그녀가 말했다.

그들은 건초 더미 위에 앉았다. 골드문트는 밤공기와 건초 내음을 깊이 들이마셨다. 지난날도 앞날도 생각나지 않았다. 그는 서서히 옆에 앉은 여인의 향기와 따스함에 이끌렸고 관능에 몸이 달아오른 여인은 그에게 몸을 더 밀착했다. 그는 행복했다. 그는 소중하고 아름다운 모든 것을 뚜렷하게 느끼고 있었다. 그는 여인의 육체에서 발산되는 젊음의 힘을, 소박하고 건강한 아름다움을 느꼈고 그 몸이 점점 뜨거워지는 것을, 점점 더 욕망에 사로잡히는 것을 느꼈다. 골드문트는 욕망의 물결이 자기 몸속을 마음껏 흐르도록 내버려두었다. 두 사람 사이에서 한없는 욕망의 불길이 서서히 커지는 것을 느꼈고 그것이 둘 모두에게서 살아 있음을 그는 느꼈다. 그리고 그들의 그 소박하고 작은 잠자리는 이 조용한 밤 한가운데 생명이 꿈틀대는, 살아 숨 쉬는 하나의 중심이 되었다.

골드문트는 리제의 얼굴 위로 몸을 숙이고 어둠 속에서 그녀의 입술에 키스를 하기 시작했다. 그때 갑자기 그녀의 눈과 이마에 부드러운 빛이 어른거렸다. 그가 놀라서 시선을 멈추자 그 부드러운 빛이 점점 밝아지기 시작했다. 까닭을 알아차린 골드문트가 고개를 돌렸다. 달이 길게 펼쳐진 검은 숲 끝에 솟아올라 있었다. 희고 부드러운 빛이 마치 기적처럼 그녀의 이마와 뺨을 스쳐지나 둥글고 하얀 목덜미 쪽으로 흘러내리는 것을 그는 황홀하게 바라보았다. 그는 황홀해서 낮은 목소리로 속삭였다.

"오, 당신은 정말 아름다워요!"

그녀는 마치 선물이라도 받은 듯 미소 지었다. 그는 몸을 반쯤 일으켜 그녀의 어깨로부터 가운을 벗겼고 그녀가 옷을 벗는 것을 도와주었다. 그녀의 어깨와 젖가슴이 차가운 달빛을 받아 빛났다. 완전히 황홀경에 빠진 그는 눈과 입술로 그 섬세한 그림자들을 더듬었다. 그녀는 마치 마법에라도 걸린 듯 눈을 내리깐 채 꼼짝 않고 있었다. 그녀는 마치 자신의 아름다움을 이 순간 처음으로 발견한 듯, 그 아름다움이 처음으로 그 모습을 드러낸 듯, 엄숙한 표정을 짓고 있었다.

제7장

차츰차츰 들판이 서늘해져 갔다. 시간이 흐름에 따라 달이 점점 더 높이 떠올랐다. 두 사람은 그들의 보금자리에서 사랑의 유희를 즐기다가 다시 잠에 빠지곤 했다. 잠들었다가 깨어나면 다시 서로에게 몸을 돌려 뒤엉킨 채 서로를 불태웠고 다시 잠에 빠져들었다. 그들은 마지막 포옹이 끝나자 기진맥진한 채 누워 있었다. 리제는 건초 더미에 몸을 묻은 채 무거운 숨을 몰아쉬고 있었다. 골드문트는 꼼짝 않고 드러누운 채 달빛에 창백하게 빛나는 하늘을 바라보았다. 그리고 둘 다 다시 한번 깊은 잠에 빠져들었다. 마치 이 잠에서 깨어나면 영원히 깨어 있어야만 한다는 판결을 받은 듯, 마치 이 잠이 마지막 잠인 듯, 그리고 마치 이 몇 시간의 잠 속으로 이 세상 모든 잠을 빨아들이려는 듯, 그렇게 필사적이고도 탐욕스러운 잠이었다.

골드문트가 잠에서 깨어났을 때 리제는 급히 검은 머리를 매만지고 있었다. 그는 아직 반쯤은 잠에 취한 채 멍하니 그녀를 바라보았다.

이윽고 그가 말했다.

"벌써 일어났어요?"

그녀가 놀란 듯 고개를 돌리며 말했다. 뭔가 당황한 것 같기도 했고 슬픈 것 같기도 한 목소리였다.

"가봐야 해요. 당신을 깨우고 싶지 않았어요."

"이제 일어났어요. 이렇게 일찍 움직여야 해요? 우리는 갈 곳도 없잖아요."

"나야 그렇지만……." 리제가 말했다. "하지만 당신에겐 수도원이 있잖아요."

"난 이제 수도원 소속이 아니에요. 나도 당신과 마찬가지로 완전히 혼자예요. 아무런 갈 곳이 없어요. 그러니 당신과 함께 가야만 해요."

리제는 시선을 돌렸다.

"골드문트, 당신은 나와 함께 갈 수 없어요. 나는 남편에게 가봐야 해요. 밤새 들어오지 않았으니 나를 때릴 거예요. 길을 잃었다고 변명해도 믿지 않을 거예요.”

순간 골드문트는 나르치스의 예언이 생각났다. 그의 말대로 된 것이다.

“그렇다면 내가 잘못 생각했군요.” 그가 말했다. “나는 당신과 함께 있을 수 있다고 생각했거든요. 그런데 정말 나를 재워 놓고 작별 인사도 없이 가버리려고 했어요?”

“당신이 화가 나서 나를 때릴까 봐 겁이 났어요. 제 남편은 늘 저를 때리거든요. 하지만 당신에게는 맞고 싶지 않았어요.”

그가 그녀의 손을 잡으며 말했다.

“리제, 나는 당신을 때리지 않아요. 앞으로도 때리지 않을 거고요. 당신 남편보다 나랑 가는 게 어때요? 그 사람은 당신을 때리잖아요.”

그녀는 잡힌 손을 빼내려고 용을 썼다.

“안 돼요, 안 돼요.” 그녀가 울먹이며 말했다.

골드문트는 그녀의 손을 놓아주었다. 그녀가 자신이 해주는 듣기 좋은 말보다 남편의 매질을 더 좋아한다고 느낀 것이다. 그녀는 울기 시작하더니 달려갔고 그는 말없이 그녀의 뒷모습을 바라보았다.

그는 버림받은 사람처럼 한동안 멍하니 앉아 있었다. 그는 피곤이 몰려와 다시 잠에 빠져들었다. 그가 깨어나니 해는 이미 중천에 떠올라 골드문트의 주변 공기를 뜨겁게 달구고 있었다.

이제 충분히 피곤이 가신 것 같아서 그는 자리에서 일어나 시냇가로 달려가 얼굴을 씻고 목을 축였다. 그는 기운차게 걸음을 옮기면서 꿈같았던 지난밤을 되새겼다. 그 갈색의 낯선 여인은 그 얼마나 많은 꿈들을 충족시켜 주었던가! 얼마나 많은 꽃봉오리들을 피어나게 했으며 얼마나 많은 방황과 갈망들을 진정시켜주었고 동시에 또 얼마나 많은 새로운 갈망들이 그 대신 태어날 수 있게 해주었던가!

그의 눈앞에 들판이, 이어서 메마른 휴경지와 어두운 숲이 나타났다. 저 너머에 농장들과 방앗간들, 마을과 도시가 있으리라. 처음으로 세상이 그의 앞에 넓게 열려, 그에게 도움을 주려는 듯, 혹은 그에게 해를 가하려는 듯 그를 받아들일 준비를 한 채 기다리고 있었다. 그는 이제 더 이상 창문을 통해 세상을 바라보는 학생이 아니었다. 그가 내딛는 길은 이제 더 이상 어김없이 집으로 돌아가야만 하는 가벼운 산책길이 아니었다. 이제 이 거대한 세상이 그의 현실이 되었고 그는 그 세상의 일부가 되었다. 세상은 그의 운명을 품고 있었으며 이 세상의 하늘은 그의 하늘이, 이 세상의 날씨는 그의 날씨가 되었다. 그는 이 거대한 세상에서 말이나 벌레처럼 하찮은 존재였다. 그는 그 푸르디푸른 무한 속으로 달려갔다. 더 이상 기상을 알리는 종소리도, 예배와 수업과 식사 시간을 알리는 종소리도 들리지 않았다.

오, 얼마나 배가 고팠던지! 한 조각의 빵과 한 잔의 밀크, 수프 한 접시가 그 얼마나 그리웠던지! 그의 위가 마치 굶주린 늑대처럼 으르렁거렸다. 그는 알곡이 반쯤 여문 밀밭을 지나고 있었다. 그는 손가락과 이빨로 그것들을 훑어냈다. 그리고 그 작은 알갱이들을 열심히 씹었고 주머니를 알곡들로 채웠다. 그는 개암나무를 발견했다. 아직 덜 여문 녹색이었지만 그는 즐거운 마음으로 그 껍질을 깨물었고 열매들을 주머니에 채워 넣었다.

다시 숲으로 들어가자 산딸기가 지천이었다. 그는 숲속에서 휴식을 취하며 배고픔을 달래고 땀을 식혔다. 어디선가 딱따구리가 나무를 쪼는 소리가 들렸다. 나무에 달라붙어 부지런히 머리를 이리저리 흔들어 대며 열심히 부리질을 하는 딱따구리의 모습이 보였다. 골드문트는 딱따구리가 되고 싶었다. 아, 인간에게 변신의 능력이 있다면 얼마나 좋을까! 하루, 혹은 한 달

간 딱따구리가 되어 매끈한 나무줄기 사이를 이리저리 날아다
니며 강한 부리로 보리수나무를 쪼아대고 꼬리를 움직이며 균
형을 잡고 싶었다. 딱따구리의 언어로 말하며 나무 기둥에서
맛있는 것을 끄집어내고 싶었다. 딱따구리가 나무를 쪼아대는
소리가 달콤하고도 매혹적으로 계속 들려왔다.

　숲속을 걷고 있는 동안 골드문트는 많은 동물들을 만났다.
덤불 속에서 갑자기 토끼들이 뛰어나오기도 했다. 토끼들은 그
가 가까이 다가가면 그를 빤히 쳐다보다가 몸을 돌려 하얀 꽁
무니를 보이며 달아났다. 뱀도 만났으며 지빠귀와 참새 등 온
갖 새들도 만났고, 저녁 무렵에는 모습을 드러내지 않은 채 거
대한 짐승이 지나가는 발자국 소리가 들리기도 했다.

　골드문트는 숲에서 빠져나가는 길을 찾지 못했다. 숲에서 밤
을 보내야만 했다. 그는 이끼를 깔아 잠자리를 마련하면서 숲
에서 빠져나갈 길을 찾지 못하고 영원히 이 숲에서 머물러 있
어야 한다면 어떻게 될까 생각해보았다. 산딸기로 연명하고 이
끼로 잠자리를 마련하면서 그럭저럭 지낼 수는 있으리라. 하지
만 말을 붙일 사람 하나 없이 짐승들 사이에서 살아간다는 것
은 견딜 수 없이 슬픈 일이리라. 입맞춤도 할 수 없고 달콤한
사랑을 나눌 여인을 구경도 할 수 없는 삶을 살아간다는 것은

제7장

111

생각만으로도 힘들었다! 하지만 만일 자신이 그런 운명을 타고 났다면 기꺼이 한 마리 짐승이 되도록 애쓰리라. 기꺼이 곰이나 사슴이 되리라. 곰이 되어 암곰을 사랑하는 것도 그다지 나쁜 일은 아니리라. 이성과 언어 등을 지닌 채 고독하고 슬프고 사랑받지 못하는 삶을 살아가는 것보다는 훨씬 나으리라.

이끼로 만든 잠자리에 누워 이런저런 생각에 잠겨 있던 골드문트는 이윽고 잠이 들었다. 온갖 짐승과 사람들이 꿈에 나타났다. 꿈에서 그는 곰이 되어 암곰 리제와 사랑을 나누다가 잡아 먹어버렸다. 그는 깜짝 놀라 한밤중에 잠에서 깨어나 뭔가 설명하기 어려운 깊은 두려움에 사로잡혔다. 가슴속으로 깊은 고뇌를 느끼며 그는 오랫동안 생각에 잠겨 있었다. 정신이 온통 혼란스러웠다. 그는 어제와 오늘 밤 기도도 하지 않은 채 잠자리에 들었던 것이 생각났다. 그는 일어나서 이끼 침대 옆에 무릎을 꿇고 저녁 기도를 두 번 드렸다. 어제 것과 오늘 것이었다. 그런 후 그는 곧바로 다시 잠에 빠져들었다.

아침에 잠에서 깨어난 골드문트는 놀라서 사방을 둘러보았다. 자신이 지금 어디 있는지 잊고 있었던 것이다. 하지만 불안이 어느 정도 가라앉자 그는 자신을 둘러싸고 있는 생명체들에게 친근함을 느끼며 기쁨에 젖었다. 하지만 그는 태양이 있는 방향으로 계속 걸어야만 했다.

그는 이틀 밤낮이 지나서야 숲 가장자리에 이를 수 있었다. 반갑게도 사람들이 살고 있다는 징표가 눈에 띄기 시작했다. 경작지, 호밀과 오트밀이 자라고 있는 밭고랑이 보였고 좁은 통행로가 나 있는 초원이 보였다. 골드문트는 호밀 이삭을 훑어 낱알을 씹어 먹었다. 그는 다정한 눈길로 경작지를 바라보았다. 오랫동안 숲의 황무지에서 지낸 그를 그 작은 길들이, 오트밀이, 철이 지나 시들기 시작한 패랭이꽃들이 인간적인 냄새를 풍기며 따뜻하게 그를 반겨주었다. 곧 사람들을 만나게 되리라.

잠시 후 들판 모퉁이에서 십자가가 보였다. 그는 무릎을 꿇고 기도를 드렸다. 그가 언덕을 돌아가자 그늘을 드리운 보리수나무가 갑자기 눈앞에 나타났다. 보리수 열매는 이미 빨갛게 익어 있었다. 이어서 샘과 연결해 놓은 나무 홈통을 통해 물줄기가 흐르는 반가운 소리가 들렸다. 그는 차고 맛있는 물을 마셨다. 라일락 나무 사이로 초가지붕이 두세 개 솟아 있는 것이 보였다. 너무 반가웠다. 하지만 그 모든 징표들보다 더욱 반가운 것은 암소 울음소리였다. 그에게 어서 오라고 반기는 것 같은 그 울음소리는 너무나 따뜻했고 정겨웠다.

골드문트는 암소 울음소리가 들리는 오두막을 향해 조심조
심 다가갔다. 문밖에서 보니 어린아이가 땅바닥에 앉아 진흙
반죽을 하며 놀고 있었다. 아이는 진흙 반죽으로 구슬 등 여러
가지 모양을 만들고 있었다.

"안녕, 꼬마야." 골드문트가 다정하게 인사했다. 소년은 고개
를 들어 낯선 사람의 얼굴을 보더니 얼굴을 찡그린 채 큰 소리
로 울면서 네발로 기어서 집 안으로 들어가버렸다. 골드문트는
아이를 따라 부엌으로 들어갔다. 밝은 곳에 있다가 갑자기 어
두운 곳으로 들어가니 처음에는 아무것도 보이지 않았다. 골드
문트는 무조건 정중하게 인사를 했지만 아무런 응답이 없었다.
하지만 잠시 후 아이를 달래는 늙고 쉰 목소리가 들렸다. 마침
내 어둠 속에서 작은 체구의 노파가 골드문트에게 다가왔다.

"안녕하세요, 할머니." 골드문트가 큰 소리로 외쳤다. "이 집
안 모든 사람들에게 하느님의 축복이 함께 하기를! 저는 사흘
동안 사람들을 만나지 못했습니다."

작은 노파는 어안이 벙벙한 모습으로 그를 바라보았다. 어찌
된 영문인지 모르겠다는 표정이었다.

"무슨 일이슈?" 노파가 미심쩍다는 투로 물었다.

골드문트는 그녀의 손을 잡고 가볍게 어루만졌다.

"할머니께 축복의 말씀을 드리려고요. 이곳에서 잠시 쉬면서 할머니께서 불 지피는 걸 도와드리겠어요. 빵 한 조각이라도 주신다면 기꺼이 받겠습니다. 하지만 뭐, 그리 급하지는 않습니다."

골드문트는 곁에 놓인 의자에 앉았다. 노파는 빵 한 조각을 잘라 꼬마에게 준 다음, 다시 한 조각을 잘라 골드문트에게 내밀었다.

"고맙습니다." 그가 말했다. "하느님께서 보답해주실 겁니다."

"그렇게 배가 고팠수?" 노파가 물었다.

"아니, 그냥 좀……. 산딸기로 배를 채웠거든요."

"어서 들어요. 근데 어디서 오셨수?"

"마리아브론 수도원에서요."

"신부님이슈?"

"아뇨, 학생이에요. 여행 중입니다."

노파는 반신반의의 표정으로 골드문트를 바라보더니 그에게 빵을 몇 조각 더 주고는 아이를 데리고 밖으로 나갔다가 잠시 후 다시 돌아왔다. 이윽고 노파는 능숙한 솜씨로 아궁이에 불을 지피기 시작했고 골드문트는 노파가 시키는 대로 우물에서 물을 길어오기도 했고 우유 통에서 기름을 걷어내기도 했

제7장

115

다. 골드문트는 기분이 좋았다. 보리수나무, 샘물, 냄비 아래서
활활 타오르는 불꽃, 암소가 코를 킁킁대며 여물을 씹는 소리
도 좋았고 식탁과 긴 의자가 놓여 있는 어두운 부엌, 백발 노파
의 손놀림 등 모든 것이 아름답고 좋았다. 이곳에는 음식 냄새
가 있었고 평화가 있었으며 사람 냄새와 따뜻함이 있었고 가
정이 있었다. 노파의 말에 따르면 이 집에는 염소도 두 마리 있
고 집 뒤에는 돼지우리도 있었다. 노파는 이 집 주인의 할머니
였고 꼬마는 증손자였다. 꼬마는 가끔 부엌으로 들어와 여전히
불안한 눈초리로 골드문트를 바라보았지만 더 이상 울먹이지
는 않았다.

이윽고 농부가 아내와 함께 돌아왔다. 그들은 낯선 이가 집
안에 있는 것을 보고 매우 놀랐다. 농부는 마치 내쫓으려는 듯
다짜고짜 골드문트의 팔을 잡고 밖으로 데리고 나갔다. 하지만
골드문트의 얼굴을 자세히 바라보더니 사람 좋아 보이는 웃음
을 터뜨렸다. 그는 젊은이의 어깨를 툭 치더니 함께 식사를 하
자고 청했다. 그들은 식탁에 앉았다. 그들은 우유에 빵을 적셔
식사를 했으며 이윽고 우유가 거의 바닥을 보이자 농부는 남은
우유를 단숨에 마셔버렸다.

골드문트는 이곳에서 하룻밤 묵을 수 없겠느냐고 물었다. 농

부는 방이 비좁아 안에 자리를 내줄 수는 없다며 밖에 건초더미가 얼마든지 있으니 잠자리를 마련해보라고 말했다.

농부의 아내는 옆에 꼬마를 앉혀 놓고 있었다. 그녀는 대화에 끼지 않았다. 하지만 식사 도중 내내 그녀는 호기심에 가득 찬 눈길로 낯선 이를 바라보고 있었다. 그의 곱슬머리와 눈이 그녀에게 강한 인상을 주었으며 그의 사랑스러운 하얀 목덜미와 우아한 흰 손, 그리고 손동작이 그녀의 마음을 사로잡았다. 얼마나 멋지고 당당한 젊은이인가! 하지만 무엇보다 그녀는 그의 목소리에 마음이 끌렸다. 그녀는 마치 노래하는 듯한 그 목소리에, 부드럽게 사랑을 갈구하는 듯한 그 목소리에 반해버렸다. 언제까지고 오래오래 그 목소리를 듣고 싶었다.

식사가 끝나자 농부는 외양간으로 일하러 나갔다. 골드문트는 샘물가로 가서 손을 씻은 후 야트막한 샘물가에 앉아 몸을 식히며 물소리에 귀를 기울이고 있었다. 그는 마음을 정하지 못한 상태였다. 이곳에 더 이상 볼 일이 없었지만 왠지 곧바로 떠나기가 서운했다. 그때였다. 농부의 아내가 손에 물동이를 들고 나타났다. 그녀는 물동이를 샘가에 놓고 가득 채웠다. 그러고는 골드문트에게 속삭이듯 말했다.

"오늘 밤에도 이 근처에 머무르실 거면 제가 먹을 것을 갖다

드릴게요. 저 밀밭 뒤에 건초 더미가 있어요. 건초 더미는 내일까지는 치우지 않을 거예요. 거기 가 있을래요?"

골드문트는 주근깨가 나 있는 그녀의 얼굴을 바라보았다. 그리고 물동이를 들어 올리는 건장한 팔과 따뜻하게 빛나는 커다란 눈도 바라보았다. 그가 미소를 지으며 고개를 끄덕이자 그녀는 물을 가득 채운 물동이를 들고 어둠 속으로 사라졌다. 잠시동안 샘물 소리에 귀를 기울이며 앉아 있던 그는 다시 농가로 돌아가 농부와 노파에게 감사의 인사를 전하고 그곳을 떠났다.

오두막 저편에 예배당이 보였다. 그리고 가까이에 울창한 떡갈나무 숲이 있었으며 떡갈나무 아래 짧은 잔디밭이 있었다. 그는 나무 그늘 아래서 발길을 멈추고 나무 사이를 천천히 거닐었다. 오, 여자란, 그리고 사랑이란 그 얼마나 기묘한가! 사랑에는 말이 필요 없었다. 농부의 아내는 그들이 만날 장소만 말해주었을 뿐 아무 말도 하지 않았다. 나머지는 말없이 다른 것으로 전해준 것이다. 그렇다면 무엇으로? 그렇다, 그녀의 눈길로, 그 쉰 목소리에 담긴 그 어떤 음조로 전해준 것이다. 아니, 그 이상이었다. 아마도 향기 같은 것, 남녀가 서로 상대방을 원하고 있음을 알았을 때 그들의 피부가 발산하는 그 미묘하고도 은밀한 향기가 전해준 것이었다. 그것은 기묘하고 섬세한 비밀의 언어였다. 그가 그 언어를 그토록 빨리 습득할 수 있었다니!

골드문트는 체구가 큰 그 금발 여인이 어떤 사람인지, 그녀의 목소리와 몸은 어떤지 그녀의 동작과 입맞춤은 어떨 것인지 궁금해하며 저녁이 되기를 애타게 기다렸다. 분명 리제와는 다를 것이다. 리제는 지금 어디에 있을까? 그녀의 검은 머리칼과 갈색 피부가 생각났고 그녀가 살짝 한숨짓던 모습이 떠올랐다. 그녀의 남편이 그녀를 때렸을까? 그녀는 여전히 자기를 생각하고 있을까? 아니면 자기가 오늘 새로운 여인을 만나듯이 새로운 연인을 만났을까? 어떻게 모든 일이 이토록 빨리 흘러가는 것일까? 가는 길 어디에나 행복이 놓여 있고, 그것은 그 얼마나 아름답고 뜨거운가? 그런데 그 행복은 그 얼마나 이상할 정도로 덧없이 사라진단 말인가!

그가 한 짓, 그가 하려던 짓은 분명 죄악이었고 간통이었다. 얼마 전까지만 하더라도 그는 이런 죄를 범하느니 차라리 죽음을 택했을 것이다. 그런데 지금은 벌써 두 번째 여자를 기다리고 있으면서도 그의 양심은 평온하고 고요했다. 아니, 어쩌면 평온하다고 할 수는 없을지도 모른다. 하지만 그의 양심은 간통과 육체적 욕망에 대한 죄의식 때문에 흔들리고 있는 것이 아니었다. 그것은 아직 저지르지 않은 죄, 자신과 함께 이 세상에 오게 된 죄에 대한 죄의식 같은 것이었다. 이런 것이 이른 바 신학에서 말하는 원죄 같은 것일까? 그럴지도 몰랐다. 그렇다, 삶 그 자체에 죄악이 깃들어 있었다. 그렇지 않다면 어찌하여 나르치스처럼 순수하고 깨어 있는 사람이 마치 유죄 선고를 받은 악당처럼 참회를 해야 한단 말인가? 그리고 왜 골드문트가 마음 깊은 곳에서 알지 못할 죄의식을 느낀단 말인가? 그는 행복했고 건강한 젊은이였으며 하늘을 나는 새처럼 자유롭지 않은가? 여인에게 사랑을 받지 않았는가? 여인이 자신에게 준 깊은 기쁨을 똑같이 여자에게 주는 것이 아름답다고 느끼지 않았는가? 그럼에도 불구하고 왜 온전한 행복을 느끼지 못하는 것일까? 마치 나르치스의 미덕과 지혜 속으로 고통이 스며들 듯이 왜 그의 젊은 환희 속으로 고통이, 이 세상의 무상함에 대한 쓰린 감정이 스며드는 것일까? 자신이 결코 사색가가 아님을 알고 있는데도 불구하고 왜 종종 이런 생각에 잠기는 일이 벌어지는 것일까?

하지만 어쨌든 살아 있다는 것은 아름다운 일이었다. 골드문트는 풀밭에서 작은 보라색 꽃들을 꺾어서 눈앞에 대고는 작고 오목한 꽃받침 속을 들여다보았다. 엽맥(葉脈)들이 지나가고 있었으며 머리칼처럼 섬세한 기관들이 그곳에 살아 있었다. 그곳에서 마치 여성의 태내(胎內)에서처럼, 사색가의 머릿속에서처럼, 생명이 고동치고 있었으며 욕망이 떨리고 있었다. 어찌하여 사람들은 그토록 할 줄 아는 것이 거의 없을까? 왜 사람들은 이 꽃들과 대화를 나눌 수 없는 것일까? 하긴 인간끼리도 진정으로 대화를 나눌 수 있는 경우는 드물다. 그런 행운을 지니려면 특별한 우정이 필요하고 준비가 되어 있어야 한다. 그렇다. 사랑에 아무 말도 필요 없다는 것은 다행이었다. 만일 그렇지 않았다면 사랑에도 수많은 오해와 어리석음이 저질러졌으리라. 오, 리세의 반쯤 삼은 눈은 환희의 절정에서 거의 눈먼 것처럼 되지 않았던가! 파르르 떠는 눈꺼풀 사이로 흰자위만 드러나지 않았던가! 그것만으로 그 어떤 유식한 말이나 서정적인 말로도 표현할 수 없는 것을 보여주고 있지 않았던가! 그럼에도 불구하고 사람들은 그에 대해 계속해서 말을 하고 싶어 하고, 생각하고 싶어 한다.

해가 거의 기울자 골드문트는 자리에서 일어나 농부의 아내가 일러준 곳으로 찾아갔다. 그리고 그곳에서 기다렸다. 그렇게 기다린다는 것, 한 여인이 지금 오로지 자신과 사랑을 나누기 위해 그곳으로 오고 있다는 것을 알고서 기다린다는 것은 아름다운 일이었다.

제7장

그녀가 왔다. 그녀는 삼베 보자기 속에 빵 한 덩어리와 햄 한 덩어리를 싸가지고 왔다. 그녀는 보자기를 풀어 골드문트 앞에 먹을 것을 늘어놓았다.

"당신 주려고 가져왔어요." 그녀가 말했다. "드세요."

"나중에요." 그가 말했다. "나는 빵에 굶주려 있는 게 아니에요. 당신에게 굶주려 있어요. 오, 당신이 가져온 아름다운 것을 보여줘요."

그녀는 그에게 아름다움을 풍성하게 안겨주었다. 갈증에 타오르는 입술, 반짝이는 강한 이빨, 태양에 붉게 그을린 강한 두 팔, 목덜미 아래 희고 부드러운 속살들……. 그녀는 말이 거의 없었지만 목으로 달콤하고 유혹적인 소리를 낼 줄 알았다. 그의 섬세한 손길, 정감이 어린 그의 부드러운 손길, 그녀가 이전에 한 번도 맛보지 못했던 그 손길을 느끼자 그녀의 피부가 떨렸고 그녀의 입에서는 고양이 소리가 났다. 그녀는 리제보다 훨씬 미숙했지만 놀라울 정도로 강인했다. 그녀는 연인의 목을 부러뜨릴 듯이 힘차게 껴안았다. 그녀의 사랑은 어린아이처럼 순진하고 탐욕스러웠으며, 소박하고 순결했다. 골드문트는 너무 행복했다.

그런 후 그녀는 한숨을 내쉬며 떠났다. 그녀는 어렵사리 그곳을 떠나야만 했다. 더 이상 머물 수 없었기 때문이었다.

골드문트는 홀로 남았다. 행복하면서도 슬펐다. 한참이 지난 뒤에야 그는 빵과 햄이 있다는 게 생각났고 그는 홀로 그것들을 먹었다. 이미 밤이 깊어 있었다.

제8장

제법 오랫동안 골드문트는 이곳저곳을 떠돌았다. 그는 한곳
에서 두 밤 이상 머무는 경우가 거의 없었다. 가는 곳마다 여자
들은 그를 갈망했고 그를 행복하게 해주었다. 그의 얼굴은 햇
볕에 검게 그을렸고 형편없는 식사로 몸은 야위어 있었다. 많
은 여자들이 아침 일찍 그에게 작별 인사를 했고 눈물을 흘리
는 경우도 있었다. 그는 가끔 생각했다.

'왜 그녀들 중 단 한 명도 내 곁에 머물지 않는 걸까? 왜 나
를 좋아해서 그토록 즐거운 밤을 보내고도, 또한 남편에게 매
를 맞을까 봐 두려워하면서도 남편 곁으로 돌아가는 것일까?'

여자들이 자신을 그토록 탐하면서도 건초 더미 위에서, 혹은
이끼 위에서 하루를 보내는 것 이상을 원치 않는 것은 오로지

자신에게 문제가 있기 때문이 아닐까? 알 수 없는 일이었다.

　그는 여자들에게서 지치지 않고 많은 것을 배웠다. 그는 처녀들에게 마음이 더 끌렸지만 그녀들은 그의 손길이 닿을 수 없는 곳에 있었다. 그녀들은 부끄러워했고, 보호를 받고 있었다. 하지만 성숙한 여성들에게서는 즐겁게 배울 수 있었다. 그녀들은 늘 그에게 뭔가 남겨주었다. 몸짓, 키스하는 법, 독특한 행위 방법, 몸을 맡기거나 물러나는 자신만의 방식 등, 그녀들이 남겨준 것을 골드문트는 모두 받아들였다. 그는 마치 어린아이처럼 탐욕스러웠고 유연했다. 그는 어떠한 유혹에도 열려 있었고 바로 그 때문에 그 자신이 유혹적인 존재가 되었다. 그가 잘생겼다는 이유만으로 여자들이 그토록 쉽게 그에게 끌린 것은 아니었다. 그가 어린아이처럼 순진하고 열려 있었으며 자신의 욕망을 순수하게 드러냈기에, 여자들이 그에게서 원하는 것을 언제고 줄 준비가 되어 있었기에 여자들은 그에게 끌렸다. 그는 자신도 모르는 채 여자들이 원하고 꿈꾸는 모습으로 그녀들에게 다가갔다. 어떤 여자에게는 섬세하고 참을성 있게 기다리는 남자의 모습으로, 또 어떤 여자에게는 조급하고 탐욕스러운 모습으로, 또 어떤 여자에게는 처음으로 여자를 알게 된 순진한 모습으로, 또 다른 여자에게는 노련한 경험자의 모

습으로 다가갔다. 그는 여자가 그를 유혹하면서 그에게서 얻어
내려는 것 이상의 역할은 결코 하지 않았다. 감각이 있는 여자
라면 그에게서 그런 것을 금세 알아차릴 수 있었으며 그 때문
에 그는 여자들의 사랑을 받을 수 있었다.

　그와 동시에 그는 많은 것을 배웠다. 여자들을 즐겁게 할 수
있는 기교를 배웠고 여인의 냄새를 맡거나 목소리만 들어도 그
녀의 사랑의 능력이 어느 정도인지, 그녀의 성향이 어떤지 금
세 알 수 있었다. 그처럼 그는 마치 음악가들이 여러 악기에 능
통해지듯이 수많은 여자들과 다양한 방식의 사랑을 수없이 겪
고 능통해졌다. 하지만 그는 그 배움의 목적이 무엇인지 몰랐
으며 그 배움이 그를 어디로 인도하게 될 것인지도 알 수 없었
다. 다만 그것이 바로 자신의 길이라는 것만 느끼고 있을 뿐이
었다. 그는 분명 라틴어와 논리학에 어느 정도 소질이 있었다.
하지만 그 방면에 놀랍도록 비범한 소질을 지닌 것은 아니었
다. 반면에 그는 사랑에 대해서는, 또한 여인과의 사랑의 유희
에 대해서는 비범한 능력을 타고 났다. 그것에 대해 배우는 데
는 아무런 어려움도 없었으며 배운 것을 단 한 가지도 잊지 않
았다. 그런 가운데 경험이 쌓였고 저절로 정리가 되었다.

골드문트가 그런 식으로 한두 해 유랑 생활을 하던 어느 날, 그는 아름다운 두 딸을 둔 어느 부유한 기사(騎士)의 저택에 도착했다. 초가을이었고 밤에는 추위를 느낄 만한 계절이 다가오고 있었다. 지난가을과 겨울에 이미 추위 맛을 보았기에 그는 앞으로 다가올 몇 달이 적잖이 걱정이었다. 겨울철에 유랑 생활을 한다는 것은 쉽지 않은 일이었다. 그는 기사의 집에서 하룻밤 잠자리와 식사를 청했고 정중하게 받아들여졌다. 기사는 그가 라틴어를 할 줄 안다는 이야기를 전해 듣자 하인들 식탁에 앉아 있던 그를 자기가 앉은 식탁으로 오게 해서 자기와 동등하게 대해주었다. 두 딸은 다소곳이 고개를 숙이고 있었는데 큰딸 뤼디아는 열여덟 살, 작은딸 율리에는 열여섯 살이었다.

다음 날 아침 골드문트는 길을 떠나려 했다. 그런데 아침 식사가 끝나자 주인이 그를 어느 방으로 데려갔다. 무슨 특별한 목적을 위해 꾸며놓은 방이었다. 노인은 골드문트에게 자신의 이력에 대해 털어놓았다. 노인은 젊은 시절의 방탕을 참회하는 의미로 순례 길을 떠났다. 그런데 고향에 돌아와보니 이미 부친은 돌아가셨고 집은 텅 비어 있었다. 그는 결혼해서 두 딸을 낳았지만 아내도 곧 세상을 떠났다. 그는 부인이 죽은 후 두 딸의 양육에만 온 힘을 기울였다. 그는 고령에 접어들자 자신이 옛날에 행했던 순례에 대한 기록을 쓰기로 마음먹었다. 하지만 부족한 라틴어 실력 때문에 곳곳에서 집필이 막힌다고 그는 고백했다. 그는 골드문트에게 의복과 거처를 제공해줄 테니 지금까지 쓴 부분을 검토하면서 정정하고 정서해 달라고, 또한 이어질 집필을 도와달라고 제안했다.

겨울 여행 때문에 걱정을 하고 있던 참이었고 새로운 의복도 필요했기에 골드문트는 그 제안을 기꺼이 받아들였다. 하지만 무엇보다 그의 마음이 끌린 것은 아름다운 두 딸과 몇 달 동안 한집에서 지낼 수 있게 되었다는 사실이었다. 노기사가 재단사를 불러 마련해준 옷은 골드문트에게 아주 잘 어울렸다. 어찌 보면 수습 기사가 입는 옷 같기도 했고 어찌 보면 사냥꾼의 옷 같기도 했다.

골드문트의 라틴어 실력도 녹슬지 않아 별 어려움이 없었다. 그는 노기사와 함께 지금까지 써놓은 글을 함께 읽으며 부정확한 어휘나 빠져 있는 어휘를 정정해 주었고 서투른 문장들도 근사한 라틴어 문장으로 윤문해 주었다. 노기사는 골드문트를 칭찬해마지 않았다. 그렇게 두 사람은 적어도 하루에 두 시간씩 함께 일을 해나갔다.

골드문트는 그 밖의 시간도 결코 심심치 않게 보낼 수 있었다. 그 저택은 아주 널찍한 성이었다. 그는 그곳에서 지내면서 사냥에 참가하여 석궁 쏘는 법을 배우기도 했고 개들과 친해지기도 했으며 마음껏 말을 달리기도 했다. 그는 개를 돌보는 소년이나 양치기와도 친해졌다. 이웃에 사는 물방앗간 집 부인과도 마음만 먹으면 사랑을 나눌 수 있었지만 그는 자제하며 마치 순진한 청년처럼 행세했다.

그는 기사의 두 딸에게 완전히 매료되었다. 작은딸이 더 아름다웠지만 몹시 수줍음을 타서 골드문트와는 거의 이야기를 나누지 않았다. 그는 두 딸에게 극도로 정중하고 예의 바르게 처신했지만 두 딸은 그의 존재 자체를 일종의 끊임없는 구애처럼 느끼고 있었다.

뤼디아는 골드문트를 존경 반, 조롱 반의 태도로 대하며 이것저것 호기심을 보이기도 했고 수도원 생활에 대해서 묻기도 했다. 하지만 그것도 잠시뿐 곧바로 냉정한 숙녀의 태도로 돌아가곤 했다. 골드문트는 두 아가씨의 모든 태도를 있는 그대로 받아들인 채 뤼디아를 숙녀로 율리에를 꼬마 숙녀로 대했다. 그는 마당이나 정원에서 뤼디아가 말을 걸어오거나 그의 농담이라도 받아주면 그것을 발전이라고 생각하고 만족해했다.

그해 가을, 정원에 심어진 키 큰 물푸레나무의 잎은 아직 지지 않고 과꽃과 장미꽃이 아직 피어 있을 때였다. 어느 날 이 성으로 손님들이 찾아왔다. 이웃 농장 주인이 아내와 마부를 데리고 말을 타고 온 것이었다. 그들 부부는 화창한 날씨에 먼 곳까지 소풍을 나왔다가 그 집 근처까지 오게 되었다며, 이미 늦어 돌아가기 어려우니 하룻밤 묵을 수 없겠느냐고 물었다. 노기사는 그들을 받아들여 융숭하게 대접했다. 골드문트가 묵던 객실이 그들을 위한 방이 되었고 그는 잠자리를 서재로 옮겨야 했다. 이어서 몇 마리의 닭도 잡고 생선을 구하려고 사람을 물방앗간에 보내기도 했다. 골드문트도 기꺼이 그 잔치 분위기에 끼어들었다. 하지만 그가 그 무엇보다 놓치지 않은 것이 있었다. 그는 손님으로 온 부인의 눈길에서 자신을 향한 호감과 욕망을 금세 알아차린 것이다. 그와 동시에 그는 뤼디아의 눈길이 평소와 다르다는 것도 눈치챘다. 뤼디아는 긴장된 눈빛으로 말없이 자신과 부인을 관찰하고 있었다.

성대한 저녁 식사 시간에 부인의 발이 식탁 밑에서 골드문트의 발을 희롱하기 시작했다. 골드문트는 그 희롱을 즐겼다. 하지만 그가 무엇보다 즐긴 것은 뤼디아가 잔뜩 긴장한 채 말없이 그 희롱을 지켜보고 있다는 사실이었다. 뤼디아의 눈빛은 잔뜩 호기심에 젖어 불타고 있었다. 골드문트는 일부러 나이프를 떨어뜨리고는 테이블 밑으로 몸을 숙여 낯선 부인의 발과 다리를 애무했다. 물론 뤼디아의 눈길을 끌기 위한 의도적 행동이었다. 예상대로 뤼디아의 얼굴이 하얗게 질리더니 입술을 깨물었다. 골드문트는 부인에게 수도원에서 있었던 재미있는 일들을 이야기해주었고 부인은 이야기 자체보다는 그의 구애하는 듯한 목소리에 더 취해 있었다. 이웃 농장 주인은 젊은이의 마음속에 타오르는 불길을 감지한 것이 분명했지만 표정 하나 바뀌지 않았다. 뤼디아는 골드문트가 그런 식으로 이야기하는 모습은 본 적이 없었다. 그녀의 마음속에 깊은 갈망과 여린 저항감, 그리고 격렬한 질투심이 뒤섞여 일렁였고 그로 인해 얼굴이 일그러지고 눈빛은 이글거렸다. 골드문트는 그 모든 마음의 동요를 읽고 있었다. 그 모든 것들이 뤼디아를 향한 그의 구애에 대한 응답처럼 그에게로 밀려왔다. 그의 구애와 뤼디아의 응답은 마치 두 마리 새처럼 그의 주변에서 파다닥 날갯짓을 했고 서로 어우러지기도 했으며 서로 싸우기도 했다. 그날 밤 뤼디아는 밤새 잠을 이루지 못했다. 그녀의 상상 속에서 골드문트와 낯선 부인은 서로 뒤엉켜 있었다.

다음 날 아침 하늘은 구름으로 덮여 있었고 습한 바람이 불었다. 손님들은 좀 더 머물러 있으라는 권유를 뿌리치고 서둘러 길을 떠날 채비를 했다. 손님들이 말에 오르는 동안 그들에게 작별 인사를 하면서 뤼디아는 자신이 무엇을 하고 있는지 전혀 의식하지 못하고 있었다. 그녀의 모든 감각이 온통 한 가지 광경에 몰입해 있었기 때문이었다. 그 낯선 부인이 골드문트가 받쳐 주는 손 위에 발을 얹었고, 그녀가 말에 오를 때 골드문트는 오른손을 쭉 뻗어 부인의 발을 강하게 움켜잡았다.

손님들이 말을 타고 떠났고 골드문트는 서재에서 집주인과 함께 일을 하고 있었다. 반 시간쯤 뒤에 뤼디아가 뭐라고 지시하는 소리가 창문을 통해 들렸고 이어서 말을 대령하는 소리가 들렸다. 노기사가 창가로 다가가 아래쪽을 내려다보면서 미소를 지었고 뤼디아는 말을 타고 저택 밖으로 나갔다. 그날 작업은 별로 진도가 나가지 않았다. 골드문트의 주의가 산만했던 것이다. 주인은 친절하게도 그를 평소보다 일찍 놓아주었다.

그날 골드문트가 살그머니 말을 끌고 밖으로 나가는 모습을 본 사람은 아무도 없었다. 그는 쌀쌀하고 습기 찬 가을바람을 맞으며 칙칙해진 풍경 속으로 말을 몰았다. 그는 점점 속력을 내어 추수가 끝난 들판, 휴경지, 갈대숲이 우거진 황무지, 이끼 낀 숲들을 지났다. 숲을 지나자 다시 헐벗은 황무지가 나타났다.

그가 어느 높은 언덕마루에 올랐을 때였다. 구름이 잔뜩 낀 잿빛 하늘과 또렷이 대조를 이루고 있는 뤼디아의 모습이 보였다. 그녀는 천천히 말을 달리고 있었다.

그는 그녀를 향해 말을 몰았다. 뤼디아는 그가 쫓아오는 것을 발견하자 말에 박차를 가해 달아났다. 그녀의 모습이 금세 사라졌다가 다시 머리칼을 휘날리는 모습이 나타나곤 했다. 마치 사냥감을 쫓듯 그녀를 뒤쫓으며 골드문트는 미소를 지었다. 이윽고 골드문트가 바짝 다가오자 그녀는 도망치는 것을 포기하고 속보로 말을 몰았다. 곧이어 두 마리의 말은 머리를 나란히 한 채 평화롭게 걸어가고 있었다.

"뤼디아." 그가 부드럽게 그녀의 이름을 불렀다.

아무 대답이 없었다.

"뤼디아!"

하지만 여전히 아무 대답이 없었다.

"멀리서 당신이 말을 타고 달려가는 모습을 보니 너무 아름다웠어요. 머리칼이 마치 황금 햇살처럼 반짝였어요. 얼마나 아름답던지! 오, 당신이 내게서 도망가다니, 얼마나 멋진 일인지! 덕분에 당신이 나를 조금은 좋아한다는 걸 알게 되었어요. 지난밤까지만 해도 깨닫지 못하고 있었는데! 그런데 당신이 내게서 도망가는 모습을 보고 불현듯 깨달은 거예요. 오, 아름다운 내 사랑, 피곤할 테니 이제 말에서 내려요."

그는 재빨리 말에서 뛰어내리더니 뤼디아가 다시 달아나지 못하도록 그녀의 말고삐를 잡았다. 그가 그녀를 안아서 말에서 내려놓자 그녀는 울음을 터뜨렸다. 그는 조심조심 몇 걸음을 옮겨 그녀를 풀밭 위에 앉히고는 그 옆에 무릎을 꿇었다. 겨우 정신을 차린 그녀가 이윽고 입을 열었다.

"오, 당신은 정말 나쁜 사람이에요."

그녀는 그 말만 하고는 다시 입을 다물었다. 더 이상 말이 나오지 않았던 것이다.

"내가 그렇게 나쁜 사람인가요?"

"골드문트, 당신은 바람둥이예요. 주제넘게 어떻게 그런 말을 할 수 있는 거지요? 내가 당신을 좋아한다고요? 그 말은 우리 둘 다 잊기로 해요. 하지만 내가 어제저녁에 본 것은 잊을 수 없어요."

"어제저녁이요? 대체 뭘 봤다는 거지요?"

"제발 그렇게 시치미 떼지 말아요. 어떻게 제 눈앞에서 낯선 부인과 그런 짓을 할 수 있죠? 내 눈앞에서 다리를 만지다니! 그런데 그 여자가 떠나니까 이렇게 나를 따라와요? 당신은 정말 수치심이 뭔지도 모르는 사람이에요."

골드문트는 이미 그녀를 말에서 내려놓기 전에 뱉어놓은 말을 후회하고 있었다. 얼마나 바보 같은 짓이었는가! 사랑에 말은 필요 없는 법이거늘! 차라리 입을 다물고 있어야 했는데.

골드문트는 아무 말도 않고 계속 그녀 곁에 무릎을 꿇고 있었다. 그녀는 그토록 아름다우면서 슬픈 눈으로 그를 바라보았고 그녀의 슬픔이 그에게 전달되었다. 그는 뭔가 호소할 필요가 있다고 느꼈다. 입으로는 비난의 말을 했지만 그녀의 눈에는 사랑이 담겨 있음을 그는 알 수 있었다. 그녀의 실룩거리는 입술에 떠올라 있는 고통 역시 사랑이었다. 그는 그녀의 말보다 그녀의 눈을 믿었다.

그녀는 그의 대답을 기다렸다. 하지만 그가 아무 대답도 하지 않자 뿌루퉁한 입으로 다시 물었다.

"당신은 정말 수치심을 모르세요?"

"용서해줘요." 그가 겸손하게 말했다. "우리는 지금 말로 해서는 안 되는 일에 대해서 말하고 있는 거예요. 내 잘못이에요. 용서해줘요. 내가 수치를 모르냐고요? 알아요. 하지만 나는 당신을 사랑하고 사랑에는 부끄러움이란 존재하지 않는 법이에요. 내게 화내지 말아요."

그녀는 그의 말을 듣지 않는 것 같았다. 그녀는 여전히 입술을 일그러뜨린 채 먼 곳을 응시하고 있었다. 마치 곁에 아무도 없는 것 같다는 투였다. 골드문트로서는 처음 겪는 일이었다. 역시 말이 화근이었다.

그는 부드럽게 그의 얼굴을 그녀의 무릎에 올려놓았다. 신체적 접촉을 하자 사태가 금세 호전되었다. 그녀는 여전히 슬픈 표정을 하고 있었지만 그녀의 무릎은 그의 뺨을 다정하게 받아들이고 있었다. 눈을 감고 있는 그의 얼굴은 그녀의 무릎 위에, 그 아름다운 무릎 위에 있었다. 그는 이 기품 있고 탄력 있는 무릎과 아름다운 그녀의 반월형 손톱이 너무나 잘 어울린다고 생각하며 기쁨과 감동을 느꼈다. 그는 감사하는 마음으로 그녀의 무릎에 얼굴을 더 밀착시켜 자신의 뺨과 입이 그녀의 무릎과 대화를 나누게 했다.

그는 그녀의 손이 새처럼 가볍게, 그러나 여전히 두려움을 간직한 채 그의 머리 위에 놓이는 것을 느낄 수 있었다. 이제 그녀의 그 가냘픈 손은 그의 머리카락과 이야기를 나누고 있었다. 그것들 사이에 오가는 언어는 유치했고 두려움에 떨리고 있었지만 그것은 바로 사랑이었다. 그는 감사하는 마음으로 자신의 머리를 그녀의 손에 더 밀착시켰고 이윽고 목덜미와 뺨으로 그녀의 손바닥을 느낄 수 있었다.

그러자 그녀가 말했다.

"이제 가야 할 시간이에요."

그는 고개를 들고 다정하게 그녀를 바라보았다. 그리고 그녀의 가느다란 손가락에 부드럽게 입을 맞추었다.

"제발 일어나요." 그녀가 말했다. "집으로 가야 해요."

그는 그녀의 말에 복종했다. 둘은 자리에서 일어나 말에 올랐고 말을 달렸다. 집으로 돌아오는 골드문트의 가슴은 행복으로 가득 차 있었다.

오후에 노기사가 외출하자 그녀가 서재에 나타났다. 그녀는 이 세상에서 제일 궁금한 것을 물어본다는 듯 골드문트에게 물었다.

"골드문트, 정말로 나를 사랑하세요?"

"물론입니다."

"그럼 이제 어떻게 되는 거지요?"

"뤼디아, 나도 모르겠어요. 그리고 나는 그런 건 걱정하지 않아요. 당신이 말을 타고 있는 것을 보는 것, 당신의 목소리를 듣는 것, 당신의 손가락이 내 머리카락을 쓰다듬어주는 것, 그런 것이 좋을 뿐이에요. 만일 당신이 입맞춤을 허락해준다면 정말 기쁠 거예요."

"골드문트, 키스는 오직 자기 신부에게만 할 수 있는 거예요. 그 생각은 안 해봤어요?"

"아뇨, 나는 그런 생각은 해본 적이 없어요. 왜 그런 생각을 해야 하는 거지요? 당신이 나의 신부가 될 수 없다는 건 당신도 잘 알잖아요. 당신은 아름답고 나는 오로지 당신이 아름답다는 사실에 감사하고 있을 뿐이에요. 당신은 내게 말로써 내 마음을 나타내라고 강요하고 있군요. 말이 아닌 다른 방식으로 수천 배 더 잘 표현할 수 있는데요. 말로써 당신에게 드릴 수 있는 건 아무것도 없어요. 말로는 내가 당신에게서 아무것도 배울 수 없고 또 당신도 내게서 아무것도 배울 수 없어요."

"내가 당신에게서 배울 게 뭐가 있다는 거지요?"

"뤼디아, 당신은 내게서 배우고, 또한 나는 당신에게서 배우는 겁니다. 그런데 당신은 오로지 당신을 신부로 맞이할 남자만 사랑하려 하고 있어요. 하지만 그 사람은 당신이 배운 게 아무것도 없다는 것, 심지어 키스도 할 줄 모른다는 걸 알면 당신을 비웃을 겁니다."

"그래, 제게 키스 수업을 하시겠다는 건가요, 이 대단하신 학자님?"

골드문트는 그녀를 향해 미소를 지었을 뿐 더 이상 대답하지 않았다. 그녀의 말이 마음에 들지 않았지만 그 비난의 말 뒤에 숨어 있는 처녀다운 모습을 느꼈기 때문이었다. 그녀가 지금 욕망에 사로잡혀 있으며 두려운 마음에 그 욕망에 저항하고 있음을 그는 느낄 수 있었다.

그는 미소를 지으며 자신의 눈길로 그녀의 불안한 눈길을 사로잡았다. 그녀는 저항을 하긴 했지만 서서히 마법에 굴복했다. 그는 얼굴을 그녀 가까이 가져갔고 마침내 입술이 맞닿았다. 그는 그녀의 입술을 가볍게 스치듯 더듬었다. 그녀는 마치 어린아이의 입맞춤처럼 그의 키스에 응했지만 그가 입술을 놓아주지 않자 놀란 듯 애처롭게 입을 벌렸다. 주춤하면서 달아나는 그녀의 입술을 그가 부드럽게 애무하면서 쫓아가자 드디어 그녀의 입술이 망설이듯 그의 입술을 맞아들였다. 그는 이 마법에 걸린 처녀에게 키스를 주고받는 법을 아주 부드럽게 가르쳤다. 그녀는 마침내 기진맥진해서 얼굴을 그의 어깨에 떨구었다.

잠시 후 뢰디아는 천천히 몸을 일으켰다.

"이제 보내주세요, 골드문트. 오, 내 사랑, 당신 곁에 너무 오래 있었어요."

그날 이후 두 사람은 매일 그들만의 비밀스런 시간, 말이 필요 없는 시간을 가졌다. 골드문트는 모든 것을 그녀가 이끄는 대로 따라했다. 젊은 처녀가 그에게 보내는 순진한 사랑은 그를 감동시켰고 기쁨에 젖게 했다. 때때로 그녀는 꼬박 한 시간 동안 그의 손을 잡고 그의 눈을 들여다보다가 어린아이 같은 짧은 입맞춤을 하고는 가버리기도 했다. 또 어떤 때는 지칠 줄 모르고 그에게 키스를 퍼붓기도 했다. 하지만 결코 몸에는 손을 대지 못하게 했다. 한번인가는 마치 그에게 기쁨을 선물하려는 듯 얼굴이 새빨개지며 망설이듯 한쪽 가슴을 보여주기도 했다. 그녀는 작고 하얀 열매를 부끄럽게 옷 속에서 꺼내어 보여주었다. 그가 무릎을 꿇고 그곳에 입을 맞추자 그녀는 조심스럽게 다시 그 열매를 옷 속에 감추었다. 그녀는 목덜미까지 새빨개져 있었다. 두 사람은 대화도 나누었지만 첫날과는 완전히 다른 방식이었다. 그들은 서로 간에 통하는 애칭도 만들었다. 그녀는 자신의 어린 시절, 자신의 꿈, 자신이 즐겨 했던 놀이에 대해 이야기했다. 또한 둘이 결혼할 수 없으니 그들의 사랑은 옳지 않다는 이야기도 자주 했다. 그녀는 애절하게 그런 말을 함으로써 그들의 사랑을 마치 검은 베일 같은 슬픔에 감싸이게 만들었다. 생전 처음으로 골드문트는 한 여자에게 단순한 욕정의 대상이 아니라 진정한 사랑의 대상이 된 것이다.

그러던 어느 날 밤이었다. 골드문트는 자기 방 침대에 누워 잠을 청하고 있었다. 그의 마음은 고통으로 무겁게 가라앉아 있었다. 사랑과 슬픔에 가득 찬 그의 가슴은 세차게 고동치고 있었다. 11월의 바람이 지붕을 휩쓸고 지나갔다. 매일 밤의 습관대로 그는 성모 마리아 찬송가를 혼자 조용히 불렀다.

오, 아름다운 마리아여!
그대 안에는 원죄의 흔적도 없나니
그대는 이스라엘의 기쁨,
그대는 죄지은 자들의 보호자이어라

노래는 그 부드러운 음율로 그의 영혼 속에 가라앉았다. 하지만 동시에 밖에서 부는 바람은 불안과 방황, 숲과 가을, 고향 없는 자의 삶을 노래하는 것 같았다. 그는 뤼디아를 생각했으며 나르치스를 생각했고 그의 어머니를 생각했다. 그 모든 것으로 가득 채워진 그의 가슴은 묵직하기 이를 데 없었다.

그러던 중 그는 깜짝 놀라 벌떡 자리에서 일어나 두 눈을 부릅떴다. 그는 자신의 두 눈을 믿을 수 없었다. 방문이 열리면서 하얀 잠옷을 입은 사람의 모습이 보였던 것이다. 뤼디아였다. 그녀는 조용히 문을 닫더니 맨발로 소리 없이 걸어와 침대에 앉았다.

"뤼디아," 그가 속삭였다. "오, 나의 작은 사슴! 나의 작은 꽃! 오, 어쩐 일이오?"

"그냥 잠시 온 거예요." 그녀가 말했다. "오, 내 사랑, 단 한 번만이라도 당신이 침대에 누워 있는 모습을 보고 싶었어요."

그녀는 그의 곁에 누웠다. 둘 다 꼼짝 않고 있었지만 그들의 가슴은 격렬하게 뛰고 있었다. 이윽고 그가 그녀에게 키스했다. 그녀는 키스를 허락했고 그의 손이 그녀의 몸을 애무해도 거부하지 않았다. 하지만 애무 이상은 허락해주지 않았다. 잠시 후 그녀는 자신의 몸에서 그의 손을 가볍게 떼어내더니 그의 눈에 입맞춤을 한 후 조용히 가버렸다. 골드문트는 자신은 물론이고 세상 전체가 마법에 걸린 것만 같았다. 그는 자기가 무슨 생각을 하고 있는지 무엇을 하고 있는지도 알 수 없었다. 그가 자는 둥 마는 둥 하다가 잠에서 깨어났을 때 그의 베개는 눈물로 흥건히 젖어 있었다.

며칠 후 그녀는 마치 달콤한 하얀 유령처럼 그를 다시 찾아와 전처럼 약 15분가량 그의 곁에 누워 있었다. 하지만 이번에는 전과 달리 그의 팔에 안긴 채 그의 귀에 대고 많은 말을 속삭였다. 할 말도 많았고 하소연할 것도 많았던 것이다. 그는 다정하게 그녀의 이야기에 귀를 기울였다. 그녀는 그의 왼팔을 베고 있었고 그는 오른손으로 그녀의 무릎과 다리를 애무하고 있었다.

"오, 나의 골드문트," 그녀가 그의 뺨에 얼굴을 바짝 대고 아주 낮은 목소리로 속삭였다. "제가 결코 당신의 사람이 될 수 없다는 게 너무 슬퍼요. 우리들의 작은 행복, 우리들의 작은 비밀은 더 이상 길게 이어질 수 없을 거예요. 율리에가 벌써 의심하기 시작했어요. 내게 털어놓으라고 말할 거고 아버지도 눈치를 채실 거예요. 내가 이렇게 당신 침대에 누워 있는 걸 아버지가 아시면 당신을 목 매달 거예요. 오, 골드문트, 당신이 그렇게 되는 모습은 절대로 볼 수 없어요. 어서 달아나요. 오, 오, 안 돼요! 오, 내 사랑, 내 보물! 당신이 가버리면 안 돼요! 당신이 떠나고 나 혼자 남으면 나는 어떡해요?"

"뤼디아, 나와 함께 가지 않겠어요? 우리 함께 도망쳐요. 세상은 넓어요!"

"그럴 수 있다면 얼마나 좋겠어요." 그녀는 한숨지었다. "오, 당신과 함께 이 넓은 세상을 마음껏 돌아다닐 수만 있다면! 하

제8장

143

지만 난 그럴 수 없어요. 나는 숲에서 잠을 잘 수도 없고 집 없이 머리카락에 지푸라기를 묻히고 다닐 수도 없어요. 그리고 아버지를 욕되게 할 수도 없어요. 오, 그런 말 하지 마세요. 그런 건 상상할 수도 없어요. 나는 그렇게 못 해요. 더러운 접시로 식사를 할 수도 없고 문둥병자가 누웠던 곳에서 잠을 잘 수도 없어요. 오, 왜 우리에게 착하고 아름다운 것들은 금해진 걸까? 오, 우리 두 사람은 슬픈 운명을 타고 났어요."

골드문트는 그녀의 다리를 애무하다가 아주 섬세하고 부드럽게 그녀의 꽃잎을 만지면서 애원하듯 말했다.

"오, 나의 작은 꽃이여! 우리는 행복할 수 있어요. 자, 안 되겠어요?"

그녀는 화를 내지는 않았지만 단호하게 그의 손을 옆으로 밀어내며 몸을 약간 빼냈다.

"안 돼요, 그건 안 돼요. 그건 절대로 안 돼요. 당신 같은 떠돌이들은 절대 이해할 수 없을 거예요. 나는 지금도 나쁜 짓을 저지르고 있어요. 나는 나쁜 여자예요. 온 집안에 치욕을 안길 짓을 하고 있어요. 하지만 내 영혼 어딘가에 아직 자부심을 간직하고 있고 아무도 그곳에는 들어올 수 없어요. 제발 그걸 지키게 해주세요. 그렇지 않으면 다시는 당신 방에 오지 않을 거예요."

골드문트는 그녀의 금기와 소망을 무시할 수 없었다. 하지만 그는 고통스러웠다. 그의 관능이 진정되지 않았던 것이다. 그는 관능의 포로가 되어 있는 자기 자신과 격렬하게 싸웠고 그 상태에서 벗어나기 위해 노력해야만 했다.

그러는 사이 율리에와의 관계가 다소 어려움에 처하게 되었다. 그녀는 언니가 휩쓸려 있는 사랑의 물결을 분명 눈치채고 있었다. 그녀의 관능은 호기심과 탐욕으로 이 낙원을 향하고 있었지만 이성으로 완강하게 그 호기심 자체를 억누르고 있었다. 그녀는 골드문트에게 과장될 정도로 냉담한 모습을 보이다가 무의식중에 호기심에 젖어 그를 예의 주시하기도 했다. 또한 가끔 뤼디아에게 자신이 그녀의 행실을 알고 있다는 암시를 은밀히 내보이며 경멸감을 드러내기도 했고 뤼디아는 그 때문에 마음에 상처를 입곤 했다. 이 매력적이고 아름다우면서 변덕스러운 처녀는 두 연인 사이를 날아다니며 자극제인 동시에 훼방꾼이 되었다. 꿈속에서 그녀는 타오르는 듯한 갈증으로 그들 간의 사랑의 비밀을 맛보았으며 때로는 아무것도 모르는 척, 때로는 모든 것을 다 아는 척했다. 뤼디아는 그런 그녀의 기분을 맞춰주어야만 했다. 자신이 간직한 사랑의 비밀이 어느 순간 폭로될 것이 두려웠다. 어렵게 손에 넣은 이 불안하면서도 달콤한 행복이 그런 식으로 끝나버릴 수는 없었다.

골드문트는 이따금 자신이 왜 이 집을 떠나지 않고 머물러 있는 것인지 스스로도 의아하게 생각했다. 이런 식으로 계속 살아간다는 것은 힘든 일이었다. 사랑받고 있었지만 희망은 없었다. 축복받은 기나긴 행복에의 약속도 없었으며 자신의 욕정이 쉽게 충족될 가능성도 지금으로서는 없었다. 그의 관능적 욕구는 끊임없이 자극을 받고 있었고 목말라 있었으며 결코 시들지 않았다. 게다가 그는 끝없는 위험 속에 살고 있었다. 그런데 왜 이곳에 눌러앉아 그 모든 갈등과 혼란스러운 감정을 감수하고 있단 말인가? 그가 지금 겪고 있는 것, 그가 느끼는 감정이나 마음의 상태는 자기 집이 있는 사람, 정상적인 생활을 하고 있는 사람, 잠자리가 따뜻한 사람에게나 어울리는 것이 아닌가? 이렇게 복잡 미묘한 상태에서 벗어나 그 모든 것들을 한껏 비웃어주는 것이 자신처럼 집도 없고 아무 의무도 없는 사람들이 지닌 권리가 아닌가? 그렇다, 그에게는 그럴 권리가 있었다. 그런데도 이곳에서 고향 비슷한 것을 찾고 그 때문에 그토록 고통과 당혹감을 견뎌내고 있다니 이런 바보가 어디 있단 말인가!

그럼에도 불구하고 그는 그렇게 했다. 그는 그 모든 것을 감수했을 뿐 아니라 그 때문에 행복하기도 했다. 이런 식으로 살아간다는 것은 바보짓이었고 힘들고 긴장되는 일이었지만 동시에 경이롭기도 했다. 이 어두우면서 아름다운 사랑, 이 슬픈 사랑은 어리석은 데다 희망이 없었음에도 불구하고 경이로웠다. 잠 못 이루며 온갖 상념에 젖어 뒤척이는 밤도 아름다웠고, 자신의 사랑과 근심을 털어놓는 뤼디아의 목소리와 그 입술에 감도는 번민의 기색도 아름다웠다. 이 모든 것이 아름답기만 했다. 그런 가운데 골드문트는 지난 몇 주 사이에 자신이 무척 변했음을 느꼈다. 더 현명해지지는 않았을지언정 더 나이가 든 것 같았으며 더욱 행복해지지는 않았을지언정 그의 영혼이 더욱 성숙하고 풍요로워진 것 같았다. 그는 이제 더 이상 소년이 아니었다.

어느 날 아침 동틀 무렵 골드문트는 잠에서 깨어 눈을 뜬 채 자리에 누워 깊은 생각에 잠겼다. 서로 아무 연관도 없는 꿈속의 영상들이 아직 주변을 맴돌고 있었다. 그는 어머니의 꿈을 꾸었고 나르치스의 꿈을 꾸었다. 두 사람의 모습이 아직 생생하게 보이는 것 같았다. 그가 꿈에 대한 상념에서 벗어나자 뭔가 특이한 빛이 그의 눈길을 끌었다. 뭔가 이상하게 밝은 빛이 작은 창문을 통해 들어오고 있었던 것이다. 그는 벌떡 일어나 창으로 달려갔다. 첫눈이었다. 첫눈이 창틀과 마구간 지붕과 앞마당을 온통 뒤덮고 있었다. 그의 가슴속의 불안과 저 고즈넉한 겨울 풍경이 대조되어 그를 당황하게 만들었다. 저 들판과 숲은, 저 언덕과 황야는 그 얼마나 조용히, 그리고 얼마나 경건하게 태양과 바람, 비와 가뭄과 눈에 몸을 맡기고 있는가! 저 단풍나무와 물푸레나무는 그 얼마나 아름답고 부드럽게 겨울의 무거운 짐을 견뎌내고 있는가! 사람들은 저처럼 될 수 없단 말인가? 사람들은 저들로부터 배울 수 없단 말인가? 그는 깊은 생각에 잠겨 마당으로 나갔다. 그는 눈길을 걸으며 눈을 손으로 만져보기도 했고 정원으로 가서 고개를 들어 눈이 높이 쌓인 담벼락과 눈의 무게로 휘어진 장미 덩굴을 바라보기도 했다.

아침 식사 때 모두들 첫눈 이야기를 했다. 올해는 첫눈이 늦게 내려 크리스마스가 가까이 다가와 있었다. 골드문트에게 결코 그 해 첫눈을 잊지 못하게 만든 사건은 바로 그날 밤에 일어났다.

밤이 되어 집 안이 조용해지고 어두워지자 여느 때처럼 뤼디아가 그를 찾아와 말없이 곁에 누웠다. 그녀는 그의 가슴에 얼굴을 묻고 심장박동 소리를 들으며 마음의 위안을 찾고 있었다. 골드문트는 모르고 있었지만 그날 뤼디아는 동생 율리에와 다투었다. 그녀는 슬펐으며 불안한 마음이었다. 율리에가 자신을 배반할까 봐 두려웠던 것이다. 하지만 그녀는 애인에게 걱정을 끼치고 싶지 않아 아무 말도 하지 않은 채 그가 가끔씩 속삭여주는 밀어를 들으며 머리칼을 쓰다듬어주는 그의 손길에 몸을 맡기고 있었다.

그런데 갑자기—그녀가 누운 지 얼마 되지 않아—그녀가 눈이 휘둥그레지면서 소스라치게 놀라 자리에서 벌떡 일어났다. 골드문트 역시 깜짝 놀랐다. 문이 열리며 누군가 안으로 들어선 것이다. 그는 너무도 놀라 들어선 사람이 누구인지 곧바로 알아보지 못했다. 그 형체가 침대 가까이 와서 몸을 숙였을 때야 그는 비로소 누구인지 알 수 있었다. 율리에였다. 골드문트의 가슴이 조여드는 듯했다. 율리에는 잠옷 위에 대충 걸치고 온 외투를 벗어 땅바닥에 떨어뜨렸다. 뤼디아는 마치 칼에라도 찔린 듯 외마디 비명을 지르며 뒤로 물러나 골드문트에게 바싹 달라붙었다. 율리에가 비웃는 듯하면서도 의기양양하게, 하지만 약간은 떨리는 목소리로 말했다.

"나 혼자만 내 방에 누워 있기 싫어. 나도 받아들여줘. 셋이 함께 누워 있고 싶어. 받아주지 않으면 가서 아버지를 깨울 거야."

"그래, 그렇다면 들어와." 골드문트가 이불을 걷어주며 말했다. "발이 시리겠구나."

뤼디아가 베개에 얼굴을 파묻고 꼼짝 않고 있었기에 골드문트는 자리를 내주기 위해 애를 써야만 했다. 마침내 세 사람이 함께 눕게 되었다. 골드문트 양편에 처녀 한 명씩 누운 것이다. 골드문트는 이루 말할 수 없는 불안과 희열을 동시에 느꼈다. 그리고 조금 전까지만 해도 자신이 이런 상황을 간절히 원했던 것을 부인할 수 없었다. 그의 옆구리에 율리에의 엉덩이가 느껴졌다.

율리에가 다시 입을 열어 골드문트에게 속삭였다.

"언니가 그토록 즐겨 찾아오는 당신의 잠자리에 누워 있으면 기분이 어떤지 꼭 알고 싶었어요."

골드문트는 그녀의 머리칼에 자신의 뺨을 부드럽게 비비며 그녀를 진정시켰다. 이어서 그는 마치 고양이를 쓰다듬듯 부드러운 손길로 그녀의 엉덩이와 무릎 부분을 쓰다듬어주었다. 율리에는 마치 마법에라도 걸린 듯 몽롱한 상태에서 몸을 그대로 내맡기고 있었다. 골드문트는 율리에에게 그렇게 마법을 걸면서도 뤼디아의 귀에 대고 사랑의 말을 속삭이는 것을 잊지 않았다. 마침내 그는 뤼디아가 자신을 향해 고개를 돌리게 만드는 데 성공했다. 그는 소리 없이 그녀의 입과 눈에 키스를 해주었고, 그사이 그의 다른 손은 여전히 율리에에게 마법을 걸고 있었다. 그는 이 상황이 얼마나 당혹스럽고 기괴한가를 알고 있었다. 그는 그러면서 홀연 뤼디아와의 사랑이 그 얼마나 희망이 없으며 우스꽝스러운지를 깨달았다.

그때 율리에가 그의 손길에 화답하듯 욕망에 들뜬 긴 신음 소리를 냈다. 뤼디아가 그 소리를 듣자 갑자기 이불을 걷어차고 벌떡 일어나며 외쳤다.

"율리에, 이제 그만 가자!"

율리에는 깜짝 놀랐다. 뤼디아는 율리에가 바닥에 던져 놓은 외투를 집어 들고 동생의 어깨에 걸쳐주었다. 두 자매는 소리 없이 방에서 빠져나갔다.

세 사람의 젊은이는 기묘하고 부자연스러운 모습으로 함께 있던 상황에서 벗어나 이제 각자 홀로 생각에 잠겨 있었다. 마치 영혼을 혼란에 빠뜨리는 악령이 이 집 전체를 지배하고 있는 것 같았다. 골드문트는 자정이 지나서, 율리에는 새벽 무렵에 잠이 들었으나 뤼디아는 밤새 잠을 이루지 못했다.

어느새 동이 텄다. 뤼디아는 곧바로 일어나 옷을 입고 작은 그리스도 상 앞에서 기도를 했다. 그리고 곧장 아버지에게로 가서 드릴 말씀이 있다고 말했다. 어떤 식으로건 이 사건을 결말지어야겠다고 생각한 것이다. 뤼디아가 아버지께 모든 것을 털어놓았을 때도 골드문트와 율리에는 아직 잠에 빠져 있었다. 뤼디아는 율리에 이야기는 빼놓고 아버지에게 모든 것을 털어놓았다.

골드문트가 아침에 평소처럼 서재에 나타났을 때 노기사는 장화를 신고 의복을 갖춰 입은 채 칼을 허리에 차고 있었다. 골드문트는 그 차림새가 무엇을 뜻하는지 금세 알아차렸다.

"모자를 쓰게." 기사가 말했다. "자네와 걸으면서 할 이야기가 있네."

골드문트는 모자를 쓴 채 주인 뒤를 따라 계단을 내려갔고 마당을 가로질러 대문 밖으로 나갔다. 이윽고 저택이 시야에서 사라졌다. 저 지붕과 창문을 이제 다시는 볼 수 없으리라. 서재와 침실, 그리고 두 자매와도 영영 이별이리라. 그는 이런 갑작스러운 이별을 오래전부터 예상해 왔지만 막상 이렇게 떠나려니 가슴이 쓰려왔다.

그들은 한 시간가량 그렇게 걸었다. 여전히 주인이 앞장서고 있었다. 두 사람 다 아무 말이 없었다. 골드문트는 자신의 운명이 어찌 될 것인지 생각하기 시작했다. 기사는 무장을 하고 있었다. 자신을 죽일지도 몰랐다. 하지만 그가 그러리라고는 믿지 않았다. 위험은 별로 크지 않았다. 그가 도망가버리기만 해도 노인은 아무 대책 없이 서 있을 수밖에 없으리라. 그렇다, 그의 생명이 위험한 것은 절대로 아니었다. 하지만 이렇게 아무 말도 못한 채 엄숙한 노인 뒤를 따라간다는 것은 한 걸음, 한 걸음이 모두 고통이었다. 마침내 노기사가 발걸음을 멈추었다.

"여기부터," 노인이 갈라진 목소리로 말했다. "자네 혼자 가도록 하게. 뒤도 돌아보지 말고 똑바로 가야 해. 전처럼 방랑자의 삶을 살도록 하게. 다시 한번 내 집 근처에 얼씬거렸다가는 죽여버릴 걸세. 자네에게 복수하고 싶은 마음은 없어. 젊은 친구를 내 딸들 가까이 오게 한 내 잘못이지. 하지만 감히 다시 돌아온다면 목숨을 잃을 각오를 하게. 자, 이제 가보게. 하느님께서 자네를 용서해주시길!"

노인은 눈 덮인 아침의 창백한 빛을 받으며 그곳에 서 있었다. 잿빛 수염에 덮인 그의 얼굴은 마치 죽은 사람 같았다. 노인은 유령처럼 그 자리에 서서 골드문트가 다음 언덕을 넘어 사라질 때까지 꼼짝 않고 있었다. 구름 낀 하늘의 아침노을은 흐려졌지만 해는 아직 떠오르지 않았다. 가는 눈발이 듬성듬성 내리기 시작했다.

제8장

153

제9장

 골드문트는 전에 여러 번 말을 타고 다녀본 적이 있어서 이지역을 잘 알고 있었다. 저 얼어붙은 갈대밭 너머에는 노기사소유의 헛간이 있었고 거기서 조금 더 가면 그가 알고 지내던농가가 있었다. 우선은 둘 중 한 군데에서 하룻밤을 보내면 되리라. 그다음 일은 내일 생각하면 되었다. 차츰차츰 자유와 일탈의 감정이 되살아났다. 황량한 겨울날에 이방인 신세가 되어추위와 굶주림에 시달린다는 것은 힘들고 가차 없는 현실이었지만 바로 그 거친 현실 덕분에 편한 생활로 인해 혼란스러워졌던 마음이 편안해지는 느낌이었다.

 그는 지칠 때까지 걸었다. 텅 빈 들판을 지나가는 동안 그에게는 아무 생각도 들지 않았다. 하긴 지금 무슨 생각을 하거나 감정을 품을 때가 아니었다. 제아무리 달콤한 생각이나 감정이라도 지금은 뒷전이었다. 지금 중요한 것은 어디선가 몸을 따뜻하게 하고 제때 잠자리를 찾는 것이었다.

그때였다. 어디선가 말발굽 소리가 들렸다. 그는 놀라서 주위를 둘러보았다. 그는 누군가 추적해오는 것이나 아닌지 버럭 의심이 나서 주머니 속에 들어 있는 사냥용 단도를 단단히 움켜쥐었다. 멀리서 누군가 말을 타고 달려오고 있었다. 한눈에도 그 말이 노기사가 타던 말임을 알 수 있었다. 말이 가까이 다가오자 말을 타고 있는 사람 모습도 알아볼 수 있었다. 말을 돌보는 어린 하인 한스였다. 골드문트는 한스에게 정겹게 인사했고 말에게도 인사했다. 말은 금세 그를 알아보았다. 골드문트는 말의 목을 쓰다듬으며 한스에게 물었다.

"한스, 어디 가는 거냐?"

"당신에게요." 소년이 이빨을 반짝이며 웃었다. "그사이 멀리도 왔네요. 전할 것만 전하고 빨리 돌아가 봐야 해요."

"대체 누구에게 뭘 전한다는 거냐?"

"당신에게요. 뤼디아 아가씨가 인사와 함께 이걸 전해드리라고 하셨어요. 제가 아가씨 심부름을 하고 있는 걸 주인 나리께서 아시면 제 목이 달아납니다. 어서 받으세요!"

그는 골드문트에게 작은 꾸러미를 건네주었다. 골드문트는 그것을 받았다.

그가 물건을 받자 한스는 서둘러 떠나갔다. 묘하게도 슬픈 기분으로 골드문트는 한스의 뒷모습을 지켜보았다. 그런 후 그는 꾸러미를 풀어보았다. 꾸러미 안에는 두꺼운 회색 양털로 짠 털옷이 들어 있었다. 뤼디아가 손수 짠 것이 틀림없었다. 털옷 속에는 뭔가 단단히 싸맨 것이 들어 있었다. 햄 덩어리였다. 그리고 햄에는 칼로 베어놓은 작은 틈새가 있었으며 그 속에 반짝이는 금화가 한 닢 들어 있었다. 그는 뤼디아가 보낸 선물들을 든 채 한동안 멍하니 서 있었다. 그는 재빨리 털옷을 걸치고 금화를 주머니 깊숙이 넣은 후 꾸러미를 허리에 찬 다음 다시 들판을 걸어가기 시작했다. 그는 농가를 피해 헛간을 향했다. 이것저것 묻는 말에 대답하기가 귀찮아서였다. 그는 헛간에서 하룻밤을 보낸 후 다시 길을 떠났다. 그는 며칠 동안 밤마다 꿈을 꾸었는데 꿈에는 노기사와 칼과 두 자매가 번갈아 나타났다.

며칠 후 골드문트는 어느 마을에 당도해 며칠 묵을 만한 농가를 찾았다. 가난한 마을이라 빵은 얻어먹지 못하고 오트밀죽만 얻어먹을 수 있었다. 그런데 그곳에서 새로운 모험이 그를 기다리고 있었다. 한 아낙네가 출산하는 모습을 지켜볼 수 있었던 것이다. 그는 음식을 얻어먹은 대가로 해산하는 아낙네를 위해 등불을 드는 일을 하고 있었다. 그는 해산의 고통에 시달리고 있는 아낙네의 얼굴을 바라보며 어디서 많이 본 표정이라고 생각했다. 그렇다, 해산의 고통으로 비명을 지르고 있는 아낙네의 일그러진 표정이 사랑의 무아지경에 오른 여자들의 표정과 거의 차이가 없었던 것이다. 열렬히 타올랐다가 꺼지는 모습까지 똑같았다. 그는 이유를 알 수 없었지만 고통과 환희가 그토록 서로 닮을 수 있다는 사실을 깨닫고 너무나 놀랐다.

그 마을에서는 또 다른 경험이 그를 기다리고 있었다. 그중 하나는 물론 그가 전에 해본 경험이었다. 아침에 마주친 이웃 농부의 아내가 그가 던진 추파에 선선히 응해준 것이었다. 그 아낙네 덕분에 그는 그 마을에서 이틀째 밤을 묵을 수 있었고 그 때문에 또 다른 경험을 하게 되었다. 빅토르라는 키 크고 우악스러운 친구를 그 마을에서 만나게 된 것이다. 반은 떠돌이 탁발승 같기도 했고 반은 노상강도 같기도 한 묘한 친구였다. 그는 허접한 라틴어 나부랭이로 인사를 하면서 학교에 다닐 나이는 훨씬 넘어 보였음에도 불구하고 여행 중인 학생이라고 자신을 소개했다. 뾰족한 턱수염을 기른 빅토르는 솔직한 태도와 익살로 젊은 골드문트의 마음을 금세 사로잡았다.

어디서 무슨 공부를 했느냐는 골드문트의 질문에 빅토르는 이렇게 대답했다.

"내 비록 영혼이 빈곤하지만 고등교육은 충분히 받았어. 쾰른과 파리에도 가보았고 간(肝) 소시지에 관해서 내가 제출한 학위 논문보다 심오한 사상을 펼친 사람은 없었을걸. 어쩌다 이렇게 배고픈 영혼이 되어 독일 땅을 떠돌고 있지. 내 목표는 시장 사모님의 침대야. 또 까마귀에게 잡아먹히지만 않는다면 나중에 주교라는 귀찮은 직업을 떠맡게 될 거야. 보헤미아의 왕이 내 형이야. 하늘에 계신 아버지께서 나를 비롯해 형을 먹여 살려주시고 있지."

이어서 그는 라틴어로 "세쿨라 세쿨로룸(영원한 축복을 빕니다-옮긴이 주), 아멘"이라며 자기소개를 끝냈다.

그런 식의 유머에 전혀 익숙하지 않은 골드문트는 이 털투성이 건달이 약간 두렵기도 했다. 하지만 방랑길에 이력이 난 이 낯선 남자에게는 뭔가 끌리는 데가 있었다. 그래서 그는 빅토르가 여행을 함께할 생각이 없느냐고 제안했을 때 선선히 수락했다.

이튿날 아침 두 사람은 함께 길을 떠났다. 골드문트가 이렇게 누군가와 동행해본 것은 이번이 처음이었다. 사흘 동안 함께 여행을 하면서 골드문트는 빅토르가 떠버리에 비열한 친구라는 것을 알 수 있었다. 하지만 그에게서 이런저런 것들을 배울 수도 있었다. 빅토르는 방랑자에게 필수적인 세 가지 요구 조건, 즉 죽음의 위협에서 벗어나는 일, 잠자리를 구하는 일, 먹을 것을 구하는 일을 거의 본능처럼 체득하고 있었다. 그는 거의 모든 일을 그 세 가지 요구 조건과 결부시킬 줄 알았다. 오랜 방랑 생활을 통해 배운 것이었다. 그는 거의 눈에 띄지 않는 신호로도 사람 사는 곳이 가까워졌음을 알아낼 수 있었고 밤이면 숲이나 들판에서 잠자리로 적절한 곳을 귀신처럼 찾아냈다. 또한 어느 집이건 들어서는 순간 그 집 주인이 부유한지 가난한지, 마음씨가 좋은지 나쁜지를 간파해낼 수 있었다. 한번인가 골드문트가 빅토르에게 매번 그렇게 의도적으로 사람에게 접근한다는 건 지나치지 않느냐, 자기는 그런 기술을 모르면서도 문전박대를 받은 적이 거의 없었다고 말하자 빅토르가 그에게 말했다.

"이봐, 골드문트, 자네는 젊고 잘생긴 데다 순진해 보이기도 하니 자네 얼굴이 숙박권 구실을 할 수 있을 거야. 하지만 언제까지나 그럴 수는 없을걸. 사람은 나이를 먹고 추해지기 마련이야. 그러니 마음 모질게 먹고 미리 배워놔야 해. 하긴 자네는

제9장

159

오래도록 이런 떠돌이 생활을 할 것처럼 보이지는 않아. 손이 너무 곱고 금발도 멋지단 말이야. 언젠가 좀 더 안락한 곳으로 돌아가겠지. 멋지고 따뜻한 부부의 침대나 훌륭한 수도원, 혹은 난방이 잘된 서재 같은 곳으로 가게 되겠지. 게다가 입고 있는 옷도 훌륭해. 귀공자 대접을 받을 수 있을 정도야."

빅토르는 연방 낄낄거리며 골드문트가 입고 있는 옷을 만지작거렸다. 골드문트는 그 손이 옷의 솔기나 주머니를 더듬거리고 있음을 눈치챌 수 있었다. 골드문트는 감추어둔 금화가 생각나 그에게서 떨어졌다. 그는 라틴어를 정서해주는 대가로 노 기사의 집에 머물게 된 일을 이야기해주었고 덕분에 이런 멋진 옷을 얻어 입게 되었다고 말해주었다. 빅토르는 그렇다면 이 추운 겨울에 왜 그런 따뜻한 보금자리를 떠나게 되었느냐고 다그쳐 물었고 거짓말에 익숙하지 못한 골드문트는 두 딸에 대한 이야기를 슬쩍 내비칠 수밖에 없었다. 그 바람에 둘 사이에 언쟁이 벌어졌다. 빅토르가 그 집에서 도망친 것은 바보짓이었다며 당장 돌아가서 뤼디아를 만나서 보상을 받자고 우겼기 때문이었다. 골드문트는 그런 그를 만류하다가 벌컥 화를 냈고 빅토르는 더 이상 고집을 부리지 않았다.

둘 사이에 말다툼이 있었던 그날, 둘은 저녁이 될 때까지 인가를 찾지 못했다. 빅토르는 잠을 잘 만한 곳을 찾아 능숙하게 잠자리를 준비했다. 그는 숲 가장자리 두 그루 나무 사이에 바람막이를 설치하고는 전나무 잔가지들을 모아서 잠자리를 마련했다. 잠자리 마련이 끝난 두 사람은 빅토르의 두툼한 행낭에서 빵과 치즈를 꺼내어 먹었다. 골드문트는 빅토르에게 화를 냈던 게 부끄러워서 그에게 상냥하게 대했고 뭔가 도움을 주고 싶었다. 그는 빅토르에게 밤에 입으라고 입고 있던 털옷을 벗어주었다.

두 사람은 번갈아 불침번을 서며 짐승들을 경계하기로 했고, 골드문트가 먼저 불침번을 섰다. 빅토르가 잠이 들자 골드문트는 생각에 잠겼다.

'나는 평생을 방랑한다 해도 결코 빅토르처럼 될 수는 없을 거야. 빅토르처럼 온갖 공포와 싸우는 법을 배울 수도 없을 것이고 도둑질은 고사하고 저렇게 교활해질 수도 없을 거야. 저렇게 허풍선이가 될 수도 없고 뻔뻔스러운 짓을 아무렇지도 않게 할 수도 없을 거야. 어쩌면 저 친구의 말이 옳을지도 몰라. 나는 빅토르처럼 온전한 방랑자가 될 수 없을지도 몰라. 언젠가 어느 담장 안으로 들어가게 될지도 몰라. 하지만 그렇게 되어도 고향도, 목적도 없는 신세는 변함이 없겠지. 진정으로 보호받고 있고 안전하다는 느낌은 들지 않겠지. 나를 둘러싼 세상은 여전히 신비스럽게 아름다우면서 동시에 음산할 거야. 불안하게, 그리고 덧없이 심장이 쿵쾅거리는 가운데 나는 언제까지나 나를 둘러싸고 있는 정적에 귀를 기울이게 되겠지.'

별도 거의 보이지 않고 바람이 잔잔했지만 높은 하늘에서는 구름이 천천히 움직이고 있는 것 같았다. 골드문트는 빅토르를 별로 깨우고 싶지 않았지만 한참이 지나자 빅토르가 스스로 눈을 뜨고 골드문트를 불렀다.

"이봐, 자네가 잠을 잘 차례야. 좀 자 둬야 내일 기운을 내지."

골드문트는 그가 시키는 대로 자리에 누워서 눈을 감았다. 몹시 피곤했지만 잠은 오지 않았다. 이런저런 생각에 잠이 들 수 없었으며, 동료에 대한 막연한 불안과 불신감—스스로 인정하고 싶지 않은 감정이었지만—때문에도 잠이 오지 않았다. 어쩌다 저렇게 거칠고 뻔뻔스러운 인간에게, 저 어릿광대 같은 인간에게 뤼디아 이야기를 했을까? 스스로도 도저히 납득할 수 없었다. 그는 빅토르에게 화가 났고 자기 자신에게도 화가 났다. 그리고 어떻게 하면 빅토르를 떨쳐낼 수 있을까, 곰곰이 궁리했다.

이윽고 골드문트는 반쯤 잠이 들어 있었다. 골드문트는 빅토르가 자신의 옷 주머니와 솔기를 더듬는 것을 느끼고 화들짝 놀랐다. 한쪽 주머니에는 칼이 들어 있었고 다른 쪽 주머니에는 금화가 들어 있었다. 골드문트는 꼼짝도 하지 않았다. 그는 잠결에 뒤척이는 척 빅토르의 팔을 슬쩍 건드렸다. 그러자 빅토르는 물러갔다. 골드문트는 너무 화가 나서 다음 날 아침이면 꼭 빅토르와 헤어지리라고 단단히 결심했다.

한 시간쯤 지났을까, 빅토르가 다시 자신의 몸을 뒤지기 시작했다. 골드문트는 눈을 뜨고 경멸스럽다는 듯 말했다.

"저리 꺼져! 내게서 훔칠 만한 건 없으니까!"

그의 침착하고 냉정한 말투에 도둑은 깜짝 놀랐다. 그는 두 손으로 골드문트의 목덜미를 움켜쥐고 눌렀다. 골드문트가 저항하며 일어서려 하자 빅토르는 더 거세게 목을 조르며 무릎으로 가슴을 짓눌렀다. 골드문트는 숨이 막혀 왔고 전력을 다해 몸부림쳤지만 벗어날 수 없었다. 죽음의 공포가 엄습했고 그러자 정신이 더욱 또렷해졌다. 빅토르가 목을 계속 조이는 동안 그는 주머니에 손을 넣어 사냥용 칼을 꺼내서 빅토르를 마구 찔렀다. 순식간에 벌어진 일이었다. 잠시 후 빅토르의 손이 스르르 풀렸고 골드문트는 깊이 숨을 내쉴 수 있었다. 그가 몸을 일으키려 하자 빅토르가 신음 소리를 내며 그의 몸 위로 픽 쓰러졌다. 그가 흘린 피가 골드문트의 얼굴 위로 뚝뚝 떨어졌다. 골드문트는 겨우 몸을 일으킬 수 있었다. 희미한 달빛 속에 키 다리 사내의 몸이 아무렇게나 널브러져 있는 것이 보였다. 그의 가슴과 목덜미에서는 여전히 피가 흘러나오고 있었고 입에서는 고르지 못한 신음 소리가 약하게 새어 나오고 있었다. 숨이 끊어져 가고 있는 중이었다.

'아, 내가 사람을 죽였구나!' 골드문트는 죽어가는 사람의 얼굴에서 핏기가 점차 가시는 것을 바라보며 거듭 생각했다.

"성모 마리아여, 제가 사람을 죽였습니다." 그는 자신도 모르게 중얼거리고 있었다.

그는 더 이상 그 자리에 있을 수 없었다. 그는 칼을 집어 들고 빅토르가 입고 있는 털옷에 피를 닦았다. 뤼디아가 연인을 위해 손수 짠 바로 그 옷이었다. 골드문트는 칼을 칼집에 꽂은 후 혼신의 힘을 다해서 그곳에서 달아났다.

유쾌한 방랑자의 죽음은 그의 영혼에 무거운 짐으로 남았다. 날이 밝아 오자 그는 몸에 묻은 핏자국을 모두 씻어냈다. 그런 후 하루 낮과 밤을 불안에 떨며 정처 없이 떠돌았다. 그가 공포와 후회에서 벗어날 수 있었던 것은 극도에 달한 육체적 피로 덕분이었다.

쉴 곳도 없고, 목적지도, 먹을 것도 없이, 거의 한숨도 잠을 자지 못한 채 눈 덮인 황량한 지역을 헤매면서 골드문트는 바닥 모를 절망에 빠져 있었다. 굶주림이 그의 배 속에서 야수처럼 울부짖었다. 그는 몇 번이고 기진맥진해서 들판 한가운데 쓰러졌다. 그는 눈을 감으며 끝이 다가왔다고 생각했고 눈 속에서 잠들기만을, 죽어버리기만을 바랐다. 하지만 자신도 알지 못할 그 어떤 것이 그의 몸을 일으켜 세웠고 그는 살기 위해 악착같이 걸었다. 죽지 않겠다는 거의 광기에 가까운 야생적 의지의 힘에 취해, 살아야만 한다는 적나라한 충동에 취해 그는 이 극도의 곤경 속에서도 원기를 얻었다. 그는 새파랗게 언 손으로 나무 열매를 따 먹었으며 전나무 잎도 씹었고 갈증을 없애기 위해 눈을 한 움큼씩 집어삼키기도 했다.

그는 정신이 혼미한 가운데 죽은 빅토르를 향해 횡설수설 욕설을 퍼붓기도 했다. 하지만 시간이 지나자 더 이상 빅토르 같은 존재에 대해서는 깡그리 잊어버렸다. 그는 더 이상 그의 생각을 하지 않았다. 그리고 느닷없이 율리에가 생각났다. 그는 혼미한 상태에서 달콤한 말로 그녀를 유혹했다. 어서 자기에게 오라고, 어서 속옷을 벗으라고, 비참하게 들판에서 죽어버리기 전에 단 한 시간만이라도 천국을 맛볼 수 있게 해달라고 그녀에게 졸랐다. 그는 그녀의 봉긋한 젖가슴과 다리와 겨드랑이의 금빛 털에게 애원하고 명령했다.

뻣뻣하게 얼어붙은 다리로 비틀비틀 눈 덮인 황야를 지나며 그는 비탄에 빠지기도 했고 살아야겠다는 깜빡이는 욕망에 원기를 얻어 속삭이기도 했다. 그가 말을 건네고 있는 상대는 나르치스였다. 그는 자신의 새로운 생각, 자신이 깨달은 지혜를 빈정거리듯 나르치스에게 전하고 있었다.

"나르치스, 무서워? 무섭냐고? 뭔가 또 깨달았어? 그래, 이 존경하는 친구야, 이 세상은 온통 죽음으로 가득 차 있어. 모든 울타리들 위에도 죽음이 걸터앉아 있고 모든 나무들 뒤에도 죽음이 우뚝 서 있어. 너희들이 아무리 담장을 높이 쌓고 예배당과 성당을 지어도 죽음은 창문을 통해 웃으며 바라보고 있어. 찬송가를 부르고 제단에 예쁜 촛불을 밝힌 채 저녁 예배와 기도를 드려도, 실험실에 들꽃을 모아 놓고 도서실에 책을 모아 놓아도 소용없어. 죽음은 언제나 네 이름을 부르고 있어. 이 친구, 자네 금식을 하고 있나? 졸음을 몰아내고 있나? 아니야, 죽음만이 네게 확실하게 도움을 줄 거야. 죽음이 네게서 모든 것을 앗아가 줄 거야. 이봐, 달아나! 달아나라고! 저기 들판에 죽음이 걸어가고 있단 말이야!"

이어서 정신이 혼미해진 그는 횡설수설했다. 그리고 자신이 지금 어디에 있는지, 어디로 가고 있는지도 몰랐고, 자기가 서 있는지 혹은 누워 있는지도 알지 못했다. 그는 덤불에 걸려 넘어지기도 하고 달리다가 나무에 부딪치기도 하고 그러다가 쓰러지기도 했다. 그러면서도 죽음으로부터 달아나겠다는 충동은 강렬했다. 그 충동이 그를 계속 앞으로, 앞으로 나아가게 했고 그의 맹목적인 발길을 이끌었다. 이윽고 그가 완전히 탈진해서 쓰러졌을 때 그는 며칠 전에 해산한 아낙네의 모습을 목격한 적이 있었던 작은 마을로 되돌아와 있었다. 해산하는 아낙네를 위해 등불을 들고 있었던 바로 그 마을이었다. 사람들이 그의 주변으로 달려와 요란을 떨었지만 그는 한 마디도 알아들을 수 없었다. 그에게 사랑의 기쁨을 베풀었던 아낙네가 그녀의 남편을 시켜 그를 마구간으로 끌고 갔다.

얼마 지나지 않아 골드문트는 일어나 걸음을 옮길 수 있게 되었다. 마구간의 온기와 수면, 아낙네가 갖다준 염소젖 덕분에 그는 다시 정신을 차리고 원기를 회복했다. 하지만 최근에 그가 겪었던 일들이 마치 오래전에 벌어진 일처럼 저 뒤로 밀려나 있었다. 빅토르와 함께 걸었던 일, 전나무 아래서 끔찍한 겨울밤을 보낸 일, 잠자리에서 있었던 그 무시무시한 싸움, 빅토르의 끔찍한 죽음, 추위와 굶주림과 혼미한 정신 속에서 보낸 며칠 밤낮, 그 모든 것이 아득한 과거의 일처럼 여겨졌다. 그는 그것들을 거의 다 잊었다. 비록 완전히 씻긴 것은 아니었지만 그건 이미 겪은 일이었고 이미 끝난 일이었다.

대신 그 무언가가 남았다. 끔찍하게 무서우면서도 소중한 것이 남아서 그의 내부에 깊숙이 가라앉아 있었고 그 체험은 마치 혀끝에 감도는 맛, 혹은 마음에 두르고 있는 반지처럼 영원히 사라지거나 잊힐 수 없는 것이 되었다. 채 2년도 되지 않아 그는 집 없이 떠도는 생활의 온갖 기쁨과 슬픔을 배웠다. 외로움, 자유, 숲, 짐승의 소리, 방랑, 방탕한 사랑, 쓰디쓴 궁핍 등을⋯⋯. 그는 며칠 동안 여름 들판의 손님으로 지내기도 했고 숲과 눈 덮인 광야를 헤매기도 했으며 죽음의 공포에 사로잡히기도 했고 죽음 가까이 가보기도 했다. 그중에서도 죽음과 싸웠던 경험은 가장 강렬했으며 가장 낯설었다. 왜소하기만 한 하나의 인간으로서 죽음에 맞서 최후의 절망적인 싸움을 벌이면서 그는 자기 몸속에 들어 있는 아름답고도 무서운 생명력을 느낄 수 있었다. 죽음과 싸운 경험은 마치 관능적 쾌락과 죽음의 고통이 서로 닮았음을 느꼈던 경험과 비슷했다. 그것은 출산 중인 여인의 고통에 일그러진 표정이 환희의 절정에 이른 여인의 표정과 같은 것을 보았을 때의 느낌과 비슷한 것이었다. 바로 그 표정은 죽어가는 사람의 표정에서도 나타나 있었다. 그는 피를 흘리며 죽어가는 빅토르의 표정에서 그것을 확인했으며 죽음이 자신을 엿보는 것을 느끼면서 스스로에게서도 확인했다. 오, 죽음에 저항하면서 그는 그 얼마나 불안에 떨었으며 또 얼마나 큰 쾌감을 느꼈던가! 그보다 더한 체험은 있을 수 없는 것 같았다. 그리고 그 체험에 대해서는 혹시 나르치스라면 모를까 그 누구에게도 털어놓을 수 없을 것 같았다.

기력을 회복한 골드문트는 곧바로 길을 떠나려 했다. 하지만 그를 챙겨준 아낙이 그를 말렸다. 며칠 지나 달이 바뀌면 따뜻해질 테니 좀 더 있다 가라는 것이었다. 골드문트는 그녀의 말을 따랐다. 그가 그곳을 떠날 때 눈이 녹아 땅은 잿빛으로 변해 있었고 대기에는 습기가 가득했다. 높은 곳에서 봄바람이 살랑거리는 소리가 들려왔다.

제10장

　얼음이 녹아 강물이 흘렀고 썩은 나뭇잎 아래에서 제비꽃 향기가 풍겼다. 골드문트는 탐욕스러운 눈길로 숲과 산과 구름을 마음껏 만끽하면서 이 농장에서 저 농장으로, 이 마을에서 저 마을로, 이 여인에게서 저 여인에게로 옮겨 다녔다.

　어느 날 저녁 골드문트는 어느 아름다운 마을에 이르렀다. 마을은 마차가 다니는 큰길가의 포도밭과 강 사이에 있었다. 골드문트는 황무지와 숲과 고독뿐인 자신의 방랑 생활이 이제 끝났음을 알았다. 강을 따라 독일에서 가장 아름답고 유명한 길이 이어지고 있었으며 풍요롭고 비옥한 땅이 펼쳐져 있었던 것이다. 아름다운 마을과 성들, 수도원들로 이루어진 풍요로운 곳이었다. 그는 새로운 세계, 뭔가 새로운 것이 펼쳐진 세계에와 있었다.

　마을 입구에는 아치형의 성문이 있었으며 돌계단으로 된 작은 골목길들이 나 있었다. 그는 그 마을에 도착한 첫날 신부의 사제관으로 찾아가 융숭한 대접을 받았다. 그리고 다음 날 그는 다시 길을 떠났고 어느 아름다운 마을의 수도원에서 잠자리를 구했다. 잠을 푹 자고 난 그는 다음 날 아침 미사에 참석했다. 미사에 참석하니 신기하게도 수많은 추억들이 밀려왔다. 예배당 돌 천장의 서늘한 공기, 바닥에 달그락거리는 슬리퍼 소리들이 가슴 뭉클할 정도로 정겹게 여겨졌다. 미사가 끝나고 예배당이 조용해진 뒤에도 골드문트는 여전히 무릎을 꿇고 앉아 있었다. 가슴이 이상하리만치 쿵쿵 뛰었다. 전날 밤 많은 꿈을 꾼 그는 과거의 짐을 벗고 어떤 식으로건 자신의 삶을 바꾸고 싶었다. 그는 왜 그런 생각이 들게 되었는지 알 수 없었다. 아마 마리아브론 수도원과 경건하게 보낸 어린 시절의 추억이 떠올라서인지도 몰랐다. 그는 고해를 하고 자신을 정화하고 싶었다. 고백해야만 할 작은 죄들, 작은 나쁜 짓들이 수없이 많았다. 하지만 그의 마음을 가장 무겁게 짓누르고 있는 것은 바로 자신의 손에 의해 살해된 빅토르의 죽음이었다. 그는 예배당의 고해 신부를 찾아가 자신이 저지른 죄들, 특히 불쌍한 빅토르

제10장

171

의 목과 등에 칼을 찌른 일을 고백했다. 오, 얼마나 오랫동안 고해를 하지 않았던가! 너무나 많은 중죄(重罪)를 지었기에 그 어떤 벌이라도 달게 받을 작정이었다. 하지만 고해 신부는 방랑자의 삶에 대해 잘 알고 있는 듯 별로 놀라지도 않고 조용히 귀를 기울일 뿐이었다. 신부는 진지하고 친절하게 꾸짖고 경고만 했을 뿐 벌에 대해서는 한마디도 하지 않았다.

골드문트는 한결 가벼워진 마음으로 자리에서 일어나 신부의 명령대로 제단 앞에서 기도했다. 그가 기도 후 예배당을 나서려는데 창문을 통해 한 줄기 햇살이 비쳐 들어왔다. 그는 햇살을 따라 시선을 돌렸다. 그러자 예배당 측면에 하나의 입상(立像)이 보였다. 그 입상이 마치 골드문트에게 말을 걸 듯 하도 강렬하게 끌어당기는 바람에 그는 그쪽으로 걸어가 경건한 마음으로 그 입상을 바라보았다. 나무로 만든 성모 마리아상이었다. 그 상은 너무나 우아하고 부드러운 자세로 몸을 숙이고 있었다. 가냘픈 어깨에 걸치고 있는 푸른 옷자락, 앞으로 내밀고 있는 소녀처럼 고운 손, 고통스러워하고 있는 입술과 조용히 내리깐 눈매, 동그랗게 솟아오른 이마 등이 너무나 생기 있고 아름다웠으며 영혼이 깃들어 있는 것 같았다. 이제껏 그 어디에서도 그런 것은 본 적이 없었다. 마치 그가 꿈속에서 이미 보왔던, 그리고 그가 마음속으로 열망해 왔던 존재가 자기 앞에 나타난 것 같았다. 그는 몇 번이나 그곳을 떠나려 했지만 그 조상(彫像)이 그를 잡아당기고 놓아주지 않았다.

마침내 그가 그곳을 떠나려고 뒤돌아섰을 때, 고해 신부가 그의 등 뒤에 서 있었다.

"저 마리아상이 아름다운가 보지?" 신부가 친근하게 물었다.

"말도 못할 정도로 아름답습니다." 골드문트가 대답했다.

"많은 사람들이 그렇게 말하지. 하지만 너무 현대적이고 세속적이라고 혹평하는 사람들도 있어요. 그대가 마음에 들어 하니 나도 기분이 좋군. 우리 성당에 모신 지 1년도 안 됐지. 니클라우스 장인(匠人)의 작품이야."

"니클라우스 장인이요? 그분이 누구시지요? 어디 살고 계시지요? 그분을 알고 계시나요? 제발 그분에 대해 말씀 좀 해주세요. 오, 이런 작품을 창작할 수 있다니 그 얼마나 훌륭하고 은총을 받으신 분일까요?"

"그분에 대해서는 아는 게 별로 많지는 않아. 주교님이 계신 도시에 살고 있는 조각가지. 여기서 하루 정도 걸리는 곳에 있는 도시야. 예술가로서의 명성이 대단한 분이지. 예술가로서 성자인 경우는 거의 없으니 그분도 성자는 아니겠지만 재능이 뛰어나고 품성이 고결한 사람임에 틀림없어. 몇 번 만난 적도 있고……."

"아, 그분을 만나셨다고요? 어떻게 생긴 분이지요?"

"오, 완전히 매료된 모양이로군. 그렇다면 찾아가 한번 만나봐. 보니파치우스 신부가 안부를 전하더라는 말도 좀 전해주고."

골드문트는 신부에게 진심으로 감사를 드렸다. 그는 신부가 떠난 후에도 한참 동안 그 신비스러운 입상 앞에 서 있었다. 마리아상의 가슴이 마치 살아 숨 쉬고 있는 것 같았으며 그 얼굴에는 고통과 감미로움이 동시에 서려 있어서 그의 가슴이 저려왔다.

골드문트는 다른 사람이 되어 수도원에서 나왔다. 그가 그렇게 다른 사람이 되면서 동시에 그가 발걸음을 옮기고 있는 세상 역시 완전히 변해 있었다. 감미롭고도 성스러운 그 입상 앞에 서 있던 바로 그 순간부터 골드문트는 그 무언가를 지닌 존재로 변해 있었다. 다른 사람들이 지니고 있는 것을 비웃고 부러워하기만 하던 그가 그 무언가를 지니게 된 것이다. 그것은 바로 인생의 목표였다! 그는 인생의 목표를 갖게 된 것이다. 그리고 어쩌면 그 목표에 이를 수도 있을 것 같았다. 그리고 그의 너덜너덜해진 삶 전체가 의미 있고 가치 있게 될지도 몰랐다.

이러한 새로운 느낌 덕분에 그의 발걸음은 날개를 단 듯 가벼웠다.

그는 신부가 일러준 도시를 향해 발걸음을 재촉했다. 그가 걷고 있는 아름답고 밝은 시골길은 그가 전에 걷던 길과는 완전히 달랐다. 그 길은 축제의 놀이마당이었고 아늑한 품속이었다. 그리고 무엇보다 자신의 목표를 향해 가는 길이었다. 그는 저녁이 되기 전에 그 도시에 도착했다. 그는 사람들에게 물어 니클라우스 장인의 집을 알아낸 다음 일단 수도원을 찾아가 하룻밤을 지냈다.

다음 날 아침 골드문트는 정갈하게 세수를 하고 옷과 신발의 먼지를 털어낸 다음 장인의 집을 찾아가 대문을 두드렸다. 문을 열어준 늙은 하녀는 마지못한 듯 그를 안으로 안내했다. 작업장으로 쓰이는 작은 홀 안에 작업용 앞치마를 두른 장인이 서 있었다. 턱수염을 기른 마흔에서 쉰쯤 되어 보이는 키 크고 건장한 사내였다. 장인은 창백한 푸른 눈으로 날카롭게 골드문트를 쏘아보며 무슨 일로 왔느냐고 짤막하게 물었다. 골드문트는 보니파치우스 신부님의 안부를 전했다.

"그뿐인가?"

"선생님," 골드문트가 숨을 가다듬으며 말했다. "어제 보니파

치우스 신부님을 만난 수도원에서 성모 마리아상을 보았습니다. 오, 저를 그렇게 못마땅하게 쳐다보지 마십시오. 오직 선생님을 향한 사랑과 존경심에 이끌려 이곳으로 왔습니다. 저는 두려울 게 없습니다. 오랫동안 방랑 생활을 하며 숲, 눈, 배고픔을 실컷 맛보았습니다. 따라서 아무도 두렵지 않습니다. 하지만 선생님만은 두렵습니다. 오, 제겐 단 한 가지 커다란 소망이 있습니다. 그 소망이 제 가슴을 온통 채우고 있으며 저를 고통스럽게 합니다."

"그래, 그 소망이 뭔가?"

"선생님의 도제(徒弟)가 되어 배움을 얻고 싶습니다."

"이봐, 그런 소망을 간직한 젊은이는 자네 한 명이 아니야. 게다가 나는 더 이상 제자를 두고 싶지 않아. 지금 있는 두 명으로 충분하니까. 자네, 어디서 왔나? 부모님은 누구이고?"

"부모님은 안 계십니다. 고향도 없습니다. 수도원에 학생으로 있으면서 라틴어와 그리스어를 배웠습니다. 그리고 그곳에서 도망쳐 몇 년 동안 길거리를 방황했습니다."

"그런데 어찌하여 조각가가 되겠다는 마음을 먹게 되었나? 그런 일을 전에 해본 적이 있나? 어디 스케치한 것이라도 가지고 있나?"

"전에 그림을 여러 번 그렸지만 지금 갖고 있는 것은 없습니다. 하지만 제가 왜 조각을 배우려 하는지 그 이유는 말씀드릴 수 있습니다. 저는 생각이 많은 놈입니다. 그리고 제가 본 많은 얼굴들 중에는 제게 많은 생각을 떠올려 저를 괴롭히는 얼굴들이 있습니다. 저는 한 인간에게서 그 어떤 형태와 선이 반복해서 나타나는 것을 보고 놀랐습니다. 이마의 모양과 선이 무릎과 상응하고 어깨가 엉덩이에 상응하며, 결국 그 모든 것이 그 인간의 본성이나 기질과 일치한다는 것을 알 수 있었습니다. 제가 충격을 받은 일이 한 가지 또 있었습니다. 어느 날 밤 저는 해산하는 여자 옆에서 등불을 들고 있었습니다. 그리고 극단의 고통과 극단의 쾌감에 빠진 사람의 표정이 같다는 것을 알고 놀랐습니다."

장인은 낯선 젊은이를 뚫어져라 바라보았다.

"자네, 지금 자신이 무슨 소리를 하고 있는 건지 알고나 있나?"

"네, 압니다. 그건 바로 선생님이 창작하신 마리아상에서 제가 발견한 것, 바로 그것입니다. 저는 너무 놀랍고 기뻐서 이렇게 선생님께 달려온 것입니다. 오, 그 아름다운 마리아상에는 너무나 많은 고통이 서려 있었고 동시에 그 고통은 순수한 기쁨과 미소로 변해 있었습니다. 그 마리아상을 보는 순간 하나의 불길이 저를 스치고 지나간 것과 같았습니다. 마치 제가 오랫동안 생각해오고 꿈꾸어오던 것을 확인하는 것 같았습니다. 그리고 제가 생각해오고 꿈꾸어오던 것이 헛된 것이 아님을 확인한 것 같았습니다. 그리고 즉각 내가 무엇을 해야 할지, 어디로 가야 할지 알게 되었습니다. 존경하는 니클라우스 선생님, 진심으로 간청하오니 제발 저를 제자로 거두어주십시오.”

니클라우스는 여전히 무뚝뚝한 표정을 짓고 있었지만 골드문트의 말을 주의 깊게 듣고 있었다.

“이보게 젊은이,” 그가 말했다. “자네는 예술에 대해서 놀라울 정도로 훌륭한 말을 했네. 자네처럼 젊은 나이에 쾌감과 고통에 대해 그런 식으로 말을 할 줄 안다니 놀랍네. 언젠가 와인 한잔하면서 그에 대해 더 이야기를 나누어보고 싶군. 하지만 명심하게. 예술과 삶에 대해 말을 하는 것과 작품을 창작하는 것은 전혀 다른 거야. 이곳은 이야기를 나누는 곳이 아니라 창작을 하는 곳이야. 하지만 자네가 의미심장한 이야기를 했으니 이대로 돌려보내지는 않겠네. 자네가 뭘 해낼 수 있는지 봐야겠어. 자네 찰흙이나 밀랍으로 뭔가 만들어본 적이 있나?”

바로 그때 골드문트는 자신이 꾸었던 꿈 하나가 생각났다. 찰흙을 이용해 어떤 형상들을 만들었더니 그 형상들이 벌떡 일어나 거인으로 변하는 꿈이었다. 하지만 그는 그 꿈 이야기는 하지 않은 채 자기는 그런 작업을 해본 적이 없다고 대답했다.

"좋아. 그렇다면 뭔가 그려보게. 저기 이젤이 있어. 종이와 목탄도 있을 걸세. 시간은 충분히 주겠네. 자, 이야기는 이만하면 됐고, 나는 작업을 해야겠어. 자네도 작업을 시작하게."

골드문트는 니클라우스가 일러준 이젤 앞에 앉았다. 하지만 그는 곧바로 작업에 들어가지 않고 자신의 작업에 몰두하고 있는 장인의 모습을 한 시간가량 지켜보았다. 그의 진지한 자세가 더없이 숭고해 보였고, 동시에 인간이 하는 모든 일의 무가치함을 깨달은 사람의 겸손함까지도 느껴졌다. 그러면서 동시에 자신이 하고 있는 작업에 대한 자신감과 신뢰도 느껴졌다. 그런데 골드문트의 눈길이 장인의 손놀림을 향하는 순간 그런 것들과는 전혀 다른 느낌을 받았다. 그의 손길은 전혀 다른 말을 하고 있었다. 마치 그의 손과 머리 사이에는 뭔가 모순이 존재하는 것만 같았다. 찰흙을 주무르는 그의 손놀림은 단호하면서도 관능적이었다. 그 손놀림은 마치 자신에게 완전히 몸을 내맡긴 여인을 애무하는 손놀림 같았다. 그 손놀림은 사랑의 손놀림이었으며 흔들리는 감정을 담고 있었고 탐욕스러웠다. 하지만 그 손길은 받는 것과 주는 것을 구별하지 않는 손길이었으며 음란하면서 동시에 경건했다. 그 손길은 바로 장인의 손길이었고 마치 저 태곳적 경험의 깊이를 간직한 것 같은 손길이었다. 골드문트는 그 축복받은 손길을 바라보며 경탄했고 기쁨에 빠졌다. 장인의 모습을 그려보고 싶은 생각이 들 정도였다. 하지만 그럴 수 없었다. 그 머리와 손 사이의 모순, 그것을 그는 표현할 수 없었고, 그 모순에 마비되어 있었기 때문이었다.

장인의 모습을 한 시간가량 바라보며 골드문트는 그 사내의 비밀을 캐보고 싶다는 생각에 빠졌다. 그러자 그의 내부에 또 다른 이미지가 떠올랐다. 그가 누구보다 잘 알고 있으며 너무나 사랑했고 너무나 존경했던 인물이었다. 그 인물 역시 수많은 특징과 수많은 내적 싸움을 품고 있었지만 모순은 없었다. 바로 친구 나르치스의 모습이었다. 그 모습이 떠오르더니 점차 그 이미지가 응집되어 통일성과 전체성을 갖추기 시작했고 이윽고 또렷하게 그 전모가 드러났다. 수도원을 떠나온 이래 친구 모습이 그토록 또렷하게 나타난 적도 없었고 골드문트가 그의 이미지를 그토록 온전하게 자신의 내면에 간직할 수 있었던 적도 없었다.

골드문트는 마치 꿈을 꾸듯이 그림을 그리기 시작했다. 의지는 없되 그 무언가 간절함을 담은 손길이었다. 그는 가슴에 간직한 영상을 사랑과 경외를 담은 손길로 그렸다. 그는 장인의 존재도, 자기 자신의 존재도, 자신이 있는 장소도 잊었다. 작업실로 들어온 햇살이 서서히 이동하는 것도 의식하지 못했고 장인이 여러 차례 자신을 건너다보는 것도 몰랐다. 그는 마치 희생 제의처럼 자신에게 주어진 과업을, 그의 마음이 그에게 부과한 과업을 완수했다. 친구의 이미지들을 모아, 그의 영혼 속에 살아 있는 지금의 모습으로 간직하는 과업, 바로 그 과업을 완수한 것이다. 그는 비록 의식하고 있지는 않았지만 그것이 친구에게 진 빚을 갚는 일, 그에게 감사하는 일로 느끼고 있었다.

얼마나 시간이 지났을까, 장인이 골드문트 곁으로 와서 말했다.

"점심시간이네. 식사하러 같이 가세. 어디 그림 좀 볼까? 뭘 그렸나?"

니클라우스는 골드문트 뒤에 서서 화폭을 바라보았다. 이어서 그는 골드문트를 밀치더니 도화지를 손수 조심스럽게 집어들었다. 골드문트는 마치 잠에서 깨어난 듯 걱정 반, 기대 반의 표정으로 장인을 바라보았다. 장인은 두 손으로 도화지를 들고 날카로운 눈으로 조심스럽게 그림들을 살펴보았다.

"누구를 그린 건가?" 그가 잠시 후 물었다.

제10장

181

"제 친구입니다. 수도사이자 학자입니다."

"좋아. 자, 마당에 샘물이 있으니 손을 씻고 오게. 그런 후 함께 식사하러 가세. 제자들은 마침 시외에 볼일이 있어서 나가고 없다네."

골드문트는 장인의 말대로 손을 씻고 왔다. 이어서 두 사람은 식당으로 갔다. 장인의 딸과 하녀가 식사 시중을 들었다. 골드문트는 장인의 딸이 아름답다고 생각했지만 그녀는 낯선 손님에게는 눈길도 돌리지 않았고 말 한마디 건네지 않았다.

식사를 끝내자 장인이 말했다.

"나는 30분쯤 쉴 참이네. 자네는 작업장으로 가든지 바람을 쐬든지 좋을 대로 하게. 그런 뒤에 이야기를 나누도록 하세."

골드문트는 장인의 집 밖으로 나가 산책을 하며 이제 변해 버린 자신에 대해, 예술에 대해 이런저런 생각에 잠겼다가 다시 작업장으로 돌아갔다. 곧이어 니클라우스 장인이 들어왔다. 장인은 방 안을 이리저리 왔다 갔다 하면서 골드문트의 그림을 되풀이 바라보더니 약간 머뭇거리며 쌀쌀하게 말했다.

"도제 수업은 통상 최소한 4년은 받는 게 관행이야. 견습생의 보호자가 비용을 부담해야 하지."

장인이 말을 멈추자 골드문트는 장인이 자기에게 수업료를 받지 못할까 봐 걱정한다고 생각했다. 그는 번개처럼 재빠르게 호주머니에서 칼을 꺼내서 금화가 숨겨져 있는 곳의 솔기를 따서 금화를 꺼냈다. 니클라우스는 놀라서 골드문트를 바라보더니 너털웃음을 터뜨렸다.

"아하, 그 생각을 한 게로군." 그가 웃으며 말했다. "이봐, 젊은이, 그게 아니야. 금화는 도로 집어넣어. 잘 들어. 나는 일반 도제 제도의 관행을 말해준 거야. 하지만 나는 그런 일반적인 장인도 아니고 자네도 통상적인 제자가 아니야. 보통 도제 학습은 열세 살이나 열네 살에 시작해. 늦어도 열다섯 살을 안 넘겨. 절반 정도 시간은 잔심부름을 하면서 지내게 되어 있어. 하지만 자네는 벌써 다 자란 총각이야. 우리 길드에 수염이 난 견습생은 없었어. 게다가 아까 말했듯이 난 제자를 받아들이는 걸 별로 좋아하지 않아. 자네도 그저 시키는 대로 할 사람처럼 보이지 않고……."

골드문트는 조바심이 나서 견딜 수 없었다. 장인의 신중한 말 한마디가 모두 고문 같았고 너무 원칙적인 것 같았다. 골드문트는 격하게 외쳤다.

"저를 견습생으로 받아주실 생각도 없으면서 왜 그런 시시콜콜한 이야기를 해주시는 겁니까?"

그러자 장인이 단호한 말투로 말을 이어나갔다.

"나는 자네가 요구한 것에 대해 한 시간 동안 곰곰이 생각했네. 그러니 자네도 인내심을 갖고 들어보게. 자네 그림을 보았네. 결점들이 있지만 좋은 그림이야. 그렇지 않았다면 몇 푼 쥐어주고 보내버렸을 걸세. 자네 그림에 대해서는 그 정도만 말하기로 하지. 나는 자네가 예술가가 될 수 있도록 도와주고 싶네. 그게 자네 운명인지도 몰라. 하지만 자네가 견습생이 되기에는 너무 나이가 많아. 그리고 견습생의 자격으로 수련 과정을 거치지 않으면 우리 길드에서는 정식 도제나 장인이 될 수 없어. 이제 상황을 이해하겠지? 하지만 한 가지 시도는 해볼 수 있네. 자네가 이 도시에 당분간 머물 수 있다면 내게 찾아와서 뭔가 배울 수는 있네. 의무도 계약도 필요 없고 언제든 떠나고 싶으면 떠나도 되네. 조각칼을 몇 개쯤 부러뜨려도 좋고 통나무 몇 개를 버려놓아도 좋아. 하지만 조각가가 될 기미가 없다고 생각되는 즉시 곧장 다른 일로 마음을 돌려야 하네. 어때, 만족하나?"

골드문트는 장인의 이야기를 들으면서 부끄러운 가운데 감동을 받았다.

"정말 진심으로 감사드립니다." 그가 큰 소리로 말했다. "저는 집이 없는 몸입니다. 숲에서 지내듯 이 도시에서도 얼마든지 지낼 수 있습니다. 선생님께서 정식으로 제자를 받아들일 때 짊어져야만 하는 책임을 떠맡기 싫어하신다는 것도 잘 알겠습니다. 저도 선생님께 뭔가 배울 수 있게 되었다는 것을 큰 행운으로 알겠습니다. 제게 이런 배려를 해주시다니. 정말 마음 깊이 감사드립니다."

제11장

골드문트는 이 도시에서 새로운 이미지들에 둘러싸인 채 새로운 삶을 시작하게 되었다. 이 지역, 이 도시가 마치 그를 유혹하듯 반갑게 받아들였고 기쁨과 약속에 충만한 새로운 삶이 그를 맞아들였다. 그의 영혼 속의 슬픔과 경험들은 고스란히 남아 있었지만 그의 삶은 적어도 표면상으로는 알록달록한 색채를 띠고 있었다. 골드문트의 생애에서 가장 즐겁고 편안한 시기가 시작된 것이다. 외면상으로 보면 주교가 살고 있는 이 풍족한 도시는 그에게 온갖 예술들을, 온갖 여자들을, 수많은 즐거운 놀이들을, 수많은 달콤한 이미지들을 제공해주었다. 또한 내면적으로는 새롭게 눈뜨기 시작한 예술가 정신이 그에게 새로운 감각과 경험들을 선사해주었다. 스승의 도움으로 그는 어시장 근처의 어느 금세공사의 집에 거처를 마련했으며 스승과 금세공사로부터 나무와 회반죽과 물감과 니스를 다루는 기술을 배웠고 금박을 다루는 법을 배웠다.

골드문트에게는 재능이 있었다. 그는 그 무언가를 만드는 기술을 배우는 것이 주말에 동료들과 악기 연주를 배우거나 무도회장에서 춤을 배우는 것만큼 쉽고 재미가 있었다. 하지만 그는 결코 모범적인 제자는 아니었기에 스승은 가끔 그를 이런 식으로 꾸짖곤 했다.

"골드문트, 자네가 정식 견습생이 아닌 게 다행이야. 자네가 시골길과 숲을 방랑하다가 내게로 왔고 다시 그리로 돌아가게 되어 있다는 게 다행이야. 아무튼 자네가 마음만 내키면 썩 작업을 잘 해내는 건 사실이야. 그런데 지난주에 자네는 이틀이나 빈둥거렸더군. 어제는 두 개의 천사상에 광택을 입혀야 했는데 야외에서 잠이나 잤지."

골드문트는 자신의 잘못을 인정하고 있었기에 스승의 꾸지람에 대해 변명을 하지 않았다. 그는 자신이 믿을 만한 인간도, 일을 열심히 하는 인간도 아님을 잘 알고 있었다. 그는 자신을 매혹시키거나 자신의 솜씨를 뽐낼 만한 작업을 할 때는 열심이었다. 하지만 힘들고 단순한 수작업은 싫어했고, 별로 힘들지 않더라도 긴 시간과 끈기를 필요로 하는 작업은 죽기보다 싫었다. 그는 그런 자신을 의식하고 스스로 놀랄 때가 많았다. 자신이 이렇게 게으르고 믿을 수 없는 사람이 된 것이 오랜 방랑 생활 때문일까, 아니면 어머니에게서 물려받은 기질이 숨어 있다가 싹을 튼 것일까? 아니면 자신에게 무슨 다른 결함이 있단 말인가? 그는 수도원에서의 처음 몇 년간의 자신의 모습을 또렷이 기억하고 있었다. 그는 부지런하고 열성적인 모범생이었다. 그때는 어떻게 그렇게 인내력을 발휘할 수 있었을까? 그리고 지금은 왜 그러지 못하는 것일까? 내심 별로 중요하다고 생각하지 않으면서도 어떻게 그때는 그토록 열심히 라틴어 구문을 익히고 그리스어를 공부할 수 있었을까? 그는 가끔 그 생각에 잠겼다. 그렇다, 당시 그를 단련시킨 것은 바로 사랑이었다. 사랑이 그에게 날개를 달아준 것이다. 당시 그의 생활은 나르치스를 향한 구애(求愛) 바로 그것이었다. 사랑하는 선생 나르치스가 자기를 인정하는 눈길을 보내주기라도 하면 그는 몇 시간이고 며칠이고 노력을 아끼지 않았다. 그 노력이 결실을 맺어 둘이 친구 사이가 되기에 이른 것이다. 그런데 묘하게도 골드문트가 학자로서는 부적합한 사람이라며 잃어버리고 있던 어머니의 모습을 그의 마음속에 생생하게 되살려낸 것은 바로 나르치스였다. 그 결과 학문, 수도원 생활, 미덕 대신에 강렬한 충동과 본능, 즉 성적 욕망과 여성에 대한 사랑, 독립심, 방랑벽이 그를 사로잡았다. 그러던 그가 마돈나의 입상을 보고 자신의 내부에 잠재해 있던 예술가적 기질을 발견했다. 그는 새로운 길로 접어들었으며 다시 정착하게 되었다. 그는 자문했다. 나는 지금 어디쯤 서 있는 것일까? 이 길이 나를 어디로 인도할 것인가? 이런 장애물들은 대체 어디서 온 것일까?

그는 그 장애물들이 무엇인지 처음에는 전혀 깨닫지 못했다. 그가 알게 된 것은 단 한 가지 사실뿐이었다. 그가 니클라우스 스승을 무척 존경하기는 하지만 나르치스처럼 사랑하지는 않는다는 사실이었다. 또한 때로는 스승을 실망시키거나 화나게 만드는 것이 즐겁기까지 하다는 사실이었다. 골드문트가 스승의 성격에서 뭔가 모순을 발견했기에 그런 태도를 취하게 된 것이다. 니클라우스의 손으로 제작한 작품들은 그가 숭배하는 모범이었지만 스승 자체는 그에게 모범이 되지 못했다.

가장 슬프면서도 아름다운 성모 마리아의 입을 조각한 예술가로서의 니클라우스, 자신의 내적인 경험과 본능을 구체적인 형상으로 만들어낼 수 있는 마술적인 재능을 지닌 니클라우스에게는 또 다른 면모가 있었다. 다소 엄하면서도 소심한 아버지로서의 모습과 길드 지도자로서의 모습이었다. 그는 추한 하녀를 거느리고 딸 한 명과 함께 한적한 집에서 조용하고 다소 위축된 삶을 살고 있는 홀아비였다. 그는 골드문트의 매우 충동적인 삶에 저항을 느낄 수밖에 없는, 조용하고 절도와 질서가 있는 점잖은 생활에 익숙한 남자였고 그런 의미에서 예술가이면서 동시에 속인이기도 했다. 그런 생활인으로서의 스승의 모습은 골드문트가 도저히 존경하거나 좋아할 수 없는 모습이었다.

 1년 정도 세월이 흐르자 골드문트는 스승의 삶의 세세한 부분에 대해 거의 모두 다 알게 되었다. 스승이 제자를 받기 싫어하는 데는 여러 가지 이유가 있었지만 무엇보다 애지중지하는 딸 리즈베트를 남들 앞에 보이기 싫어서였다. 그는 외출도 별로 하지 않았으며 손님도 거의 초대하지 않았다. 그런 스승을 향하여 골드문트가 지니고 있는 마음은 사랑이라기보다는 호기심이라고 하는 것이 옳았다. 그런데 그런 호기심 외에 골드문트를 이 장인의 집에 계속 머물게 만든 것이 또 한 가지 있었다. 바로 장인의 아름다운 딸 리즈베트의 존재였다. 골드문트는 그녀에게 무척이나 끌렸다. 하지만 그녀는 작업장에 거의 들어오는 적이 없어서 그녀의 얼굴을 볼 기회는 별로 없었다. 게다가 첫날 이후 스승은 더 이상 골드문트를 자신의 식탁에 앉히지 않았고 그와 딸이 마주치지 않도록 신경을 썼다. 그녀는 소중하게 보호를 받고 있는 처녀였고, 그녀와 결혼을 전제로 하지 않은 사랑을 나누는 것은 거의 불가능해 보였다. 게다가 그녀와 결혼을 원하는 사람은 우선 가문이 좋아야 하고 높은 수준의 길드 소속이어야 하고 재산도 넉넉해야 함이 분명했다.

리즈베트는 그간에 그가 사랑을 나누었던 집시 여자나 농사꾼 아낙네들과는 차원이 다른 아름다움을 지니고 있었다. 그녀는 순진하고 단정해 보였지만 그 이면에는 냉담함과 오만함을 감추고 있었다. 그리고 바로 그 점이 골드문트를 더 자극했다. 심지어 그녀를 모델로 하나의 인물상을 만들고 싶다는 생각까지 들었다. 하지만 있는 그대로의 그녀의 모습이 아니라 깨어난 여인, 관능적이고 고뇌하는 여인상으로 만들고 싶었다. 젊은 처녀의 모습이 아니라 마리아 막달레나 같은 모습으로 만들고 싶었다. 그는 그녀의 조용하고 아름다운 얼굴이 관능적 쾌락과 고통으로 일그러진 모습으로 변한 것을, 속에 감추고 있는 비밀을 드러낸 모습으로 바뀐 것을 보고 싶다는 강렬한 욕망을 종종 느꼈다.

골드문트의 영혼 속에 살아 있으면서도 그에게 온전히 속하지 않은 또 다른 얼굴, 정확히 포착해서 예술적으로 재창조할 수 있기를 열망하면서도 늘 그에게서 멀어지며 베일에 싸여버리는 또 다른 얼굴이 있었다. 바로 어머니의 얼굴이었다. 하지만 그 얼굴은 이제 나르치스와의 대화를 통해 어느 날 잃어버린 깊은 기억으로부터 솟아났던 그때의 얼굴이 아니었다. 그 얼굴은 그의 방랑의 나날들, 사랑을 나누던 밤들, 그리움에 사무치던 나날들, 생명의 위협을 느꼈던 순간, 거의 죽음 가까이까지 갔던 순간들을 겪으면서 서서히 그 모습이 변해갔다. 그 얼굴은 더욱 풍요로워졌고 깊어졌으며 섬세해졌다. 그 모습은 이미 그의 어머니의 모습이 아니었다. 그의 어머니로서의 특징들은 조금씩 물러나고 비개인적인 어머니의 모습, 인류의 어머니인 이브의 모습으로 바뀌어 있었다. 그는 아직은 도저히 스승의 솜씨를 따라갈 수 없었지만 언젠가 좀 더 솜씨가 가다듬어지고 자신의 능력에 확신을 갖게 되면 자기 마음속에 가장 사랑스럽고 신성한 존재로 자리 잡고 있는 이브-어머니의 상을 창조하고 싶었다. 그 이미지는 한때는 사랑하는 어머니에 대한 잃어버렸던 기억에 불과했다. 하지만 그 이미지는 끊임없이 성장하고 변모해가면서 이제 집시 여인 리제의 얼굴, 기사의 딸 뤼디아의 얼굴, 그 밖의 여러 여자들의 얼굴이 그 근원적인 이미지 속에 녹아들어 있었다. 그는 아직 그 이브의 얼굴을 때때로 꿈에서 볼 수 있을 뿐 구체적으로 형상화할 수 없었다. 다만 그 이브의 얼굴에서는 삶의 희열은 필연적으로 고통 및 죽음과 긴밀하게 맺어져 있음이 드러나야 한다는 것만이 확실할 뿐이었다.

1년의 세월이 지나는 동안 골드문트는 많은 것을 배웠다. 이제 그는 데생에는 자신감을 가질 수 있었다. 니클라우스는 그에게 목각 기술과 찰흙 빚는 법을 가르쳐주었다. 그의 첫 번째 성공작은 40센티미터가 넘는 흙으로 빚은 인물상이었다. 뤼디아의 동생 율리에의 달콤하고 유혹적인 모습을 표현한 작품이었다. 스승은 그 작품을 칭찬해주었지만 그 상을 금속으로 주조하고 싶다는 골드문트의 소원은 들어주지 않았다. 스승은 그 작품이 지나치게 야하고 세속적이어서 그 작품의 대부(代父)가 되고 싶은 생각은 없었다. 이어서 골드문트가 착수한 작품은 사도 요한의 모습을 한 나르치스의 목상(木像)이었다. 니클라우스는 그 작품이 성공적으로 마무리되면 지금 제작 중인 예수 십자가상에 그 상을 포함시킬 계획이었다. 그 다른 두 명의 제자가 지금까지 열심히 작업을 했고 이제 장인 자신의 최종 마무리 작업만 남기고 있었다.

골드문트는 깊은 애정을 지니고 나르치스상 제작에 몰두했다. 그리고 그 작업을 하면서 자신의 예술가 정신과 영혼을 재 발견했다. 하지만 그가 자신의 예술가 정신을 발견한 것은 사 실은 작업 도중이라기보다는 연애, 무도회, 동료들과의 음주, 노름, 싸움질 등 탈선을 일삼음으로써였다. 그런 탈선을 저지르 고 작품 앞에 다시 서면 생각에 잠긴 사도 요한의 특징들이 더 욱 순수하게 나무 위에 드러났다. 일단 탈선을 저지르고 난 뒤 라야 더욱 마음의 준비가 철저하게 될 수 있었으며 그는 그럴 때만 작업에 몰두했다.

작업을 하면서 그는 또 한 가지 중요한 사실을 깨달았다. 작 품 앞에 서서 의지를 지니고 그 인물상을 창조하고 있는 사람 은 더 이상 골드문트 자신이 아니었다. 예술가 골드문트의 손의 힘을 빌려 삶의 무상함과 가변성에서 벗어난 존재의 순수한 이 미지를 창조해내는 주체는 바로 나르치스 자신이었다. 진정한 예술이란 그렇게 해서 탄생한다는 것을 깨닫고 골드문트는 자 주 전율했다. 스승이 만든 성모 마리아상도 그렇게 탄생했을 것 이다. 그리고 이제까지 자신이 만들려고 했던 것은 그런 영혼이 깃들지 않은 작품, 그저 예쁘고 아름답기만 한 작품이었다는 것 을 깨닫고 부끄럽고 슬펐다. 그는 예술가 정신이 태양처럼 이글 거리고 폭풍처럼 힘차게 요동치는 작품을 만들고 싶었다.

한편 스승 니클라우스의 골드문트를 향한 마음은 이중적이었다. 그는 이토록 다루기 힘들고 믿음이 가지 않는 녀석을 받아들인 것을 후회한 적이 한두 번이 아니었다. 그의 방랑 내력과 낭비벽, 수많은 연애사와 빈번한 싸움질을 알게 되면서 믿을 수 없는 뜨내기를 집안에 받아들였다고 후회했다. 그러면서 골드문트가 자신의 딸 리즈베트를 어떤 눈길로 보는지 감시도 게을리하지 않았다. 하지만 골드문트가 변덕스럽고 느릴망정 집요하게, 그리고 빈틈없이 사도 요한 목상 제작에 몰입해 있는 모습을 바라볼 때면 애정과 영적 친화력을 느끼곤 했다. 니클라우스는 비록 느리고 변덕스럽긴 하지만 그 작품이 언젠가는 완성되리라고 믿었다. 그리고 그것이 이제까지 자신의 그어떤 제자가 만든 작품보다 훌륭하리라는 것도, 심지어 웬만한 대가들도 드물게 경험하는 예술적 성취를 이룬 작품이 되리라고 예감했다. 그러면서도 스승은 제자가 영 마음에 들지 않아 여러 번 꾸짖고 화를 내기도 했지만 사도 요한상에 대해서는 한마디도 하지 않았다.

골드문트에게서 이제 많은 사람들에게 호감을 주었던 소년다운 천진함은 사라지고 없었다. 그는 이제 당당하고 멋진 청년이 되어 여자들에게서 탐욕의 대상이 되어 있었다. 그리고 그는 기꺼이 그 탐욕에 응해주었다. 그가 여자들의 요구에 응한 것은 영원히 깨어 있는 그의 호기심 때문이었다. 그는 일단한 여자에게 헌신하기 시작하면 그것이 몇 주간 지속되건 혹은단 몇 시간으로 끝이 나건 그 순간부터 그 여자는 이 세상에서가장 아름다운 여인이 되었고 그는 그녀에게 자신을 완전히 내맡겼다. 그는 모든 여자가 아름다우며 즐거움을 줄 수 있다는사실을, 남자들이 무시하는 조용한 여자라도 불꽃 같은 정열을내뿜을 수 있다는 사실을, 꽃다운 시절을 넘긴 여자라도 모성애 이상의 감미로운 애정을 보여줄 수 있다는 사실을 경험으로알았다. 여자는 누구나 나름대로 비밀과 매력을 지니고 있었으며 그 비밀의 문이 활짝 열리면 그를 행복하게 해주었다. 하지만 그 어떤 여자도 그를 오래 붙잡아 두지 못했다. 그는 모든여자에게 정열을 불태웠지만 동시에 그 쾌감은 순식간에 피어올라 짧은 황홀경을 남기고 금세 소멸했다. 온갖 사랑의 경험을 통해 그가 체득한 핵심이 바로 그것이었다. 그리고 그것이그에게는 삶의 모든 환희와 고통의 상징이었다. 그는 사랑에온몸을 맡겼듯이 사랑 이후에 찾아오는 우수와 고뇌와 무상함에 대해서도 완전히 몸을 내맡겼다. 이 우수도 사랑과 욕망의한 형태인 때문이었다. 사랑의 환희가 절정에 달한 순간에 맞본 쾌감이 곧 소멸하는 것처럼 아무리 고독과 슬픔에 빠져 있는 삶이라 할지라도 다시 새로운 욕망, 삶의 밝은 면에 몰입하게 되는 순간이 오기 마련이었다. 죽음과 황홀은 한 몸이었다. 사랑과 욕망을 삶의 어머니라 부를 수 있다면 죽음과 무덤과 쇠락도 그렇게 부를 수 있었다. 이브는 어머니였다. 이브는 축복의 원천인 동시에 죽음의 원천이었다. 이브는 영원히 생산하면서 영원히 죽이는 존재였다. 그녀의 사랑에는 잔인함이 녹아 있었다. 그런 어머니의 이미지를 오래 가슴에 간직하면 할수록 그 이미지는 그에게 우화가 되었고 성스러운 상징이 되었다.

그런 그에게 정신과 의지의 상징인 아버지는 고향이 아니었다. 그것은 나르치스 같은 친구의 고향이었다. 이제야 비로소 골드문트는 친구가 해준 말을 정확히 이해할 수 있었다. 그는 친구에게서 자신과 대립되는 모습을 볼 수 있었다. 그는 그렇게 깨달은 점을 사도 요한의 상에 가시적으로 표현했다. 그는 눈물이 날 정도로 나르치스가 그리웠다. 그는 나르치스에 대한 꿈을 꾸기도 했다. 하지만 그에게 이를 수는 없었다. 그와 같은 사람이 될 수는 없었다.

그와 동시에 그는 예술가가 된다는 것이 자신에게 무슨 의미가 있는지도 어렴풋이 예감할 수 있었다. 그는 예술을 향한 자

제11장
197

신의 사랑이 한순간 증오로 바뀔 수도 있음을 예감했다. 그에게 예술이란 아버지의 세계와 어머니의 세계를, 정신과 피를 결합하는 것이었다. 그것은 극도의 감각적인 것으로부터 출발해서 가장 추상적인 것으로 나갈 수도 있었다. 혹은 순수한 관념으로부터 출발해서 피가 흐르는 육신으로 이어질 수도 있었다. 그런 의미에서 모든 뛰어난 예술 작품, 예를 들어 스승의 성모 마리아상 같은 작품은 모두 위험한 이중성을 띠고 있었다. 그것들은 남성이며 여성이고, 그것에는 본능적 충동과 순수한 영성이 섞여 있었다. 자신이 언젠가 이브-어머니 형상을 만들어내게 된다면 그 형상은 그 어떠한 형상보다 더 뚜렷하게 그 이중성을 보여주게 되리라.

골드문트는 3년 이상을 그에게 그토록 소중한 것, 사랑의 욕망 다음으로 소중한 것을 예술에 바쳤다. 바로 자유였다. 광대한 세상을 마음껏 떠돌 수 있는 자유, 방랑 생활의 위험을 맞이할 자유, 홀로 있을 수 있는 자유, 그 어디에도 종속되지 않을 자유를 그는 예술을 위해 포기하고 있었다. 그가 가끔 게으름을 피우고 일을 소홀히 하는 것처럼 보이는 행동을 한 것은, 자신을 자주 비참하게 만드는 그 무언가에 매인 생활을 버텨내기 위해서였다. 그리고 예술에 그렇게 매이면 매일수록 그는 격렬하게 여자들과 사랑을 했으며 사람들과 과격하게 싸움질을 벌였다.

사도 요한상 창작은 오래 걸렸다. 그는 도제들의 작업장 뒤쪽 조그만 목재 창고에서 작업에 몰두했고 드디어 인물상이 완성되었다. 그는 청소년기에 그를 이끌었던 자신의 친구 나르치스를 바라보았다. 사제복을 입은 아름다운 나르치스는 고개를 들어 그 무엇엔가 귀를 기울이고 있었고 마치 꽃봉오리처럼 피어오른 그 미소에는 고요함과 경건함과 외경심이 나타나 있었다. 이토록 아름답고 경건하며 영적인 얼굴, 마치 떠다니는 듯 호리호리한 몸, 우아하게 들어 올린 경건한 손은 젊음과 내면의 음악으로 가득 차 있었지만 동시에 그 모든 것에는 고통과 죽음이 함께 하고 있었다. 하지만 그 모습에는 절망과 무질서와 반항은 들어 있지 않았다. 이 고상한 형상의 영혼은 비록 기쁘거나 슬플지는 몰라도 그 모습은 순수했으며 그 어떤 불협화음으로 고통스러워하지도 않았다.

그는 계속 자신의 작품을 바라보았다. 여기 서 있는 자신의 작품은, 이 아름다운 사도(使徒)는 언제까지나 이곳에 남아 있으리라. 그 섬세하게 피어나는 아름다움은 결코 시들지 않으리라. 하지만 이 형상을 만든 자기 자신은 이 작품과 헤어져야만 하리라. 내일이면 이 작품은 이제 더 이상 그의 작품이 아니게 되리라. 더 이상 그의 손길을 기다리지도 않을 것이며 자신의 손길에 의해 성장하여 꽃피는 일도 없으리라. 더 이상 그의 은신처도 될 수 없을 것이고 그에게 위안을 주지도 못할 것이며 그의 인생의 목표가 되지도 못하리라. 그는 공허감에 젖어 멍하니 서 있었다. 그는 오늘 당장 그의 사도 요한상을 비롯해 그의 스승과, 이 도시와, 예술과 작별을 고하는 것이 최선이라고 느꼈다. 이곳에서는 더 이상 할 일이 없었다. 더 이상 자신의 영혼이 담긴 작품을 만들 수도 없으리라. 그가 갈망하는, 이미지 중의 이미지, 인간들의 어머니의 상은 아직 그가 엄두를 낼 수도 없고 앞으로도 오랫동안 그럴 것이다. 그렇다고 여기 계속 머물며 조그만 천사상에 금박을 입히거나 장신구 따위를 조각하는 일을 하고 있을 수는 없지 않은가!

그는 도망치듯 그곳을 떠나 스승의 작업실로 들어갔다. 그를 본 니클라우스가 말했다.

"무슨 일인가, 골드문트?"

"목상 조각이 끝났습니다. 식사 전에 한번 오셔서 보셨으면 합니다."

"오, 그래. 지금 당장 가보지."

두 사람은 창고로 들어갔다. 그동안 스승은 단 한 번도 이곳을 찾아오지 않았다. 골드문트의 작업에 방해가 되지 않기 위해서였다. 한동안 묵묵히 조각상을 주의 깊게 관찰하던 니클라우스의 얼굴이 차츰 환하게 밝아졌다.

"훌륭해." 스승이 말했다. "아주 훌륭해. 이 작품으로 자네의 도제 기간이 끝난 셈이야. 이제 더 배울 게 없어. 내가 자네 작품을 길드 사람들에게 보여주고 자네에게 장인 증서를 주라고 요구하겠네."

골드문트는 길드의 인정서는 별로 중요하게 생각하지 않았지만 스승이 자신을 인정한다는 것을 뜻했기에 무척 기뻤다.

니클라우스는 다시 한번 찬찬히 골드문트가 만든 사도 요한 상을 살펴보더니 탄성을 지르며 말했다.

"이 작품엔 경건한 빛이 담뿍 담겨 있어. 진지하면서도 기쁨과 평화로 충만해 있어. 마음이 온통 빛과 기쁨으로 충만해 있는 사람이 만들었다고들 할 거야."

골드문트는 미소를 지었다.

"아시겠지만 이 상의 모델은 제가 아니라 제가 가장 아끼는 친구입니다. 이 작품에 빛과 평화를 갖다준 것은 제가 아니라 그 친구입니다. 이 작품은 제가 만든 것이 아니라 제 영혼에 들어온 그 친구가 만든 겁니다."

제11장

"그럴 수도 있겠군." 니클라우스가 말했다. "이런 작품이 탄생하는 과정 자체가 하나의 신비니까. 난 겸손한 말은 할 줄 모르는 사람이지만, 내 작품들 중에도 이 작품에 훨씬 못 미치는 작품들도 많다는 걸 인정해야겠네. 기술이나 정성에서가 아니라 진실성에서 그렇다는 말일세. 그래, 자네도 알겠지만 이런 작품은 또다시 만들 수 없어. 그건 신비니까."

"네, 그렇습니다." 골드문트가 말했다. "저도 그런 생각을 했습니다. 스승님, 그래서 저는 다시 방황 생활로 돌아가고 싶습니다."

니클라우스는 깜짝 놀랐다. 그의 눈에 다시 엄한 기색이 떠올랐다.

"그 이야기는 나중에 하세. 자네는 이제 겨우 작업의 첫발을 떼었을 뿐이야. 오늘은 이만 쉬게나. 그리고 오늘 점심에 자네를 초대하겠네."

정오 무렵 골드문트는 나들이옷을 입고 스승의 집으로 들어섰다. 스승에게 식사 초대를 받는다는 건 엄청난 일이었다. 리즈베트도 깨끗하게 꾸미고 보석 목걸이를 하고 있었다. 식탁에는 잉어 요리와 포도주 외에도 깜짝 놀랄 만한 물건이 기다리고 있었다. 스승이 그에게 선물로 주는 지갑이었다. 지갑 속에는 조각상 완성에 대한 보상으로 금화 두 닢이 들어 있었다. 리즈베트는 골드문트와 대화도 나누었고 건배도 했지만 무덤덤하고 오만한 표정은 변함이 없었다. 골드문트에게는 저 표정 없는 얼굴 뒤에 숨어 있는 비밀을 털어놓게 만들고 싶다는 욕구가 솟구쳤다.

스승의 집에서 나온 그는 말을 달려 스승의 성모 마리아상이 있는 수도원으로 달려갔다. 그리고 이번에는 예술가의 눈으로 그 작품을 바라보며 다시 한번 감탄했다. 영혼 속에 이런 비전이 담겨 있고 그 영혼이 사랑으로 충만해 있어야 가능한 작품이었으며 엄청난 훈련과 연습을 통해 습득한 기술로 디테일들을 섬세하게 표현할 수 있어야만 가능한 작품임을 분명히 알 수 있었다. 이렇게 아름다운 작품을 창조해 내기 위해서라면 체험의 기회와 자유를 희생하고 예술에 삶을 바치는 것도 가치 있는 일이 아닐까? 선뜻 대답하기 어려운 큰 질문이었다.

골드문트는 밤이 이슥해서야 지친 말을 타고 시내로 돌아왔다. 술집 한 군데가 아직 열려 있었다. 골드문트는 그 집에서 빵을 먹고 포도주를 마셨다. 이어서 그는 어시장에 있는 자신의 숙소로 돌아갔다. 여전히 질문과 의혹에 가득 찬 채 마음은 뒤숭숭하기만 했다.

제11장

제12장

　다음 날 골드문트는 작업장으로 갈 마음이 나지 않았다. 우울한 날이면 늘 그랬듯이 그는 시내를 어슬렁거렸다. 그는 아낙네들과 하녀들을 바라보며 거닐다가 어시장 분수대 주변에서 걸음을 멈추고 진열된 생선들을 바라보았다. 그는 입을 벌린 채 죽어 있는 생선들에게서 연민을 느꼈고 인간 존재를 향한 슬픈 분노를 느꼈다. 어째서 인간들은 그다지 무감각하며 거칠단 말인가? 어찌하여 인간들은 이다지도 아무 생각도 없고 어리석단 말인가? 불쌍하고 사랑스러운 동물이 죽은 채 눈앞에 널브러져 있어도, 어느 장인이 성자의 상을 통해 인생의 희망과 존귀함을, 인간의 고통과 불안을 표현해 내도 인간들은 아무것도 보지 않고 아무런 감동도 느끼지 않았다. 그들은 모두 즐겁거나 바쁘기만 했다.

인간들은 돼지였다. 아니, 돼지보다 더 불결하고 비열했다. 물론 골드문트도 그들과 뒤섞여 함께 기뻐했고 접시에 담긴 생선 요리를 아무 두려움 없이 웃으면서 먹어치우기도 했다. 하지만 마치 마법에라도 걸린 듯 순식간에 기쁨과 평온이 그에게서 사라지곤 했다. 그러면 그는 다시 고독과 번민에 빠져 마치 심연을 바라보듯 고통과 죽음을, 세상만사 덧없음을 응시하곤 했다. 또 어떤 때는 그런 깊은 절망과 허무함과 공포에 휩싸여 있다가 격렬하게 그 무언가에 취해 노래를 부르고 싶고 그림을 그리고 싶어지기도 했다. 이제 내일이나 모레쯤이면 지금 그를 사로잡고 있는 우울에서 벗어나 그에게 세상은 살 만한 곳으로 바뀔 것이다. 하지만 그때까지는 이 슬픔과 고뇌가, 죽어 있는 생선들을 향한, 시들어가는 꽃들을 향한 연민이 이어질 것이다. 그리고 돼지처럼 아무것도 보지 못한 채 살아가는 사람들을 향한 분노와 공포도 계속될 것이다. 그럴 때면 어쩔 수 없이 늘 빅토르의 모습이 떠올랐고 깊은 번뇌와 고통스러운 호기심으로 이어졌다. 골드문트는 갈비뼈 사이를 칼에 찔려 죽은 그의 시신을 전나무 가지 위에 올려놓았었다. 지금 그 시체는 어떻게 되었을까? 짐승들이 깡그리 먹어치웠을까? 뭔가 남은 거라도 있을까? 뼈가 남아 있을지도 모르고 어쩌면 머리카락이 몇 가닥 남아 있을지도 모른다. 그렇다면 뼈는 어떻게 될까? 형태마저 없어져 다시 흙이 되기까지 얼마나 시간이 걸릴까? 몇십 년일까, 아니면 몇 년으로 충분할까? 어쩌면 누군가 묻어주었을지도 모르지. 도대체 그의 인생에서 남은 것은 무엇일까? 그가 한때 사랑했던 여자들의 꿈속에라도 그가 남아 있을까? 아니면 그에 대한 모든 흔적은 사라지고 녹아버렸을까? 그렇다. 모든 사람들, 모든 것들이 그렇게 사라진다. 잠깐 동안 꽃을 피웠다가 금세 눈에 덮여버린다.

몇 년 전 이 도시로 들어설 때만 해도 그에게는 모든 것이 활짝 꽃피어 있었다. 예술을 향한 갈망에 불타고 있었고 니클라우스 장인을 향한 존경심으로 가득 차 있었다. 그런데 그것들 중 무엇이 살아남았는가? 아무것도 없었다. 마치 그 비열한 떠버리 빅토르의 육신처럼 아무것도 남아 있지 않았다. 몇 년 전만 해도, 언젠가 니클라우스가 자신을 동등하게 대우해줄 날이 올 것이라고, 골드문트에게 장인 증서를 주라고 길드에 요구할 날이 올 것이라는 말을 들었다면 그는 아마 이 세상의 온갖 행복을 두 손안에 쥔 것처럼 기뻐했을 것이다. 하지만 지금은 그 모든 것이 그저 시든 꽃에 불과할 뿐 아무 의미도 없었고 아무런 기쁨도 주지 못했다.

골드문트가 그런 생각에 젖어 있을 때 갑자기 하나의 비전이 떠올랐다. 마치 섬광처럼 한순간 번득인 이미지였다. 그는 영원한 인류의 어머니의 얼굴을 보았다. 그 이미지는 몸을 굽힌 채 삶의 심연을 굽어보고 있었고 아름다우면서도 무시무시한, 그리고 아련한 미소를 띠고 있었다. 그 이미지는 탄생과 죽음을, 꽃들을, 바삭거리는 낙엽을, 예술을, 퇴락을 바라보고 있었다.

그 모든 것이 그녀에게는 같은 의미였다. 그녀의 으스스한 미소가 달처럼 만물을 비추었다. 그녀에게는 지금 우울한 상념에 빠져 있는 골드문트와 마찬가지로 어시장에서 죽어 있는 물고기도 사랑스러운 존재였다. 그녀에게는 골드문트의 금화를 훔치려다 죽은 빅토르의 유골도 사랑스러운 존재였고 스승의 도도하고 차가운 딸 리즈베트도 사랑스러운 존재였다. 그 어머니의 이미지는 순식간에 사라졌다. 골드문트는 발길을 스승의 집으로 향했다.

때마침 정오 무렵이었고 골드문트는 니클라우스가 작업장에서 나올 때까지 기다렸다가 안으로 들어갔다.

"스승님, 드릴 말씀이 있습니다. 아주 간단한 말씀입니다만, 지금 드리지 않으면 말씀드릴 기회가 영영 오지 않을 것 같습니다. 어찌 보면 스승님만이 제 말씀을 이해하실 수 있을지도 모릅니다. 제가 아는 가장 훌륭한 성모 마리아상을 만드신 분이니까요. 저는 바로 그 상을 만드신 스승님을 사랑했고 존경해 왔습니다. 저는 스승님처럼 되는 것이 지상의 목표였습니다. 그리고 이제 사도 요한상을 완료했습니다. 스승님의 성모 마리아상처럼 완벽하진 않지만 지금 저로서는 최선입니다. 저는 다른 상을 만들 계획이 없습니다. 하긴 하나 있긴 합니다. 언젠가는 완성하고 싶지만 지금은 불가능합니다. 그 작업을 하려면 훨씬 더 많은 것을 보고 경험해야 합니다. 3, 4년이 걸릴지 10년이 걸릴지 알 수 없습니다. 아니면 영원히 불가능할지도 모릅니다. 스승님, 그때까지는 작업을 하고 싶지 않습니다. 수공업이나 하며 돈을 벌고 싶지 않습니다. 저는 방랑하며 여름과 겨울을 느끼고 세상을 경험하고 싶습니다. 세상의 아름다움과 공포를 맛보고 싶습니다. 배고픔과 갈증으로 고통받고 싶으며, 이제까지 제가 겪은 것, 이곳에서 배운 것들을 모두 비워내고 싶습니다. 저는 언젠가 스승님처럼 훌륭한 작품을 만들고 싶지만 스승님처럼 살고 싶지는 않습니다."

스승은 제자를 뚫어져라 바라보았다. 엄한 표정이었지만 화난 얼굴은 아니었다.

"자네는 자네 생각을 충분히 말해준 셈이고 나도 잘 알아들었네. 나는 자네가 내 일에 계속 매달리리라고는 생각하지 않았네. 물론 자네를 필요로 하지만 말일세. 자네에게는 자유가 필요하다는 것도 잘 알아. 자네와 이런저런 이야기를 나눠보고 싶기도 해. 하지만 지금 당장은 아닐세. 며칠 후로 미루도록 하세. 며칠 안으로 자네를 부를 테니 그때 이야기를 나눠보도록 하세. 한 가지만 이야기해주지. 심혈을 기울인 작품을 완성했을 때의 기분을 나도 잘 알아. 공허감이 밀려오기 마련이야. 하지만 시간이 지나면 사라질 걸세."

골드문트는 불만스러운 마음으로 자리를 떴다. 스승은 그에게 잘 해주려고 애를 쓰고 있지만 그가 해줄 수 있는 것이 대체 무엇이 있단 말인가?

골드문트는 강가, 자신이 잘 아는 장소로 갔다. 물이 별로 깊지 않고 물결이 거센 곳으로서 어부들의 집에서 나온 온갖 쓰레기와 잡동사니들이 바닥에 잔뜩 쌓여 있는 곳이었다. 그는 그곳에서 바닥에서 반짝이는 도자기 조각이나 날이 휘어져 버려진 낫, 유약을 입힌 기와들을 즐겨 바라보곤 했고, 물고기들을 바라보기도 했다. 그에게는 그곳이 마치 사람이라는 존재의 저 깊은 속처럼 신비로웠다. 바닥에서 보이는 것이 정확히 무

제12장

엇인지 그 형체를 분간하기 어려웠으며 그 덕분에 마치 베일에 싸인 신비 자체 같았다.

골드문트는 그곳에 앉아 물의 유희에 빠져들었다. 그는 멍한 눈으로 여울지는 강물 바닥을 응시했다. 햇빛과 물결의 작용으로 시시각각으로 그 모습이 변하는 물건들이 너무 아름다웠다. 그는 생각에 잠겼다.

'이 모든 것들이 어떻게 이렇게 아름다울 수 있지? 물속에 어른거리는 것들은 비현실적이고 우연적이고 동화 같기만 한 것들이며 예술가들이 만들어내는 아름다움과는 정반대되는 것인데 어떻게 이렇게 아름다울 수 있지? 이것들이 왜 내게 행복을 선사하는 거지?'

이곳 사물들이 오로지 신비에만 싸여 있다면 예술 작품들은 정반대였다. 예술 작품에는 형식이 있었고 절대적인 정확성이 필요했다. 그런데도 그 정반대되는 것들이 비슷한 감동을 주는 이유를 그는 정확히 포착할 수 없었다. 곰곰이 생각에 잠겨 있던 그에게 문득 한 가지 사실이 분명해졌다. 완벽한 예술 작품이 왜 더 이상 자신에게 매력적으로 보이지 않는지, 아무리 아름다운 작품도 싫증이 나고 심지어 혐오감까지 드는지 그 이유를 깨달은 것이다. 그렇게 아름다운 예술 작품들에는 근본적인 것이 결여되어 있었다. 신비가 빠져 있었던 것이다. 그렇다. 꿈, 그리고 진정으로 위대한 예술 작품은 공통적으로 신비를 품고 있었다.

골드문트의 상념은 이어졌다.

'내가 사랑하고 추구하는 것은 신비이다. 나는 그것이 섬광처럼 번득이는 것을 여러 번 보았다. 예술가로서 나는 그것을 포착해서 표현하고 싶다. 언젠가는 그렇게 할 수 있을지 모른다. 그것은 위대한 어머니의 모습, 위대한 산모의 모습, 태초의 어버니의 모습, 이브의 모습을 띠고 있다. 그것들은 다른 형상들과는 달리 일정한 형태, 혹은 섬세한 묘사를 통해 표출되지 않는다. 그것은 탄생과 죽음, 선함과 잔혹함, 생명과 소멸들이 평화롭게 공존하는, 이 세상 자체의 위대한 모순이 함께 하고 있는 모습이다. 그 모순되는 것들은 모두 함께 존재하고 있다. 이 우주적 어머니에 대한 생각은 나만의 관념이 아니다. 내가 그녀를 생각해낸 게 아니다. 나는 그녀를 보았다! 그녀는 내 안에 살고 있다. 나는 그녀를 종종 잊곤 하지만 아주 자주 내게 모습을 드러냈다. 어느 날 밤 아이를 낳고 있는 아낙네 곁에서 등불을 들고 있었을 때 처음으로 그녀가 모습을 드러냈고 오늘도 다시 나타났다. 내가 그 누구보다 사랑하는 나의 어머니의

제12장

211

이미지가 바로 새로운 이브의 이미지로 변했고 그 이미지 안에는 마치 버찌의 씨처럼 어머니의 모습이 박혀 있다.'

이제 모든 것이 분명해지면서 불안감이 밀려왔다. 결단의 순간에 느끼는 불안감이었다. 그 결단은 그가 나르치스와 작별을 고할 때만큼 어려웠다. 그는 이제 새로운 길에 나서려 하고 있었다. 바로 어머니를 찾아가는 길이었다. 이 순간 그 길을 선택하면 훗날 어머니를 만인이 눈으로 볼 수 있도록 형상화할 수 있을지도 모른다. 그것이 아마 자신의 인생의 목표이자 숨겨진 의미인지도 모른다. 하지만 확신할 수는 없었다. 그래도 그가 확신할 수 있는 것이 한 가지 있었다. 어머니를 찾아 떠난다는 것, 어머니의 부름에 이끌린다는 것은 더없이 좋은 일이라는 사실이었다. 그는 자신이 진정으로 살아 있다고 느꼈다. 어쩌면 어머니의 모습을 영원히 형상화할 수 없을지도 몰랐다. 그것은 영원히 꿈과 직관으로만, 성스러운 비밀을 간직한 아련한 황금빛 광채로만 남을 수도 있었다. 하지만 그녀를 따르는 것, 그녀에게 자신의 운명을 맡기는 것이 바로 그의 의무였다. 그녀는 그의 별이었다. 예술은 아름답긴 해도 그의 운명이나 목표는 아니었다.

일단 결단을 내리고 나자 잠시 유보하고 있었던 자유와 방랑이 더없이 소중하게 여겨졌다. 그는 자리에서 일어나 도시를 거닐기 시작했다. 그는 찍 침을 뱉었다. 그에게는 이 도시에서의 사람들의 삶이 모두 추하게 여겨졌다. 이곳 도시에 정착하고 있는 사람들에게는 모든 것이, 심지어 사랑마저도 너무 쉽고 값싼 것이 되었다. 이곳 생활은 이제 의미를 잃고 말았다. 스승이 본받아야 할 모범이었고 리즈베트가 획득해야 할 공주였을 때는 이런 생활이 아름답고 나름대로 의미가 있었다. 사도 요한상을 만들 때는 그런대로 견딜 수 있었다. 이제 그 일도 끝났으니 향기가 사라지고 꽃이 시들어버린 것과 같았다. 그를 한동안 도취시켰던 삶의 무상함이 그를 완전히 사로잡았다. 이제 남은 것은 오로지 자신이 따라가야 할 어머니의 이미지밖에 없었다. 하지만 이별은 슬픈 일이었다. 그는 이별의 슬픔에 잠겨 그동안 익숙해진 도시 구석구석을 며칠간 헤매고 다녔다.

한편 골드문트가 그렇게 이별을 준비하며 며칠간 도시 구석구석을 헤매고 다니는 동안 스승 니클라우스는 골드문트를 붙잡기 위해 세심하게 준비를 했다. 그는 골드문트에게 장밋빛 미래를 보장해주고 이 지칠 줄 모르는 방랑자를 영원히 정착시키기 위해 온갖 양보를 다 하고 심지어 위험도 감수하리라고 결심했다. 그는 길드를 설득해서 그에게 장인 증서를 교부하도록 조치했다. 또한 그를 조수가 아니라 동료로 인정해 모든 일을 그와 상의하고 모든 수익을 동등하게 분배하겠다는 계획도 세웠다. 그것은 그로서는 너무나 큰 모험이었다. 무엇보다 리즈베트를 생각하면 더욱 그러했다. 골드문트를 그런 식으로 대접한다는 것은 그를 머지않아 사위로 맞이하겠다는 것과 같은 뜻이었기 때문이었다. 하지만 어쩔 수 없었다. 지금까지 그 어떤 제자와 조수도 골드문트가 만든 사도 요한상 같은 것은 만들지 못했다. 게다가 니클라우스 자신도 이제 나이를 먹어 아이디어나 창의력이 점점 빈곤해지고 있었다. 그는 자신의 명성 높은 작업장이 평범한 일꾼들의 평범한 공방으로 변하는 꼴을 보고 싶지 않았다. 골드문트는 정말 다루기 어려운 녀석이었지만 모험을 감수할 수밖에 없었다.

니클라우스는 심사숙고해서 모든 조치를 다 취해놓았다. 골드문트를 위해 뒤뜰 작업실도 증축하고 집 맨 위층에 새로운 방도 꾸며주고 길드 가입 기념으로 멋진 옷도 선물할 예정이었다. 무엇보다 그는 리즈베트의 의견을 조심스럽게 물어보았다. 그러나 물어볼 필요도 없었다. 지난번 점심 식사를 같이 한 이래로 리즈베트는 이미 아버지와 비슷한 기대와 예상을 하고 있었다. 그녀는 아무런 반대 의사도 내비치지 않았다.

스승은 모든 준비를 마친 다음에 골드문트를 식사에 초대했다. 이제 날아든 새가 올가미에 걸려들기만 하면 될 판이었다. 초대를 받은 골드문트는 말쑥한 차림으로 나타났다. 식사 전에 단둘이 자리를 마련한 니클라우스는 자신의 거창한 계획과 제안을 털어놓은 후 덧붙였다.

"자네가 잘 알아들었으리라 믿네. 자네도 알겠지만 그 어떤 젊은이도 자네처럼 규정된 수업 연한도 채우지 않고 그렇게 빨리 장인의 시위에 올라 안정된 기반을 잡은 경우는 없네. 이보게, 골드문트, 자네는 정말 운이 좋은 사람이야."

골드문트는 놀란 눈으로 당황해서 스승을 바라보았다. 그는 며칠 동안 빈둥거린 데 대해 스승으로부터 꾸지람을 듣고 앞으로 조수로서 일하라는 제안을 받을 줄 알고 있었다. 그런데 어떻게 이런 일이! 그는 당혹스러워서 한동안 할 말을 찾을 수 없었다. 한편 니클라우스는 니클라우스대로 골드문트에게서 기대했던 기쁨과 감사의 표시가 곧바로 나오지 않자 실망하고 있었다.

이윽고 골드문트가 주저하듯 말했다.

"스승님, 너무 노여워하지 마시고 제 말씀 좀 들어주십시오.

스승님의 호의에 진심으로 감사드립니다. 그리고 무엇보다 그토록 깊은 인내심으로 저를 가르쳐주신 데 대해 감사드립니다. 제가 스승님께 입은 크나큰 은혜는 결코 잊지 못할 것입니다. 하지만 스승님, 저는 이미 결심했습니다."

"결심? 무슨 결심?"

"저는 더 이상 이곳에 머물지 않을 것입니다. 다시 방랑길에 오를 것입니다. 제발 노여워하지 마시기 바랍니다. 제 결심은 변할 수 없습니다. 저는 떠나야 합니다. 저는 여행을 해야 합니다. 저는 자유로워져야 합니다. 다시 한번 진심으로 감사드립니다. 그리고 스승님과 제가 다정하게 헤어질 수 있었으면 합니다."

골드문트는 창백해진 스승에게 손을 내밀었다. 하지만 스승은 방 안을 서성거릴 뿐 그의 손을 잡지 않았다. 스승의 발걸음은 분노로 흔들거리고 있었다. 스승이 그런 모습을 보인 것은 처음이었다.

스승은 별안간 멈춰서더니 골드문트에게 눈길도 주지 않은 채 자제하며 말했다.

"좋아, 그렇다면 떠나게! 당장 떠나라고! 자네 모습을 더 이상 보고 싶지 않으니까! 나중에 후회할 말이나 행동은 하고 싶지 않으니, 당장 내 앞에서 사라져!"

골드문트는 다시 한번 손을 내밀었다. 하지만 스승은 그 손에 침이라도 뱉어주고 싶은 표정이었다. 골드문트는 얼른 그 방에서 나왔다. 그리고 뒤뜰의 작업실에 들러 자신이 제작한 사도 요한상에 작별을 고하고 그 집을 떠났다. 전에 기사의 성과 불쌍한 뤼디아의 곁을 떠날 때보다 더 가슴이 아팠다.

그래, 최소한 오래 끌지는 않았어! 적어도 불필요한 말은 하지 않았어! 문간을 나서면서 그에게 유일한 위안이 되었던 것은 바로 그 사실이었다. 그 집 대문을 나서자마자 골목길과 도시 전체가 갑자기 낯설어졌다. 마음이 떠나게 되면 친숙했던 것도 낯설게 여겨지는 법인 것이다.

그는 자신이 살던 방으로 가서 간단하게 짐을 꾸렸다. 짐이라야 별것 없었다. 안주인이 준 약간의 식량, 몇 벌의 속옷가지, 몽둥이에 둘둘 감은 그림 몇 점, 몇 개의 식기류가 전부였다. 이튿날 새벽 그가 조용히 집을 나서려는데 누군가 그를 부엌으로 불렀다. 바로 집주인의 딸 마리였다. 열다섯 살의 병약한 그녀는 그에게 따뜻한 우유와 빵을 대접했다. 그가 떠나는 것이 무척이나 슬픈 눈치였다. 그는 그녀에게 고맙다고 말한 후 작별 인사로 그녀의 얇은 입술에 동정의 키스를 해주었다. 그녀는 눈을 감고 경건하게 그의 키스를 받아들였다.

제13장

　방랑자로서의 새로운 삶을 시작하고 처음 며칠 동안 골드문트는 되찾은 자유를 흠뻑 마시며 그에 취했다. 그와 동시에 그는 아무것도 자신을 붙드는 것이 없으며 시간 같은 것은 존재하지도 않는 방랑자로 사는 법을 다시 새롭게 배워야만 했다.

　방랑자들은 낙원에서 추방된 아담의 후예들이다. 그들은 순진무구한 동물들의 형제들이다. 그들은 하늘이 그들에게 부여한 것을 그대로 받아들인다. 그들에게는 시간도 없고 역사도 없으며 야망도 없다. 또한 집을 소유하고 있는 자들이 그토록 애지중지하는 발전이니 진화니 하는 개념도 그들에게는 존재하지 않는다. 그 어떤 다른 기질을 가졌건 방랑자들의 마음은 늘 어린아이와 같으며 언제나 역사가 시작되기 전, 창조의 첫

날을 살아간다는 점에서는 공통된다. 방랑자의 삶은 늘 최소한의 단순한 본능과 필요에 의해 인도된다. 방랑자는 방랑의 삶을 살면서 각자 깨닫는 것이 다를 수는 있지만 그 어느 경우이건 무언가를 소유하고 안주한 사람들과는 상호 적대적이라는 점은 공통된다. 그 무언가를 소유한 사람들은 방랑자를 증오하고 멸시하고 두려워한다. 그들은 모든 존재가 덧없다는 것을, 생명은 끊임없이 시들어간다는 것을, 우리 주변의 세상 전체를 얼음처럼 냉혹한 죽음이 채우고 있다는 것을 상기하고 싶지 않기 때문이다.

방랑자의 삶은 어린아이의 삶과 같다는 것, 그것이 모성적인 것에 뿌리를 두고 있다는 것, 그것은 법칙이나 정신으로부터 등을 돌리고 죽음을 향해 열리는 것이며 죽음과 은밀하게 친해지는 것이라는 사실은 이미 오래전부터 골드문트의 영혼에 깊이 새겨져 있었다. 그럼에도 불구하고 그의 내면에는 정신과 의지가 여전히 살아 있었다. 그는 방랑자이면서 동시에 예술가였으며 그로 인해 그의 삶이 풍요로워지기도 하고 고통스러워지기도 했다. 모든 삶은 오로지 분열과 대립을 통해서만 풍요로워지고 꽃을 피우는 법이다. 도취에 대해 모르는 이성과 냉철함이 무슨 가치가 있는가? 뒤에 죽음이 도사리고 있지 않은

제13장

219

관능적 욕망이 무슨 의미가 있는가? 이성(異性) 간의 영원하고 치명적인 갈등이 없는 사랑이 무슨 의미가 있는가?

한 해가 지나고 또 한 해가 지나는 동안 골드문트는 마치 이 지상에 굶주림과 사랑, 은밀하게 진행되는 사계절의 순환 외에 다른 것이 존재한다는 것은 잊은 사람처럼 살았다. 그는 완벽하게 모성적이고 본능적인 원시 세계에 잠겨서 지내는 것 같았다. 하지만 꽃이 피고 지는 골짜기를 내려다보며 휴식을 취하는 가운데 꿈을 꾸거나 생각에 잠길 때면 그는 어느 모로 보나 예술가였다. 그는 정신의 힘으로 존재의 무의미함을 몰아내고 그것을 의미 있는 것으로 바꿀 수 있기를 간절히 열망했다.

그러던 어느 날 그는 동반자를 만났다. 빅토르와의 피투성이 모험 이래 그는 늘 혼자였다. 그런데 새로 만나게 된 친구가 하도 그림자처럼 골드문트를 따라다니는 바람에 그를 떼어낼 수 없었다. 그는 빅토르와는 전혀 다른 부류의 사람이었다. 그는 로마까지 다녀온 적이 있는 순례자였으며 이름은 로베르트였고 고향은 독일과 스위스 접경지대에 있는 보덴호 근처였다. 목수의 아들로 태어난 그는 한때 수도원 학교에 다녔으며 어릴 때부터 로마 순례를 꿈꿔왔다. 그는 아버지가 죽자 어머니와 누이의 만류에도 불구하고 로마 순례 길에 나섰다. 방랑벽도 한몫했지만 신앙심이 더 큰 동기였다. 그는 1년 반 넘게 로마의 성당이란 성당은 모두 순례하고 고향으로 돌아갔다. 하지만 아무도 반겨주는 이 없고, 아버지의 생업도 매형이 담당하게 되자 다시 순례 길에 나선 것이며 골드문트에게 반해서 둘이 동행하게 된 것이다.

정처 없이 방랑하던 두 사람은 어느 날 전혀 예기치 않던 일로 인해 여정이 방해를 받았다. 그들이 어느 마을로 다가가고 있을 때였다. 한 무리의 농부들이 몽둥이와 장대와 도리깨 등으로 무장한 채 두 사람을 맞았다. 그들의 우두머리로 보이는 사람이 썩 꺼져버리지 않으면 죽여버리겠다고 멀리서부터 그들에게 고래고래 고함을 질렀다. 골드문트가 무슨 사연인지 알아보려고 그들을 향해 발걸음을 옮기자 이내 돌멩이 하나가 날아와 그의 가슴을 맞혔다. 로베르트는 이미 줄행랑을 치고 곁에 없었다. 농부들이 위협적인 모습으로 돌진해 오는 바람에 골드문트도 도망갈 수밖에 없었다. 로베르트는 들판 한가운데서 벌벌 떨며 골드문트를 기다리고 있었다. 두 사람은 농부들이 왜 그들을 쫓아내는지 영문을 알 수 없었다. 하지만 다음 날 아침 어느 외딴 농가에서 그 이유를 알 수 있었다.

제13장

221

그들이 어느 외딴 농가에 도착했을 때 오두막과 외양간과 헛간으로 이루어진 그 농가에는 인기척이 전혀 없었다. 사람 목소리나 발소리, 아이 울음소리, 낫질 소리 등 그 어떤 소리도 들리지 않았다. 뜰에서 암소 한 마리만이 울고 있었는데 젖을 짤 때가 된 것이 분명했다. 그들은 오두막 앞에서 문을 두드렸다. 하지만 아무 대답이 없었다. 외양간과 헛간으로 가보았지만 아무도 없는 것은 마찬가지였다. 두 사람은 다시 오두막으로 돌아왔다. 골드문트는 빗장이 걸려 있지 않은 문을 열고 안으로 들어섰다.

　　"실례합니다!" 그가 큰 소리로 외쳤다. "아무도 안 계세요?"

　　여전히 아무 소리도 없었다. 겁에 질린 로베르트는 문 앞에 그대로 서 있었지만 골드문트는 호기심에 안으로 들어가 보았다. 오두막 안으로 들어가니 고약한 냄새가 코를 찔렀다. 난로 뒤쪽 어두컴컴한 곳에 누군가 앉아 있는 것이 보였다. 노파였는데 아마 잠을 자고 있는 것 같았다. 골드문트가 낮은 목소리로 불러보았으나 기척이 없었다. 집 전체가 무슨 마법에라도 걸려 있는 것 같았다. 골드문트는 잠들어 있는 노파의 어깨를 부드럽게 건드려 보았다. 하지만 노파는 미동도 하지 않았다. 그제야 그는 노파가 아예 거미줄 한가운데 앉아 있는 것을 알 수 있었다. 머리카락부터 무릎까지 거미줄이 뒤덮고 있었다. 골드문트는 '죽었군'이라고 생각하며 온몸이 오싹했다. 그는 입김으로 아직 꺼지지 않은 난로의 불씨를 살렸다. 그는 불이 붙은 장작개비를 손에 들고 그 불빛에 노파의 얼굴을 비추어 보았다. 흰 머리카락 아래 푸르죽죽한 망자의 얼굴이 보였다. 노파는 의자에 앉은 채 그렇게 죽어 있었다.

골드문트는 불이 붙은 장작개비를 들고 계속해서 방 안을 살펴보았다. 뒷방으로 통하는 문지방에 또 하나의 시체가 가로 놓여 있었다. 여덟 살이나 아홉 살쯤 되어 보이는 사내아이였다. 남자아이는 고통으로 두 주먹을 불끈 쥐고 그렇게 엎드린 채 죽어 있었다. 마치 악몽이라도 꾸고 있는 것 같은 모습이었다. 그는 뒷방으로 들어갔다. 그 방은 덧창이 열려 있어 밝은 햇살이 들어오고 있었다. 골드문트는 장작에 붙은 불을 조심스럽게 발로 밟아 껐다.

뒷방에서 그는 부부로 보이는 남녀 한 쌍, 그들의 딸로 보이는 소녀의 시체를 발견했다. 골드문트는 시체를 하나하나 차례대로 훑어보았다. 그는 그들의 자세에서 그들이 죽음을 맞이하는 각기 다른 방식들을 보았다. 특히 집주인의 얼굴에서는 죽음에 저항하면서 이를 악물고 그 고통을 참고 견딘 표정이 또렷이 보였다. 어쨌든 모두 애처롭고 끔찍한 모습들이었지만 그 주검들은 모두 골드문트에게 깊은 감명을 주었다. 모든 주검들에는 위대함이 깃들어 있었고, 운명으로 충만해 있었다. 그것들은 너무 진실했고 너무 직접적이었다. 그 주검 안의 그 무엇인가가 그의 마음을 흔들었고 그의 영혼에 스며들었다.

밖에 서 있던 로베르트가 초조하고 두려운 나머지 골드문트를 부르기 시작했다. 골드문트는 로베르트를 좋아했지만 그 순간만큼은 저렇게 유치할 정도로 겁에 질려 있는 살아 있는 인간이 죽은 사람에 비해 그 얼마나 보잘것없고 하찮은가, 라는 생각을 떨쳐버릴 수 없었다. 그는 대답하지 않은 채 예술가의 마음과 정신으로 죽은 사람들을 열심히 관찰했다. 그들의 누운 자세와 앉은 모양을, 죽음의 순간에 취했던 자세 그대로인 머리와 손의 모양을 아주 면밀하게 살펴보았다. 마법에 걸린 이 오두막은 그 얼마나 고요한가! 오, 이 얼마나 기이하고 끔찍한 냄새인가! 아직 난로의 불씨는 꺼지지 않았건만 시체들만이 살고 있는, 완전히 죽음으로 덮여 있고 죽음에 침투당한 이 작은 집은 그 얼마나 슬프고 유령 같은가! 이제 이 고요한 얼굴에서 살점들이 떨어져 나가고 쥐들이 그들의 몸을 갉아 먹으리라. 다른 사람들은 관이나 무덤 속에서 겪을 최후의 가장 불쌍한 일, 그 부패와 소멸을 이곳의 다섯 사람은 자기 집에서 당하고 있었다. 그것도 밝은 대낮에 문도 잠그지 않은 채, 아무런 생각도 없이, 아무런 부끄러움도 없이, 완전 무방비 상태로⋯⋯. 골드문트는 많은 주검들을 보았지만 이토록 냉혹하게 죽음이 연출된 모습은 한 번도 본 적이 없었다. 그는 그 주검들을 그의 영혼 깊은 곳에 새겨 넣었다.

문밖에서 로베르트가 계속 고함을 질러대는 통에 골드문트는 깊은 상념에서 깨어나 할 수 없이 밖으로 나갔다. 로베르트는 불안한 표정으로 골드문트를 바라보며 겁에 질린 목소리로 물었다.

"무슨 일이야? 집에 아무도 없어? 저 안에서 대체 뭘 한 거야? 아니, 자네 눈초리가 왜 그래? 뭔가 말 좀 해봐!"

골드문트는 쌀쌀하게 말했다.

"자네가 들어가서 직접 봐. 이상한 농가야! 그런 다음 저 멋진 암소 젖을 짜기로 하세. 자, 어서!"

안으로 들어간 로베르트는 금세 비명을 지르며 뛰쳐나왔다. 노파의 시신을 본 모양이었다. 골드문트가 웃으며 말했다.

"로베르트, 죽음을 보았으니 자네는 영웅이야. 하지만 너무 급히 나왔어. 저 안에는 그 외에도 네 명이 더 누워 있어."

제13장

225

로베르트는 기겁을 한 채 골드문트를 바라보며 외쳤다.

"어제 농부들이 왜 우리를 막았는지 알겠어. 오, 맙소사, 이제 분명해졌어. 흑사병이 돌고 있는 거야! 그런데 골드문트, 자네 저 안에 오래 있었지? 시체들을 만지기도 했을 것 아니야. 저리 가! 가까이 오지 마! 미안하지만 나는 떠나야겠어. 분명 자네도 감염됐을 거야."

로베르트는 달아나려다 골드문트에게 옷자락을 붙잡혔다. 골드문트는 버둥거리는 친구를 꽉 붙잡으며 다정하면서도 약간 비꼬는 어조로 말했다.

"어이, 이 친구, 왜 이러시나? 생각보다 영리하시군. 자네 말이 맞을지 몰라. 그러니 다음 농가나 마을로 가서 한번 확인해보자고. 그래, 분명히 흑사병일 거야. 우리가 안전하고 건강하게 빠져나갈 수 있는지 한번 알아보자고. 자네를 보내주고 싶지만 그럴 수 없어. 나는 마음이 약한 놈이거든. 자네도 안에 들어갔다 나왔으니 감염되었을 수도 있어. 만일 자네 혼자 있다 죽으면 누가 자네 눈을 감겨주고 흙을 덮어줄 수 있단 말인가? 자네를 혼자 외롭게 죽게 내버려둘 수는 없어. 우리는 지금 똑같은 위험에 처해 있어. 그러니 우리는 함께 행동해야 해. 자, 우선 외양간에서 양동이를 찾아봐. 암소 젖을 짜야 하니까."

바로 그 순간부터 둘 사이에 분명한 위계질서가 생겼다. 골드문트가 명령하는 자가 되었고 로베르트는 명령을 따르는 자가 되었다.

두 사람이 계속 그 지역을 돌아다니다 보니 흑사병이 그 지역 어디든 다 뒤덮고 있었다. 수많은 농가들이 버려져 있었고 수많은 시체들이 들판이나 방 안에서 그대로 썩어가고 있었다. 그들은 주인 없는 새끼 염소와 돼지를 잡아 구워 먹기도 했고 빈집 지하실에서 가지고 나온 포도주와 과실주를 마시기도 했다.

그런 가운데 두 사람은 어느 날 어느 작은 도시에 도착했다. 성문 위 망루에는 보초의 모습 하나 보이지 않았다. 어딘가 죽음의 냄새가 나고 있었다. 아니나 다를까 성문에서 어느 정도 떨어진 곳에 커다란 구덩이가 있었고 그 안에 팽개쳐진 시체들로부터 썩는 냄새가 진동하고 있었다. 로베르트는 어서 이곳을 떠나자고 골드문트에게 통사정을 했지만 골드문트는 듣지 않았다. 그는 로베르트를 성 밖에 남겨두고 혼자 성 안으로 들어갔다.

골드문트는 보초가 없는 성문을 통해 도시로 들어갔다. 도시는 거의 죽음의 정적에 휩싸여 있었다. 가끔 빵집이 열려 있고

제13장

227

주인의 모습이 보이기도 했지만 손님은 없었다. 골드문트는 계속 거리를 걸어갔다. 이따금 창문 앞에 화분이 줄지어 놓여 있는 모습이 보이기도 했지만 말라빠진 잎사귀들만 축 늘어져 있을 뿐이었다. 또 어떤 집에서는 아이들이 비통하게 흐느껴 우는 소리가 들리기도 했다. 그런데 바로 다음 골목에 접어들자 예쁘게 생긴 아가씨가 위층 창문 앞에서 머리를 빗고 있는 모습이 보였다. 골드문트는 그녀가 자신에게 눈길을 줄 때까지 계속 그녀를 쳐다보았다. 이윽고 그녀가 아래를 내려다보더니 얼굴을 붉혔다. 그가 다정한 미소를 보내자 그녀의 붉어진 얼굴에 서서히 엷은 미소가 번졌다.

"머리 손질 금방 끝나지요?" 그가 올려다보며 말했다. 아가씨는 창밖으로 몸을 구부려 환한 얼굴을 내밀었다.

"아직 병에 걸리지 않았지요?" 그가 묻자 그녀가 고개를 저으며 병에 걸리지 않았다고 대답했다.

"그렇다면 저와 함께 이 죽음의 도시를 빠져나갑시다. 숲으로 가서 멋지게 살아요."

그녀는 미심쩍은 눈길로 골드문트를 바라보았다.

골드문트가 다시 말했다.

"너무 길게 생각할 것 없어요. 부모님과 함께 살고 있나요?

아니면 낯선 집에서 일을 해주고 있나요? 아, 남의 집인 걸 알 겠어요. 그렇다면 어서 나와요, 아가씨. 늙은 사람들은 그냥 죽 게 내버려 둡시다. 우리는 젊고 건강하니 아직 젊을 때 즐겨야 해요. 갑시다, 갈색 머리 아가씨. 진심이에요."

잠시 후 두 사람은 성문을 지나고 있었다. 아가씨는 작은 보 따리를 손에 들고 목에는 빨간 목도리를 두르고 있었다.

"이름이 뭐예요?" 그가 물었다.

"레네예요. 이곳에서는 모두 죽어가고 있어요. 당신과 함께 가겠어요."

성문 밖에서 기다리고 있던 로베르트는 레네를 보고 질겁했 다. 흑사병이 돌고 있는 마을에서 사람을 한 명 데리고 왔으니 그럴 만도 했다. 로베르트의 불평이 끝나길 기다려 골드문트가 말했다.

"어디, 노래 실컷 다 불렀나? 어쨌든 자네는 우리와 함께 가 야 해. 이렇게 예쁜 길동무가 생겼으니 기쁜 일이 아닌가? 이 아가씨 이름은 레네라네. 이제 우리는 흑사병을 피해 아름답고 조용한 곳에 우리들의 보금자리를 만들 거야. 비어 있는 오두막 을 발견하거나 우리가 직접 지을 거야. 나는 집주인이 되고 레 네는 안주인이 될 거야. 자네는 친구로서 함께 지낼 거고. 이제

제13장

229

우리들의 삶이 조금은 즐겁고 정답게 될 거야. 어때, 괜찮지?"

로베르트는 기꺼이 동의했다. 다만 레네와 악수하거나 그녀
의 옷을 만지는 일은 피하게 해달라고 신신당부했다.

골드문트가 말했다.

"당연하지. 그런 요구는 하지 않을 걸세. 손가락으로라도 레
네 몸을 건드리는 건 엄금이야. 아예 엄두도 내지 마!"

세 사람은 함께 길을 걸었다. 레네는 길을 걸으면서 그녀가
겪은 무서운 일들에 대해 이야기했다. 도시의 사람들이 끔찍하
게 죽어간 이야기, 온 도시에 시체가 썩어가고 있는 이야기였
다. 그 이야기는 바로 지옥에서 벌어지고 있는 일에 대한 이야
기였다. 레네의 이야기가 끝나자 골드문트가 걸음을 늦추며 낮
은 목소리로 노래를 부르기 시작했다. 노래가 한 소절 한 소절
이어질 때마다 골드문트의 목소리가 점점 더 생기를 띠었다.
로베르트는 그의 노래가 너무 듣기 좋았고 다시 한번 골드문트
에게 반했다. 그가 두 번째 노래를 부르자 레네가 따라 불렀고
곧이어 셋이서 목청을 돋우어 합창을 했다. 날이 저물고 있었
다. 저 멀리 황무지 너머 울창한 숲이 보였고 그 뒤로 낮은 산
들이 이어지고 있었다. 그들은 힘차게 발걸음을 옮기며 때로는
흥겹게, 때로는 장엄하게 노래를 불렀다.

"자네, 오늘 기분이 아주 좋은 모양이로군." 로베르트가 골드문트에게 말했다.

"물론 기분이 좋지. 이렇게 예쁜 사랑을 찾았잖은가. 오, 레네, 저승사자들이 나를 위해 당신을 남겨두었다니 너무 멋진 일이야. 내일이면 우리는 우리의 보금자리를 찾을 것이고 거기서 오순도순 살아갈 거야."

다음 날 그들은 원하던 장소를 찾았다. 작은 자작나무 숲속에 통나무로 지은 오두막 한 채가 있었다. 아마 벌목꾼이나 사냥꾼이 지어 놓은 것 같았다. 그들은 그 빈 오두막의 문을 따고 안으로 들어갔다. 로베르트도 아주 만족해했다. 그들은 오는 길에 발견한 주인 없는 염소 떼 중에 오동통한 암놈 한 놈도 데리고 왔다.

"자, 로베르트." 골드문트가 말했다. "자네, 목수는 아니지만 목수의 아들이고 가구들은 만들어봤다고 했지? 우리 여기에 거처를 정할 테니 우리의 성 안에 칸막이를 하나 만들어주게나. 방이 두 개 필요해서야. 하나는 나와 레네를 위한 방이고 다른 하나는 자네와 염소가 지낼 방이라네. 자, 어서 서두르게. 오늘은 염소젖으로 만족하고 내일 먹을 것을 더 구해 오기로 하세."

세 사람은 부지런히 일을 했다. 골드문트와 레네는 잠자리를

제13장

231

만들기 위해 짚과 고사리와 이끼 따위를 구하러 갔고 로베르트는 벽을 만들 나무를 자르기 위해 숫돌에 칼을 갈았다. 하지만 그날 밤까지 벽을 완성하지 못해 로베르트는 밖에서 잠을 자야 했다. 골드문트는 피곤에 지쳐 잠든 레네를 품에 안고 그 향기를 맡았다. 그러면서 시체가 그득하던 구덩이를 떠올렸다. 삶은 아름답지만 행복이 그러하듯 아름다우면서도 덧없었다. 젊음도 아름답지만 금방 시들고 만다.

다음 날 세 명이 모두 달라붙어 만든 칸막이벽은 아주 예뻤다. 레네는 간간이 딸기를 따러 가거나 염소를 돌보러 나갔고 골드문트는 가까운 곳에 빈 오두막이 있는 것을 발견하고 조그만 의자 두 개, 우유 통 한 개, 질그릇 몇 개, 손도끼 한 개 등을 가져왔다. 그리고 들판에서 길 잃은 닭을 가져오기도 했다.

레네는 골드문트의 사랑을 받으며 행복해했고 세 사람 모두 칸막이벽을 세워둔 그 보금자리를 아름답게 꾸미며 즐거워했다. 빵은 없었지만 염소 한 마리를 발견해서 또 끌고 왔으며 순무가 심겨 있는 밭도 발견했다. 그렇게 하루하루가 흘러갔다. 난로도 만들었으며 개울은 가까운 곳에 있었고 물은 맑고 달콤했다. 그들은 일을 하면서 가끔 노래도 불렀다.

어느 날 세 사람이 함께 염소젖을 마시며 그들의 안락한 생활을 예찬하고 있을 때였다. 레네가 갑자기 꿈꾸는 듯한 어조로 말했다.

"그런데 겨울이 오면 어떻게 해요?"

아무도 대답하지 않았다. 로베르트는 웃었고 골드문트는 이상한 표정으로 앞만 바라보고 있었다. 그러자 레네는 두 사람 중 아무도 겨울 생각은 하지 않는다는 것을, 그들은 결코 한 장소에 오래 머물지 않는다는 것을, 이 집은 집이 아니라는 것을, 자기가 지금 방랑자들 사이에 끼어 있다는 것을 홀연 깨달았다. 그녀는 고개를 떨구었다.

그러자 골드문트가 마치 어린아이에게 말하듯 장난스럽게, 그리고 마치 격려라도 하는 듯 말했다.

"레네, 당신은 농사꾼의 딸이로군. 농사꾼에게는 늘 근심이 많지. 걱정할 것 없어. 흑사병 시기를 넘기면 당신은 집으로 돌아갈 수 있을 거야. 흑사병이 영원히 계속되지는 않아. 흑사병이 끝나면 당신은 부모님들이나 생존해 있는 친척에게 돌아갈 수 있어. 혹은 도시로 돌아가 가정부 일로 빵을 벌 수 있겠지. 하지만 아직은 여름이야. 온 지역에 죽음이 퍼져 있지만 여기는 깔끔하고 우리는 아주 잘 지내고 있어. 여기서 우리는 마음 내키는 대로 오래 있을 수도 있고 짧게 있을 수도 있어."

제13장

233

"여길 떠난 다음에는요?" 레네가 격하게 물었다. "그다음에는 끝이에요? 당신은 가버리고요? 그럼 나는요?"

골드문트는 그녀의 댕기 머리를 잡더니 부드럽게 끌어당기며 말했다.

"바보 같은 아가씨, 당신 벌써 저승사자와 버려진 집들, 성문 앞의 구덩이를 잊었어? 그 구덩이 속에 누워 속옷 바람에 비를 맞는 걸 면한 것만으로도 고마워해야 해. 당신은 거기서 빠져나왔다는 것, 당신의 팔다리에 아직 소중한 생명이 붙어 있다는 것, 당신이 아직 웃으며 노래할 수 있다는 것을 기뻐해야 해."

그녀는 여전히 불만인 것 같았다.

"하지만 저는 떠나고 싶지 않아요." 그녀가 불평했다. "당신을 떠나보내고 싶지도 않고요. 곧 모든 것이 끝나리라는 것을 알고서 어떻게 행복할 수 있어요?"

골드문트는 다시 다정하게 그녀의 불평에 대답해주었다. 하지만 그의 말에는 은근히 위협적인 어조가 들어 있었다.

"귀여운 레네, 이 세상 현자들과 성자들이 골머리를 썩이던 문제야. 오랫동안 지속되는 행복이란 건 없어. 지금 우리가 누리는 것이 당신에게 만족을 주지 못하고 더 이상 당신을 기쁘게 해주지 못한다면 지금 곧바로 이 오두막을 불태워버리겠어.

그리고 각자의 길을 가겠어. 레네, 그 이야기는 이제 그만하자. 이걸로 충분해."

　그녀는 승복했고, 더 이상 그 이야기는 하지 않았다. 하지만 그녀의 기쁨에는 어딘가 그늘이 드리워졌다.

제13장

제14장

　오두막에서의 그들의 생활은 여름이 완전히 끝나기도 전에 그들이 전혀 예상하지도 못한 방식으로 끝이 나버렸다.

　어느 날 골드문트는 새총을 들고 일대를 돌아다니고 있었다. 먹을 것이 거의 바닥이 나서 자고새나 다른 들새라도 잡겠다는 생각에서였다. 레네는 근처에서 딸기를 따고 있었다. 그는 그녀를 생각하면 사랑스럽게 여겨지면서도 약간 화가 나기도 했다. 다시 다가올 가을 이야기를 꺼냈고 미래에 대해 이야기를 했으며 아이를 가진 것 같다며 그를 놔주지 않겠다는 말도 했기 때문이었다. 그는 생각했다.

　'끝이 다가오고 있는 거야. 그러면 나는 로베르트도 남겨두고 혼자 떠나겠어. 겨울이 되면 니클라우스 스승이 살고 있는 대도시로 가야지. 거기서 겨울을 보낸 후 새 신발을 사 신고 다시 방랑길에 오를 거야. 그리고 마리아브론 수도원으로 가서 나르치스를 만나서 인사를 나누자. 그를 본 지가 벌써 10년이 넘은 것 같아. 다만 하루나 이틀뿐일지라도 그를 만나야 해.'

그때였다. 갑자기 들려온 비명 소리에 그는 상념에서 벗어났다. 레네의 목소리 같았다. 그는 소리가 들리는 곳으로 달려갔다. 가까이 가자 그녀가 자신의 이름을 애절하게 부르고 있는 것을 알 수 있었다. 곤경에 처한 것 같은 목소리였다.

마침내 그녀의 모습이 보였다. 그녀는 벌판에 무릎을 꿇고 앉아 있었다. 상의가 완전히 찢긴 채 자신을 범하려는 어떤 사내와 비명을 지르며 싸우고 있었다. 골드문트는 번개처럼 사내에게로 달려갔다. 그의 마음속 노여움과 불안과 슬픔이 그 미지의 괴한을 향한 분노로 폭발해버린 것이다. 놈이 레네를 땅바닥에 눕히고 범하려는 순간 골드문트는 놈을 덮쳤다. 그녀의 벌거벗은 가슴에서는 피가 흐르고 있었고 놈은 탐욕스럽게 그녀를 움켜잡고 있었다. 골드문트는 놈에게 달려들어 두 손으로 놈의 목을 졸랐다. 반항하는 그의 목을 계속 누르자 그는 힘없이 늘어졌고 골드문트는 놈을 바위가 있는 곳까지 끌고 갔다. 그는 이미 반쯤 숨이 넘어가 있었다. 골드문트는 그의 몸을 일으켜

제14장

세운 다음 놈의 머리를 바위에 두세 번 세차게 내리쳤다. 그의 목이 부러졌고 골드문트는 놈의 몸을 던져버렸다. 그래도 그의 분은 가라앉지 않았다. 그는 놈의 몸을 더 박살내고 싶었다.

레네는 눈이 부신 듯 그를 바라보고 있었다. 가슴에서는 여전히 피가 흐르고 있었고 몸을 부들부들 떨면서 가쁜 숨을 몰아쉬고 있었지만 정신은 말짱했다. 그녀는 황홀한 듯 존경의 눈길로 자신의 기운 넘치는 연인이 괴한을 질질 끌고 가서 목을 부러뜨리고 몸을 던져버리는 광경을 바라보았다. 레네는 벌떡 일어나서 골드문트의 가슴에 쓰러지듯 안겼다. 그러나 갑자기 얼굴이 해쓱해지더니 다시 딸기 덩굴 위로 쓰러졌다. 아직 공포가 남아 있었던 것이다. 하지만 그녀는 곧바로 다시 일어났다. 골드문트가 그녀를 부축한 채 둘은 함께 오두막을 향해 걸어갔다. 골드문트는 긁힌 상처가 난 그녀의 가슴을 씻어주었다. 다른 가슴에는 괴한이 이빨로 깨문 상처가 나 있었다.

오두막으로 돌아온 골드문트는 깜짝 놀라며 궁금해하는 로베르트에게 대강 자초지종을 이야기해주었다. 그러자 로베르트가 말했다.

"목을 부러뜨렸다고? 굉장하군! 골드문트, 자네는 정말 무서운 사람이야!"

골드문트는 더 이상 긴 이야기를 하고 싶지 않았다. 밤이 되어 레네가 잠이 들자 그녀를 내려다보며 골드문트는 이 보금자리 놀이도 이제 끝이라고 생각했다. 그런데 한 가지 모습이 그의 뇌리를 떠나지 않았다. 사내의 머리를 바위에 내리친 뒤 죽은 몸을 던져버리는 자신의 모습을 바라보던 레네의 시선이었다. 기묘한 시선이었다. 그는 자신이 결코 그 시선을 잊을 수 없으리라는 것을 알았다. 놀라움과 기쁨으로 크게 뜬 그녀의 두 눈은 자부심과 승리감으로 빛나고 있었으며 복수와 살인에 직접 참여하고 싶다는 강렬한 욕구를 드러내고 있었다. 그는 여인의 얼굴에서 그런 시선은 본 적이 없었고 상상해본 적도 없었다. 만일 그 시선을 보지 못했더라면 몇 년이 흐른 뒤에는 레네의 얼굴을 잊었을 것이다. 그 시선은 농사꾼의 딸의 얼굴을 아름답고도 무서운 얼굴로 만들었다. 몇 달 동안 그는 '그래, 바로 저런 눈을 그려야 해'라는 소망을 일깨운 눈을 보지 못했었다. 그런데 레네의 시선은 그를 그런 소망으로 떨게 만들었다.

골드문트는 잠을 이룰 수 없어 밖으로 나갔다. 날은 서늘했고 불어오는 미풍에 자작나무가 살랑살랑 흔들렸다. 그는 어둠 속을 서성이다가 바위 위에 앉아 깊은 상념과 슬픔에 잠겼다. 그는 빅토르에 대해서, 오늘 살해한 사내에 대해서 슬픔을 느

제14장

239

졌다. 그는 자신의 영혼이 지니고 있던 순수함과 순진함을 잃은 것에 대해 슬펐다. 수도원과 나르치스를 떠난 것이, 니클라우스 스승을 모독하고 아름다운 리즈베트를 단념한 것이, 이렇게 황야에 캠프를 차리고 길 잃은 가축들을 노리면서 그런 불쌍한 친구를 돌로 쳐 죽이기 위해서였던가? 이런 게 의미가 있는가? 과연 경험할 만한 일인가? 무의미함과 자신에 대한 모멸감으로 그의 가슴은 답답했다. 그는 바위 위에 누워 밤하늘을 응시했다. 오랫동안 하늘을 그렇게 바라보고 있자니 좀 전의 상념이 사라졌다. 그는 자신이 하늘을 올려다보고 있는 것인지, 아니면 자신의 칙칙한 내면세계를 들여다보고 있는 것인지 구분할 수 없었다. 그가 바위 위에서 살짝 잠이 들려는 순간 흘러가는 구름 속에 커다란 얼굴이 갑자기 번개처럼 나타났다. 이브의 얼굴이었다. 묵직한 채 베일에 싸여 있던 것 같은 그 시선이 갑자기 번쩍 떠졌다. 그 커다란 눈에는 관능과 살기가 가득 차 있었다. 골드문트는 이슬이 내릴 때까지 밖에서 잠을 잤다.

다음 날 레네는 흑사병에 걸린 것으로 판명이 났다. 겁에 잔뜩 질린 로베르트는 오두막 안은 물론, 골드문트에게도 가까이 오려 하지 않았다. 이튿날 레네의 병은 더 악화되어 있었다. 골드문트는 로베르트를 떼어낼 기회라고 생각하고 그에게 자신도 감염되었다고 말했다. 로베르트는 그 길로 사라져버렸고 다시는 나타나지 않았다. 그다음 날 밤 레네는 숨을 거두었다. 그녀는 아무런 하소연도 없이 짧게 한번 움찔하더니 그대로 숨을 거두었다. 그 모습을 바라보며 골드문트의 마음이 크게 흔들렸다. 죽어가던 생선들이 떠올랐다. 예전에 어시장에서 그가 종종 바라보던 죽은 생선들처럼 그녀도 그렇게 목숨이 꺼져버렸다. 그는 한동안 레네 곁에 무릎을 꿇고 앉아 있었다. 잠시 후 그는 오두막에 불을 지른 후 그곳을 떠났다. 이토록 슬픔에 젖어 길을 떠난 적은 한 번도 없었다.

그를 맞이한 현실은 그가 생각했던 것보다 훨씬 나빴다. 이지역 전체가 죽음의 구름에 덮여 있었다. 하지만 사람이 죽어나간 집들, 땅에 묻히지도 못한 시체들, 시체를 아무렇게나 쌓아 놓은 성문 밖의 구덩이들 등, 온갖 죽음의 모습들이 최악이 아니었다. 최악은 바로 살아 있는 사람들이었다. 부모는 병든 아이들을 버렸고 남편은 병든 아내를 버렸다. 흑사병으로 죽은 시체를 나르는 인부들은 마치 사형집행인처럼 위세를 부렸으며 텅 빈 집을 노략질했고 시체를 땅에 묻지도 않고 버렸으며 심지어 채 숨도 거두기 전에 환자를 시체 운반 수레에 싣기도 했다. 또한 살아남은 사람들은 죽음의 공포에 질린 채 폐인이 되었으며 술과 춤 등 온갖 향락에 빠지기도 했다. 하지만 그뿐이 아니었다. 더 최악의 경우가 있었다. 모든 사람들이 이 견디기 어려운 참상에 대해 속죄양을 찾았다. 사람들은 이 전염병에 책임이 있는 극악무도한 자를 알고 있다고 떠들어댔다. 그들은 악마와 결탁한 자들이 흑사병으로 죽은 시체에서 병균을 뽑아내어 담벼락과 문고리에 바르고 우물에 넣고 가축에 주입해서 죽음을 퍼뜨리고 있다고, 남들의 불행한 모습을 보며 기뻐하고 있다고 주장했다. 많은 사람들이 그런 혐의를 받고 재판관이나 폭도들에 의해 희생당했다. 부자들은 가난한 사람들에게 죄를 뒤집어씌웠고 반대의 경우도 있었다. 모든 사람들이 유대인이나 프랑스인, 혹은 의사들의 소행이라고 떠들었다. 어느 도시에서 골드문트는 집들이 다닥다닥 붙어 있는 유대인 거리가 온통 불타고 있는 모습을 보고 격분했다. 사람들이 제정신이 아니었기에 도처에서 죄 없는 사람들이 맞아 죽고 화형에 처해지고 고문대에 올랐다. 골드문트는 분노와 역겨움을 느끼지 않을 수 없었다. 세상은 파괴되고 독에 오염된 것 같았다. 이 지상에 더 이상 기쁨도, 순수함도, 사랑도 존재하지 않는 것 같았다. 그는 종종 향락에 빠져든 자들의 놀이와 춤 속으로 도망가기도 했다. 또한 절망적인 술판에 끼어들기도 했다.

하지만 그는 두렵지 않았다. 그는 옛날에 이미 죽음을 경험한 적이 있었다. 겨울밤, 전나무 아래에서 빅토르의 손이 자신의 목을 누르고 있을 때도 경험했고 방랑의 나날 동안 몇 번이나 추위와 굶주림으로 사경을 헤맬 때도 경험했다. 그때 그는 그 죽음과 맞서 싸움으로써 그 죽음에서 벗어났다. 하지만 흑사병으로 인한 죽음과는 싸울 수 없었다. 그냥 거기에 온몸을 맡겨버리는 수밖에 없었다. 하지만 그는 두렵지 않았다. 죽음에 유린당한 땅을 매일 보고 지나오면서 그는 목숨이 아무것도 아니라는 생각에 이미 익숙해져 있었다. 그는 오히려 온갖 죽음들에 대해 억누를 수 없는 호기심을 느꼈다. 그는 그 어떤 상황도 피하지 않고 어디를 가든 늘 죽음이 존재하는 현장에 있고 싶었다. 그는 두 눈을 똑바로 뜨고 이 지옥을 통과하고 싶었다.

그는 텅 빈 집에서 곰팡이 핀 빵을 먹었고 거의 미친 자들과의 술자리에서 노래를 부르며 포도주를 마셨다. 그는 이내 시들어버리는 관능적 쾌락에 몸을 맡기기도 했고 여인들의 취한 눈길에 자신의 눈길을 주기도 했으며 취해서 멍해진 자들의 눈길, 죽어가는 사람들의 꺼져가는 눈길과 마주하기도 했다. 그는 절망에 빠져 열에 들뜬 여인들을 사랑하기도 했으며 시체들을 나르고 한 접시의 수프를 얻어먹기도 했고 시체들 위에 흙

제14장

243

을 덮어주고 동전 두 닢을 받기도 했다. 세상은 어두워졌고 광포해졌다. 어디서나 죽음의 노랫소리가 울부짖듯 들려왔으며 골드문트는 귀를 활짝 열고 타오르는 듯한 열정으로 그 노랫소리에 귀를 기울였다. 그는 누구나 죽을 수밖에 없다는 냉혹한 현실을 느끼기 위해 귀를 기울인 것이 아니었다. 그가 그리고 싶은 그림은 그런 죽음의 냉정함과 참혹함을 보여주는 그림이 아니었다. 그의 내면에서는 앙상하고 엄격한 죽음의 멜로디가 울리고 있는 것이 아니었다. 그것은 차라리 감미롭고 유혹적인 울림, 고향을 떠올리는 어머니 같은 울림이었다. 죽음이 삶 속으로 그 손길을 뻗치는 그곳에서는 날카롭고 호전적인 소리뿐 아니라 깊은 사랑의 소리, 저 가을날처럼 풍성한 소리도 들리고 있었다. 그곳은 죽음이 가까워지면서 생명의 작은 불꽃은 더 밝고 맹렬하게 타오르는 바로 그런 곳이었다. 죽음이 다른 이들에게는 전사나 재판관 혹은 사형집행인이나 엄격한 아버지일 수 있었다. 하지만 골드문트에게 죽음은 어머니였고 애인이었으며 죽음의 부름은 그를 유혹하는 다정한 몸짓이었으며 죽음의 손길은 그를 떨리게 만드는 애정의 손길이었다.

골드문트의 목적지는 니클라우스 스승이 살고 있는 도시였다. 하지만 그곳으로 향하는 도중에 그는 여전히 수많은 경험을 했다. 흑사병 지역에 있는 사람들 모두가 어느 정도 제정신이 아니었듯이 골드문트 역시 제정신이 아니었기에, 또한 그가 목격한 죽음과 죽음의 냄새 자체에 끌렸기에 니클라우스 스승이 살고 있는 도시를 향한 그의 발길은 느리기만 했다. 도중에 그에게 하루를 허비하게 한 유대인 소녀 레베카도 미쳐 있었는지 모른다.

그는 어느 소도시 외곽에서 그녀를 만났다. 소녀는 아버지를 잃고 들판에서 홀로 머리칼을 쥐어뜯으며 울고 있었다. 소녀는 아름다웠다. 골드문트가 그녀 곁으로 가서 물은 결과 그녀의 아버지는 다른 열네 명의 유대인과 함께 화형에 처해졌다는 것을 알게 되었다. 골드문트는 그녀를 도와 그녀의 아버지의 한 줌 뼈를 묻어주었다. 아버지의 뼈를 무사히 묻은 그녀는 계속 흐느끼다가 잠이 들었고 골드문트도 잠든 그녀의 모습을 바라보다가 깜빡 잠이 들었다.

아침이 되자 골드문트는 그녀에게 자신과 함께 가자고 달래기 시작했다. 그녀를 혼자 두고 떠나면 그녀도 곧 죽음을 맞을 것 같았고 온갖 위험을 겪을 것 같아서 보호 본능이 발동한 것이다. 하지만 그녀는 그의 제안을 무시하고 당당한 표정으로 말했다. 그녀의 표정에는 단호한 거부의 뜻이 분명하게 나타나

제14장

245

있었다. 그녀는 증오와 경멸이 담긴 목소리로 말했다.

"당신 같은 기독교인들은 늘 그런 식이지요! 처음에는 당신네들이 죽인 사람의 딸이 아버지를 묻는 것을 도와주지요. 그런데 매장이 끝나자마자 그 딸을 차지하고 희롱하려 들어요. 당신네들을 모두 합쳐봐야 우리 아버지 손톱만도 못해요. 당신네들은 다 똑같아요. 처음에는 당신이 좋은 사람일지도 모른다고 생각했어요. 하지만 그럴 리가 없지요. 오, 당신들은 돼지예요!"

그녀가 외치는 동안 골드문트는 그녀의 눈을 바라보았다. 그 증오 뒤의 그 무언가가 그에게 감동을 주었고 그를 부끄럽게 했으며 그의 마음에 깊은 여운을 주었다. 그는 그녀의 눈에서 죽음을 보았다. 하지만 그 죽음은 숙명적으로 받아들여야만 하는 죽음이 아니었다. 그것은 그녀가 소망하는 죽음이었다. 그녀의 눈길에는 제발 죽게 해달라는 소망이 나타나 있었고 대지의 어머니의 부름에 말없이 따르고 복종하겠다는 뜻이 나타나 있었다.

골드문트가 그녀에게 부드럽게 말했다.

"레베카, 네가 옳을지도 몰라. 네게 선의로 제안을 한 것이지만 나는 좋은 사람이 아니야. 용서해주렴. 이제야 너를 이해할 수 있을 것 같아."

그는 모자를 벗어 마치 여왕을 대하듯 깊이 고개 숙여 공손하게 인사한 후 길을 떠났다.

이제 여름이 끝났다. 많은 사람들이 가을이 되면, 최소한 초겨울이 되면 질병이 그칠 것이라고 생각했지만 가을이 되어도 기쁨은 찾아오지 않았다. 골드문트는 서서히 목적지에 가까워지고 있었다. 그는 다시 한번 작업실에서 창작에 몰두할 수 있는 행운을 맛보기 전까지는 결코 죽고 싶지 않았다. 그렇게 창작열에 불타고 있던 골드문트는, 우연히 들르게 된 어느 성당에서 또다시 새로운 경험을 했다.

어느 날 그는 어느 성당 앞을 지나가게 되었다. 성당 정문 현관에는 움푹 들어간 벽감이 있었고 그곳에 많은 수의 아주 오래된 석상들이 있었다. 그가 수없이 보아 왔던 천사 석상, 사도들과 순교자들의 석상이었다. 마리아브론 수도원에도 이런 석상들이 많이 있었다. 젊은 시절 그는 그것들을 바라보면서 별 감흥을 느끼지 못했다. 아름답고 위엄이 있었지만 어딘가 너무 장엄했고 경직되었으며 구식 냄새가 났다. 그가 니클라우스 스승의 마리아상에 매혹된 이후로는 이런 오래된 석상들이 지나치게 무겁고 경직되어 있으며 낯설다는 것을 분명히 알게 되었다. 그는 스승의 새로운 창작 방식이 훨씬 생동감 있고 그 내면에 영혼이 살아 꿈틀거린다고 생각했고 이런 상들에 대해서는 일종의 경멸감까지 품었었다. 그런데 이미지들로 충만한 세계를 두 번째로 순례하고 돌아온 지금, 온갖 험한 모험과 경험의 상흔들이 그의 영혼에 새겨진 채 새로운 창작에 대한 고통스러운 갈망을 가득 품고 있는 지금, 이 엄격한 고대의 석상들이 갑자기 어마어마한 힘으로 그의 마음을 뒤흔들었다. 그는 경건한 마음으로 이 장엄한 석상들 앞에 섰다. 이 석상들 안에는 오래전 사람들의 마음이 여전히 살아 있었으며 오래전에 사라진 세대들의 불안과 기쁨이 수 세기가 지난 지금도 여전히 딱딱한 돌 속에 살아남아 시간의 흐름에 저항하고 있었다. 황폐해진 골드문트의 마음속에 경외심과 더불어 전율이 일었고 자신의 낭비해버린 삶, 망쳐버린 삶에 대한 두려움이 밀려왔다. 그는 아주 오랫동안 해오지 않던 일을 했다. 고해실을 찾은 것이다. 그는 고해를 하고 벌을 받고 싶었다.

성당에 고해실은 많았지만 어느 고해실에도 신부는 없었다. 그들은 죽었거나 병원에 누워 있거나 도망간 것이었다. 교회는 텅 비어 있었다. 그는 어느 빈 고해실로 들어가 무릎을 꿇고 창살을 향해 고해를 했다.

"주여, 제 꼴을 보아주소서. 저는 속세로부터 돌아왔나이다.

저는 흉악하고 쓸모없는 인간이 되고 말았습니다. 젊은 시절을 탕아로서 낭비해버렸으며 남은 것은 아무것도 없나이다. 살인과 도둑질을 저질렀고 간음을 했으며 게을렀고 남들의 음식을 빼앗아 먹었습니다. 주여, 어찌하여 저희를 이런 식으로 만드셨으며 저희를 이런 식으로 인도하시나이까? 저희는 주님의 자식이 아닌가요? 주님의 아드님은 저희를 위하여 돌아가신 게 아니었나요? 저희를 안내해줄 성자나 천사는 없는 것인가요? 그 모든 것은 아이들에게나 들려주기 위해 그럴싸하게 지어낸 이야기일 뿐인가요? 신부님들조차 비웃을 그런 이야기였나요? 주여, 저는 주님을 의심할 수밖에 없습니다. 주님은 세상을 잘못 창조하셨고 질서를 잘못 세우셨습니다. 저는 시체가 즐비한 집들과 거리들을 보았습니다. 자기 집에 숨어 있거나 도망가는 부자들을 보았고 형제들을 묻지 않고 길에 내팽개쳐두는 가난한 사람들을 보았습니다. 유대인들이 짐승처럼 맞아 죽었습니다. 결백한 사람들이 고통받고 죽는 것을 보았으며 사악한 자들이 성공을 누리는 것을 보았습니다. 주님, 당신은 저희를 완전히 잊으신 건가요? 저희를 버리신 건가요? 당신은 당신의 피조물에 염증을 느끼시고 우리들이 멸망하기를 원하시는 건가요?"

제14장

그는 탄식하며 다시 정문 쪽으로 가서 말 없는 천사와 성자들의 석상들을 바라보았다. 석상들은 주름진 의복을 입은 채 수척한 모습들이었다. 그것들은 무표정했고, 범접할 수도 없었으며 초인적인 존재로 보였다. 하지만 그 석상들은 인간의 손과 정신에 의해 창조된 것들이었다. 그들은 꼿꼿한 모습으로 그 어떤 기도나 질문이 닿을 수 없다는 듯 귀머거리인 양 성당의 좁은 벽감 안에 그렇게 서 있었다. 하지만 세대와 세대를 거쳐 수많은 인간들이 죽어갔음에도 불구하고 그렇게 위엄 있고 아름답게 살아남아 있다는 사실 자체가 무한한 위안이었으며 죽음과 절망에 대한 당당한 승리였다.

오, 불쌍한 아름다운 소녀 레베카, 오두막과 함께 타버린 불쌍한 레네, 사랑스러운 뤼디아, 스승 니클라우스도 이곳에 서 있을 수 있다면! 그들도 언젠가는 이곳에 서서 영원히 살아남으리라! 그가 그들을 이곳에 세워놓으리라. 지금 그에게 사랑과 고통을 의미하는 그 형상들이 후세 사람들 앞에서는 이름도 사연도 없이, 인간의 삶의 말 없는 상징으로 이곳에 서 있게 되리라.

제15장

드디어 목적지에 도착했다. 이 도시로 오는 도중에 그는 이 곳에도 흑사병이 덮쳤고 주교는 도시를 떠나 시골의 어느 성으로 몸을 피했으며, 대신 황제의 칙사가 파견되어 비상 법령을 선포하고 시민들의 생명과 재산을 지키는 일을 수행 중이라는 소문을 들었다. 하지만 골드문트에게 그런 것은 아무런 상관이 없었다. 자신이 다시 일할 수 있는 작업실만 있다면 더 이상 바랄 것이 없었다. 그런데 그가 이 도시에 도착해보니 흑사병은 이미 진정되어 있었다. 사람들은 주교가 귀환하고 황제의 칙사가 물러나 평화로운 일상을 되찾기를 고대하고 있었다.

이 도시로 돌아와 친근하던 것들을 다시 보니 골드문트는 이상하게 가슴이 뭉클했다. 그가 생전 처음 느껴보는 감정이었다.

그는 자제하기 위해 그답지 않게 엄숙한 표정을 지었다. 오, 모든 것이 그대로였다! 성문, 아름다운 분수, 성당의 낡은 탑, 성당의 맑은 종소리, 환하게 밝은 시장, 이 모든 것이 그를 기다리고 있었다. 골목길을 지나며 한 집 한 집 알아볼 수 있게 되자 그는 눈물이 나올 것 같았다. 혹시 자신은 결국 어딘가 뿌리내리고 정착한 사람들을, 그들의 안정된 집을 부러워했던 것이 아닐까? 가정과 일터에서 아내와 자식들과 하인들과 이웃들과 편하게 지내고 싶었던 것은 아닐까?

늦은 오후였다. 그 어디에도 죽음과 광기가 찾아와 사람들을 공포에 질리게 했었다는 흔적은 찾을 수 없었다. 오, 모든 것은 그 얼마나 빨리 지나가는가! 얼마 전까지만 해도 흑사병이 기승을 부렸고 시체를 치우는 인부들이 판을 쳤지만 지금은 다시 생활 리듬이 회복되어 사람들이 웃고 장난치고 있는 것이었다. 그렇다면 골드문트라고 해서 다를 것인가? 아니다, 그도 마찬가지였다. 그 역시 재회의 감격에 젖어 있었고 마치 이전에 죽음도, 레네도, 유대인 처녀도 없었다는 듯이 정착한 사람들을 향해 감사하는 마음을 활짝 열어놓고 있었다.

골드문트는 잠시도 지체하지 않고 스승의 집으로 향했다. 이윽고 목적지에 도착해서 손잡이를 잡는 순간 그는 깜짝 놀랐다. 문이 잠겨 있었던 것이다. 예전 같으면 환한 대낮에 이 집 문이 잠겨 있던 적은 없었다. 그는 불안한 마음으로 문을 두드렸다.

그가 이 집에 처음 왔을 때 그를 맞아주었던 노파가 나와서 문을 열어주었다. 그녀는 골드문트를 알아보지 못했다. 골드문트는 걱정스러운 목소리로 스승의 안부를 물었다. 그러자 그녀가 의혹의 눈길을 던지며 말했다.

"스승이라고? 여기 그런 분 없수. 얼른 딴 데로 가보시우."

노파는 골드문트를 집 안에 들어서지 못하게 했다. 그는 노파의 팔을 붙들고 소리쳤다.

"마르그리트 할멈! 무슨 말을 그렇게 해요! 나, 골드문트예요! 나를 모르겠어요? 니클라우스 스승님을 만나야 해요!"

게슴츠레한 노파의 눈에 반기는 기색은 전혀 없었다. 그녀는 매몰차게 말했다.

"니클라우스 스승이란 사람은 없수! 돌아가셨어. 이렇게 서서 입씨름할 힘도 없으니 어서 가던 길이나 가슈."

골드문트는 모든 것이 무너지는 것 같았다. 그는 막아서는 노파를 밀치고 안으로 들어서서 어두운 복도를 지나 작업실로

제15장

253

달려갔다. 작업실은 자물쇠로 잠겨 있었다. 그는 큰 소리로 스승의 딸 리즈베트를 불렀다.

문이 열리고 리즈베트가 나타났다. 하지만 그는 단번에 그녀의 모습을 알아보지 못했다. 그는 가슴이 저려왔다. 좀 전에 문이 잠겨 있는 것을 보는 순간 마치 무슨 악몽이라도 꾸는 듯 으스스한 기분을 느꼈었는데 그녀의 모습을 보니 등골이 오싹했다. 그토록 아름답고 당당하던 리즈베트가 등이 구부정한 채 사나운 표정으로 나타난 것이다. 누렇게 뜬 얼굴에는 병색이 완연했고 아무런 장식도 없는 검은 옷을 걸치고 있었으며 눈은 초점이 없었고 안절부절못하는 태도였다.

골드문트가 더듬더듬 말했다.

"실례입니다만, 저를 못 알아보시겠습니까? 저는 골드문트입니다. 정말 아버님께서 돌아가셨습니까?"

골드문트는 그녀가 그제야 자기를 알아보았음을 알 수 있었다. 동시에 자신이 이 집에 결코 좋은 기억을 남겨놓지 않았다는 것도 알 수 있었다.

"골드문트 씨라고요?" 그녀가 입을 열었다. 이전의 오만함이 조금은 남아 있는 말투였다. "헛걸음하셨군요. 아버지께서는 돌아가셨어요. 마르그리트가 밖으로 안내해드릴 테니 어서 가보세요."

반쯤은 화가 난 것 같기도 하고 반쯤은 두려워하는 것 같기도 한 목소리였다. 만일 그녀에게 용기가 있었다면 욕을 퍼부으며 골드문트를 밖으로 내쫓았을 것만 같았다.

골드문트는 쫓기듯 밖으로 나왔다. 노파가 뒤에서 문을 쾅 닫고 빗장을 질렀다. 골드문트는 강둑 쪽으로 발길을 돌려 강물이 내려다보이는 곳에 앉았다. 그가 전에 자주 오던 곳이었다. 날은 이미 어두워져 있었다. 강에서 찬 바람이 불어왔다. 그의 상념 속에서 세상은 다시 죽음으로 가득 차 있었다. 그는 눈물을 흘렸고 손등과 무릎 위로 따뜻한 눈물방울이 떨어져 내렸다. 그는 스승의 죽음을, 리즈베트의 잃어버린 아름다움을 생각하며 울었고 레네를, 로베르트를, 유대인 처녀를, 자신의 망가진 젊음을 생각하며 울었다.

밤이 이슥해진 뒤 그는 전에 자주 가던 술집으로 들어섰다. 다행히 여주인이 그를 알아보고 반갑게 맞아주었다. 여주인은 그에게 빵과 포도주를 내주었다. 하지만 그는 그것들을 거들떠보지도 않은 채 긴 의자에 드러누워 그대로 잠이 들었다. 다음 날 아침 여주인이 그를 깨웠다. 그는 그녀에게 고맙다고 치하한 후 어제 받은 빵을 먹으며 길을 걸었다.

제15장

그는 전에 자신이 살던 집이 있던 어시장 쪽으로 발걸음을 옮겼다. 죽어가는 생선들을 바라보며 불쌍해하고 슬퍼했던 곳이었다. 하지만 지금은 그때 자신이 왜 그렇게 슬퍼했는지조차 알 수 없었다. 그렇다. 그렇게 슬픔도 지나가버렸고 기쁨도 절망도 그렇게 지나가버렸다. 오, 오늘 자신이 느끼는 고통도 그렇게 될 것인가? 스승이 자신에게 원망을 품고 죽었으리라는 그 절망감, 작업실이 폐쇄되어 더 이상 창작의 행복을 맛볼 수 없게 되었다는 절망감 역시 언젠가는 잊히고 그냥 낡은 추억이 되고 말 것인가? 그렇다, 이 고통 역시 언젠가는 잊히고 말 것이다. 영속하는 것은 아무것도 없다. 고통도 마찬가지이다.

그가 생선들을 들여다보며 이런저런 생각에 잠겨 있는데 누군가가 상냥한 목소리로 조심스럽게 그의 이름을 불렀다.

"골드문트 선생님!"

아주 수줍은 목소리였다. 골드문트가 고개를 돌려보니 가냘프고 병약해 보이는 검은 눈의 처녀 모습이 보였다. 골드문트는 누구인지 알아보지 못했다. 그러자 그녀가 다시 말했다.

"골드문트 선생님 맞지요? 언제 돌아오셨어요? 저를 못 알아보시겠어요? 저 마리예요."

그래도 그는 그녀를 알아보지 못했다. 그녀는 자기가 골드문트가 하숙했던 집의 딸이며 그가 떠나던 날 우유와 빵을 대접했다는 설명을 해야만 했다. 그 이야기를 하면서 마리는 얼굴을 붉혔다.

그렇다, 마리였다. 그제야 모든 것이 생각났다. 자신이 떠나올 때 마치 종교 의식을 거행하듯 경건하게 입맞춤을 해주었던 것도 생각났다.

마리는 앞장서서 그를 그녀의 집으로 안내했고 그는 사양하지 않고 따라갔다. 그녀의 가족들은 그를 반겼다. 마리의 부모의 방에는 전에 그가 그려준 그림들이 걸려 있었다. 골드문트는 그들에게서 스승의 죽음에 관한 자세한 사연도 들을 수 있었다. 스승은 흑사병으로 죽은 것이 아니었다. 흑사병에 걸린 것은 딸 리즈베트였는데 병상에서 딸을 간호하다가 딸이 완쾌되는 모습을 보지도 못한 채 먼저 죽은 것이었다. 리즈베트는 목숨을 건졌지만 아름다움을 잃고 말았다.

흑사병이 이 도시를 휩쓸 때의 이야기도 들을 수 있었다. 흑사병이 창궐하자 이 도시도 다른 도시와 마찬가지로 약탈이 횡행했고 게다가 주교가 이 도시를 떠나자 완전히 무법천지가 되었다. 그러자 마침 인근에 있던 황제가 하인리히 백작을 칙사로 급파했고 백작은 기사들과 병사들을 데리고 와서 이 도시의

제15장

257

치안을 바로 잡았다. 하지만 그는 철권통치로 악평이 높았고 게다가 아그네스라는 이름의 애첩이 둘도 없는 요부라는 평도 자자했다. 사람들은 어서 주교가 돌아오고 백작이 물러갈 날만을 간절한 심정으로 기다리고 있었다.

골드문트는 그 집에 머물렀다. 단순히 휴식을 위해서 머문 것이 아니었다. 예술 작업을 하고 싶다는 불타는 욕구 때문이었다. 작업실이 없어도, 부족한 것이 많아도 상관없었다. 그냥 공간과 도구만 있으면 되었다.

며칠 동안 골드문트는 방에서 그림만 그렸다. 마리가 마련해 준 종이와 붓으로 그림을 그리면서 그는 몇 시간이고 방에 죽치고 들어앉아 있었다. 그는 레네의 얼굴을 몇 번이나 그렸고, 언젠가 시골 농가에서 보았던 죽은 소년의 얼굴을 그렸으며, 시체를 가득 실은 수레를 그렸다. 그는 유대인 소녀 레베카도 몇 번이나 그렸으며 자기 자신의 모습도 그렸다. 또한 전에 보았던 리즈베트의 오만한 얼굴도 그렸고 하녀 마르그리트 할멈의 찡그린 얼굴, 다정하면서도 엄하던 스승 니클라우스의 얼굴도 그렸다. 또한 대지의 어머니를 암시하는 듯한 형상을 몇 번이나 그렸다. 두 손을 모으고 앉은 채 우수에 찬 눈길 아래 미소가 살짝 스쳐 가는 모습이었다. 또한 그는 마리의 얼굴을 그려서 마리에게 선물하기도 했다.

그렇게 그림을 그리면서 그는 자신의 영혼을 그토록 무겁게 짓누르던 짐에서 벗어날 수 있었다. 그는 그림을 그리는 동안 자신이 어디에 있는지도 잊을 수 있었다. 그는 오로지 책상과 흰 종이와 촛불만으로 이루어진 세계 속에서 살고 있었다. 이어서 그는 그런 꿈같은 세계에서 깨어났다. 그는 다시 최근에 일어났던 사건들을 의식하게 되었고 이제 다시 세상을 유랑할 때가 되었음을 깨달았다. 그는 도시를 배회하기 시작했다. 그렇게 도시를 배회하면서 그는 동시에 두 가지 야릇한 느낌에 젖어 있었다. 재회의 느낌과 이별의 느낌이 바로 그것이었다.

그렇게 시내를 돌아다니던 도중 그는 한 여자를 만나게 되었다. 그녀를 보는 순간 마구 흩어져 있던 그의 감정들이 하나의 중심을 향해 결집되었다. 말을 타고 있는 그녀는 금발에 푸른 눈이었으며 약간은 차가워 보이면서도 그 무언가를 향한 호기심을 숨김없이 드러내고 있었다. 또한 그녀의 얼굴은 관능적 쾌락으로 활짝 꽃피어 있었으며 스스로에 대한 자신감으로 충만해 있었다. 세상을 향해 닫혀 있거나 전혀 거리를 두고 있지 않은 채 이 세상의 모든 향기를 다 맡아보겠다는 욕구로 꿈틀

제15장

259

거리고 있는 것 같았다.

골드문트는 그녀를 본 순간 눈이 휘둥그레졌다. 그는 이토록 당당한 여성과 한번 겨뤄보고 싶다는 욕망에 사로잡혔다. 그녀를 정복한다는 것이 그의 고결한 임무처럼 여겨졌으며 그녀를 손에 넣으려다 목이 부러진다 해도 결코 치욕스런 죽음이 아닐 것 같았다. 그는 이 금발의 암사자가 자기와 동류인 듯 느껴졌다. 감각이나 영혼도 풍성할 것이며 그 어떤 공격도 기꺼이 받아들일 것 같았다. 야성적인 동시에 섬세한 여성, 온갖 정열적 모험에도 몸을 맡길 여성임을 그는 금세 느낄 수 있었다.

그는 말을 타고 곁을 지나가는 그녀의 모습에서 눈길을 떼지 않았다. 말아 올린 금발과 파란색의 옷깃 사이로 팽팽한 목덜미가 드러나 있었다. 그 목은 강인하고 도도해 보이면서도 어린아이 피부처럼 부드러웠다. 골드문트는 자기가 지금껏 본 여자 중에 가장 아름다운 여자임을 인정하지 않을 수 없었다. 그는 그 목을 만져보고 싶었고 시리도록 푸르른 그녀의 눈 속에 감추어진 비밀을 드러내고 싶었다.

그녀가 누구일까? 단 한 번 묻는 것만으로 쉽게 답을 얻을 수 있었다. 그녀는 바로 칙사의 애첩 아그네스였다. 그는 그 사실을 알고도 별로 놀라지 않았다. 황제의 비가 되기에도 전혀 손색이 없던 때문이었다. 그는 샘가에서 걸음을 멈추고 자신의 모습을 비춰보았다. 그 금발의 여인과 너무나 잘 어울리는 용모였다. 다만 제대로 가꾸지 않아 거칠어져 있을 뿐이었다. 그는 당장에 이발사를 찾아가 깔끔하게 이발과 면도를 하고 단정하게 머리를 빗었다.

골드문트는 이틀 내내 그녀 뒤를 따라 다녔다. 아그네스가 성에서 나오면 미지의 금발 청년이 성문 옆에서 경탄의 눈으로 그녀를 뚫어져라 바라보았다. 그녀가 성벽을 돌아가면 그 금발의 청년이 숲에서 튀어나왔다. 그녀가 대장간에 들렀다가 나올 때도 그녀는 그 미지의 청년과 마주쳤다. 그녀는 위엄 있는 눈길로 그를 흘낏 바라보았다. 그녀의 콧날이 가볍게 떨리고 있었다. 다음 날 그 미지의 청년이 여전히 자신을 기다리고 있는 것을 보자 그녀는 도발적인 미소를 그에게 보냈다. 그 옆에는 백작도 있었다. 자신감에 찬 호남이었지만 이미 머리가 희끗희끗했고 얼굴에는 근심이 서려 있었다. 골드문트는 자신이 유리하다고 느꼈다. 그는 이 목숨을 건 도전에 짜릿함을 느꼈다.

사흘째 되는 날 아침 아그네스는 시종을 대동한 채 말을 타고 성 밖으로 나왔다. 그녀는 어느새 미지의 청년을 눈으로 찾고 있었다. 그녀는 시종을 심부름 보낸 뒤 혼자서 천천히 다리

제15장

위로 말을 몰았다. 뒤를 돌아보니 미지의 청년이 여전히 뒤따라오고 있었다. 성 바이트 성당으로 접어드는 길에 이르자 그녀는 멈춰 서서 청년을 기다렸다. 이 시간쯤에는 지나다니는 사람이 거의 없었다. 반 시간쯤 지났을 때 미지의 청년이 천천히 걸어왔다. 청년은 입에 담홍색 들장미 가지를 물고 싱싱한 미소를 띤 채 여유 있게 천천히 걸어오고 있었다. 그녀는 말에서 내려 담쟁이덩굴에 기댄 채 걸어오는 청년을 정면으로 쳐다보았다. 청년은 그녀의 눈앞에 다다르자 멈춰 서서 모자를 벗었다.

"왜 날 따라다니는 거죠?" 그녀가 물었다. "내게서 뭘 원하는 거예요?"

청년이 대답했다.

"제가 당신에게 원하는 게 있는 것이 아니라 당신에게 그 무언가를 드리고 싶습니다. 바로, 당장 저 자신을 당신께 바치고 싶습니다. 오, 아름다운 여인이여, 저를 당신 마음대로 해주십시오."

"좋아요, 당신을 어떻게 해야 할지 생각해보겠어요. 하지만 아무런 위험 없이 예쁜 꽃을 꺾을 수 있다고 생각했다면 오산이에요. 나는 필요하다면 목숨까지 바칠 수 있는 사람만을 사랑할 수 있어요."

"처분만 기다리겠습니다."

그녀는 천천히 목에서 가느다란 금목걸이를 벗겨내더니 그
에게 주면서 말했다.

"이름이 뭐예요?"

"골드문트입니다."

"좋아요, 골드문트. 황금 입술이란 뜻이네요. 당신 입술이 정
말 황금인지 맛보고 싶군요. 자, 잘 들어요. 이 목걸이를 들고
저녁때 성 안으로 와요. 그리고 이걸 주웠다고 말해요. 그리고
직접 나에게가 아니면 아무에게도 주지 않겠다고 말해요. 궁정
사람들이 당신을 거지로 여기게끔 지금 차림 그대로 와요. 시
종들 중에 당신에게 호통치는 사람이 있더라도 얌전히 있어야
해요. 성 안에서 내가 확실히 믿을 수 있는 사람은 단 둘뿐이에
요. 말을 돌보는 시종 막스와 몸종 베르타뿐이에요. 둘 중 한 명
이 당신을 안내할 거예요. 백작을 포함해서 모든 사람을 적으
로 알고 조심하지 않으면 안 돼요. 내 경고를 잊지 말아요. 당신
목숨이 달린 문제니까요."

그녀는 말을 마치자 손을 내밀었다. 그는 미소 지으며 그녀
의 손을 잡고 부드럽게 입을 맞춘 후 자신의 뺨에 대고 살짝 문

제15장

263

질렀다. 그런 후 그는 목걸이를 집어넣고 강과 시가지를 향해 발걸음을 옮겼다. 그는 마음속으로 기쁨의 환호성을 지르고 있었다.

저녁 무렵 그는 성에 나타났다. 그는 문지기에게 목걸이를 보여주며 직접 주인마님이나 몸종 외에는 아무에게도 건네줄 수 없다고 말했다. 그러자 문지기가 시종 한 명을 딸려 그를 안으로 들여보냈다. 둘이 복도에서 한참을 기다리자 예쁘장한 여인이 나타나 "골드문트 씨?"라고 낮은 목소리로 속삭이더니 따라오라고 했다.

골드문트는 어느 작은 방으로 안내되었다. 짙은 향수 냄새가 코를 찔렀으며 온갖 화려한 옷들이 즐비하게 걸려 있었다. 그는 그곳에서 반 시간쯤 기다렸다. 드디어 그가 들어온 곳과는 다른 쪽의 문이 열렸다. 들어온 사람은 바로 아그네스였다. 그녀는 천천히 한 발짝 한 발짝 그에게 다가오며 파란 눈으로 그를 진지하게 바라보았다.

"너무 오래 기다리게 했지요?" 그녀가 낮은 목소리로 말했다. "이제 안심해도 될 거예요. 백작은 교단에서 온 성직자 일행을 맞고 있어요. 백작은 함께 식사하면서 오랫동안 이야기를 나눌 거예요. 성직자들과의 대화는 늘 끝이 없이 이어지기 마련이니까요. 자, 이제 우리 둘만의 시간을 가질 수 있어요. 환영해요, 골드문트!"

그녀는 그에게 몸을 기울였다. 욕망에 불타는 그녀의 입술이 그의 입술 가까이 다가왔고 그들은 말없이 첫 키스로 인사를 나누었다. 그는 천천히 손을 그녀의 목덜미로 가져갔다. 그녀는 자신이 들어온 문을 통해 그를 침실로 안내했다. 침실은 천장까지 훤하게 밝혀져 있었다. 식탁에는 식사가 준비되어 있었다. 두 사람은 식탁에 앉아 식사를 했다. 그녀는 버터 바른 빵과 고기를 조심스럽게 그에게 내밀고 예쁜 잔에 백포도주를 따라주었다. 그들은 식사를 하면서 같은 잔의 포도주를 함께 마셨다. 그렇게 먹고 마시면서 그들의 손은 서로의 몸을 탐하듯 더듬고 있었다.

"당신은 대체 어디서 날아든 거예요?" 그녀가 물었다. "나의 아름다운 새, 당신은 전사인가요, 아니면 방랑 시인인가요, 아니면 그냥 불쌍한 떠돌이인가요?"

"나는 당신이 원하는 모든 것입니다." 그가 부드럽게 웃으며 말했다. "저는 오로지 당신 것입니다. 당신이 원한다면 나는 방랑 시인이 되어드리지요. 그러면 당신은 나의 부드러운 악기가 되는 겁니다. 내가 당신의 목에 손가락을 걸어 당신을 연주하

제15장

면 천사의 노랫소리가 들릴 겁니다. 자, 이리 와요. 나는 맛있는 과자를 먹고 백포도주를 마시기 위해 이곳에 온 게 아니랍니다. 오로지 당신을 위해 온 것이랍니다."

골드문트는 소리 없이 그녀의 옷을 벗기기 시작했다. 밖에서 궁신들과 사제들의 회담이 끝났고 시종들이 오가고 있었으며 희미한 초승달이 완전히 나무 뒤로 사라졌지만 두 연인은 아무것도 모르고 있었다. 그들에게는 낙원이 펼쳐져 있을 뿐이었고 두 사람은 서로가 서로에게 끌리고 빠져서 향기로운 밤 속에서 길을 잃었다. 그들은 낙원의 하얀 꽃에서 가물거리는 비밀을 엿보면서 부드러운 감사의 손길로 그토록 갈망하던 금단의 열매를 땄다. 시인은 이런 명품 악기를 연주해본 적이 없었고 악기 또한 그토록 정열적이고 노련한 손가락 끝에서 울려 보기는 처음이었다.

"골드문트," 그녀가 그의 귀에 대고 열에 들뜬 목소리로 속삭였다. "오, 당신은 마술사예요! 오, 황금 물고기! 당신의 아이를 갖고 싶어요. 아니, 차라리 당신 곁에서 죽고 싶어요. 오, 내 사랑, 나를 아낌없이 마셔버리세요. 나를 태워버리세요! 나를 죽여주세요!"

그녀가 눈을 감고 만족감에 몸을 떨며 누워 있는 동안 골드문트는 살며시 몸을 일으켜 옷을 입기 시작했다. 그녀는 말없이 누워 있었다. 골드문트는 옷을 다 입은 후 그녀에게 살며시 이불을 덮어주며 그녀의 눈에 입을 맞추었다.

"오, 골드문트," 그녀가 말했다. "아, 왜 가야만 하는 거지요! 내일 또 오세요. 위험하면 미리 알려드릴게요. 다시 오세요. 내일 꼭 다시 오세요."

그녀는 밧줄을 잡아당겨 몸종을 불렀다. 의상실로 통하는 문 뒤에서 몸종이 그를 맞아 밖으로 데려다주었다.

그는 자정 무렵 어시장 근처 숙소로 갔다. 모두 잠들었을 테니 밖에서 지새울 수밖에 없다고 그는 생각했다. 그런데 놀랍게도 대문이 열려 있었다. 안으로 들어가니 부엌에 불이 켜져 있었고 마리가 식탁에 앉아 꾸벅꾸벅 졸고 있었다. 몇 시간째 골드문트를 기다리고 있던 그녀가 깜빡 졸았던 것이다. 골드문트가 들어서자 그녀는 깜짝 놀라 벌떡 일어났다.

"마리, 아직 자지 않고 있었어?" 골드문트가 말했다. "미안해. 너무 늦게까지 기다리게 해서. 화내지 마."

"저는 당신에게 한 번도 화를 낸 적이 없어요. 그냥 슬플 뿐이에요."

제15장

267

골드문트는 그녀에게 왜 슬프냐고 묻지 않았고 그녀도 더 이상 말을 하지 않았다. 골드문트는 병약한 그녀의 얼굴을 바라보더니 그녀의 머리를 가만히 안고 머리카락을 쓰다듬어주었다. 그녀는 자신의 머리카락에 그의 손길을 느끼며 약간 흐느껴 울었다. 이윽고 그녀는 몸을 돌리며 골드문트에게 잘 자라는 인사와 함께 부엌 밖으로 나갔다.

제16장

골드문트는 언덕을 서성이며 조바심에 가득 찬 행복한 하루를 보냈다. 그는 집에서 나오면서 마리에게 시골 들판을 한 바퀴 둘러보고 늦게 돌아올 예정이니 커다란 빵이나 하나 달라고 말했다. 마리는 아무 말 없이 빵과 사과를 주머니에 가득 채워 주고 낡은 조끼를 솔로 손질해 주고는 그를 내보냈다.

골드문트는 언덕 위에 앉아 골짜기 전체를 내려다보았다. 그리고 저 멀리 어디가 하늘이고 어디가 산인지 분간이 되지 않는 곳까지 바라보았다. 그는 저 모든 땅을, 아니 여기서는 보이지 않는 더 넓은 땅까지 헤매고 다녔었다. 이제는 아득하게 멀어져 다만 기억 속에 존재하는 그곳들이 한때는 눈앞의 생생한 현실이었다. 그는 그 숲에서 산딸기를 따 먹고 배고픔과 추위에 떨면서 수백 밤을 지냈다. 눈이 미치지 않는 저 어딘가에 레네의 뼈가 묻혀 있을 것이다. 그리고 저곳 어딘가에 친구 로베르트가 아직 방랑하고 있을지도 모른다. 저기 어딘가에 빅토르가 죽은 채 누워 있을 것이고 아주 먼 곳에는 젊은 시절을 보낸 수도원이 있을 것이며 두 딸과 함께 살고 있는 기사의 성이 있을 것이다. 그리고 저 불쌍한 레베카가 죽지 않았다면 여전히 저곳을 헤매고 있을 것이다. 그가 지나온 모든 곳들과 그가 만난 모든 사람들, 그렇게 서로 흩어져 있는 것들과 사람들이 그의 마음속 추억과 사랑과 회한과 그리움 안에서 서로 맺어져 있었다. 그리고 만일 내일이라도 그가 죽음을 맞이하게 된다면 그것들은 흩어진 채 사라지고 말 것이다. 오, 그러니 지금이야말로 무엇인가 성취하고 창조해서 그가 죽은 뒤에도 남겨야 할 때가 아닌가!

그가 세상에 태어난 이래, 그의 삶 전체를 통해, 또한 그의 방랑을 통해 남은 것은 거의 아무것도 없었다. 전에 작업실에서 만들었던 몇 점의 인물상, 특히 사도 요한상과 그의 머릿속에 들어 있는 그림책, 비현실적이며 아름답고 고통스러운 추억의 그림책이 전부였다. 그 내면세계의 그림 중 몇이라도 건져내서 다른 사람들에게 보여줄 수 있을까? 아니면 계속해서 이런 식으로 살아갈 수밖에 없는 것일까? 새로운 도시, 새로운 풍경, 새로운 여인, 새로운 경험, 새로운 이미지들을 차곡차곡 쌓다가 결국 불안하고 고통스러우면서 동시에 아름다운, 그 충만한 내면 외에는 아무것도 얻는 게 없이 사라져버릴 것인가?

삶에게 우롱당한다는 것은 수치스러운 일이었다. 그것은 농담 같은 것이었고 슬프기도 했다. 사람은 원초적 어머니 이브의 품에서 젖을 빨며 감각이 이끄는 대로 살 수도 있다. 그렇게 되면 온갖 행복을 맛볼 수 있지만 인간 존재의 불안정한 운명에서 벗어날 수 없다. 마치 숲속에서 자라는 버섯처럼 오늘은 화려한 색을 뽐내다가 내일이면 썩어버리는 것과 같다. 그와는 반대로 삶의 무상함에 저항하며 작업실에 틀어박혀 이 덧없는 인생에 하나의 기념비를 세울 수도 있다. 하지만 그것은 삶을 포기하고 하나의 도구가 되는 것을 의미한다. 그 삶은 삶이라기보다는 영원에 봉사하는 하나의 도구이다. 그런 노력의 과정에서 삶은 푸석푸석 말라갈 것이고 자유와 충만함과 살아 있다는 환희를 잃게 될 것이다. 스승 니클라우스의 삶이 바로 그러했다.

오, 인간의 삶이란 이 둘을 모두 이루었을 때만, 이 양자택일의 잔인한 요구에 의해 찢기지 않을 때만 그 의미가 있는 것이다. 자신의 삶을 그 대가로 지불하지 않고 창조한다는 것! 창조자로서의 숭고한 운명을 포기하지 않고 삶을 살아낸다는 것! 그것은 정말 불가능한 것인가?

어쩌면 그런 것이 가능했던 인간이 있었는지도 모른다. 어쩌면 가정에 충실하면서도 관능적 쾌락을 잃지 않았던 남편이나 가장이 있었는지도 모른다. 어쩌면 정착된 생활을 하면서도 자유와 모험의 결핍으로 마음이 메말라버리지 않은 사람이 있었는지도 모른다. 하지만 골드문트는 그런 사람을 아직 만나지 못했다.

골드문트의 상념은 계속 이어졌다.

모든 존재는 기본적으로 이원성과 대립에 토대를 두고 있는 것처럼 보인다. 남자가 아니면 여자이며 방랑자가 아니면 정착민이고 이지적이 아니면 감정적이다. 그 누구도 숨을 내쉬면서 동시에 들이킬 수 없고 남자이면서 여자일 수 없으며 자유와 질서를 동시에 경험할 수 없고 본능과 지성을 동시에 충족시킬 수 없다. 그 누구든 한쪽을 위하여 다른 쪽을 포기할 수밖에 없지만, 포기한 다른 쪽도 택한 쪽 못지않게 중요하고 바람직하다. 그런 점에서 이 양자택일 문제는 여성에게는 조금 수월한 문제인지 모른다. 여성들은 욕망 자체가 자동적으로 그 결실을 맺도록, 사랑의 행복에서 아이를 가질 수 있도록 창조되었다. 반면 남성은 이렇게 소박한 결실 대신 영원한 갈망만을 지닌 존재이다.

하느님이 이 모든 것을 창조했다면 하느님은 심술쟁이인가, 혹은 악의가 있는 존재인가? 혹시 자신의 창조를 비웃고 피조물의 고통을 즐기고 계신 게 아닐까? 아니다, 사슴과 노루, 물고기와 새를 창조하셨고 숲과 꽃과 계절을 창조하신 하느님이 그럴 리 없다. 하지만 어쨌든 하느님의 창조에는 전반적으로 분열이 존재한다. 그 창조가 실패작이거나 불완전해서일까? 아니면 하느님의 특별한 의도가 숨어 있는 걸까? 그래서 인간에게 끊임없는 갈증과 열망을 갖게 하려는 것일까? 아니면 하느님의 적이 뿌려 놓은 원죄의 씨앗 때문일까? 그렇다면 이 끊임없는 동경과 결핍이 왜 죄가 될 수 있단 말인가? 모든 아름답고 신성한 것, 인간들이 하느님께 감사의 제물로 돌려드리기 위해 창조한 모든 것들은 바로 그런 동경과 창조로부터 솟아난 것이 아닌가?

골드문트는 너무 생각에 몰두해 있다 보니 좀 우울해졌다. 그는 시내 쪽으로 눈길을 돌려 시장과 어시장, 다리, 성당, 시청들을 살펴보았다. 이어서 주교의 궁성이었다가 지금은 하인리히 백작이 지배하고 있는 성이 보였다. 그 지붕 아래 그의 애인 아그네스가 있었다. 그토록 오만한 그녀가 사랑에 빠지자 자신을 송두리째 바쳤다. 간밤의 일을 생각해보니 그저 감사와 기쁨뿐이었다. 간밤의 행복을 맛보기 위해, 그토록 멋진 여인을 행복하게 해주기 위해 그에게는 그의 전 생애가 필요했다. 여자들에게서 배운 모든 것들, 여행하면서 겪은 모든 일들, 밤에 눈길을 헤맸던 기억, 동물들, 꽃들, 나무들, 물, 고기, 나비들과 나누었던 모든 우정들이 몽땅 필요했다. 쾌락과 위험을 겪으며 날카로워진 감각, 타고난 방랑벽, 여러 해 동안 마음에 쌓아 둔 이미지들이 모두 필요했다. 자신의 삶 전체가 아그네스라는 마법의 꽃이 만발해 있는 정원에 있는데, 우울해하거나 불평할 필요가 없었다.

골드문트는 하루 종일 언덕에서 시간을 보낸 후 저녁 무렵 성에 도착했다. 그는 문 앞에서 서성거렸다. 성직자들은 여전히 그곳에 머물러 있었다. 창문을 통해 여기저기 그들의 모습이 어른거렸다. 그는 기어서 성 안으로 잠입하는 데 성공했고 몸종 베르타를 만날 수 있었다. 그녀는 그를 의상실에 잠시 숨겼다가 의상실 내 다른 쪽 문을 통해 아그네스의 방으로 안내했다.

아름다운 아그네스가 그를 다정하게 맞아주었지만 어딘가 슬퍼보였고 불안해 보였다. 골드문트의 사랑의 속삭임과 애무에 서서히 자신감을 되찾은 그녀가 골드문트에게 감사의 정이 담뿍 담긴 말투로 말했다.

"오, 사랑스러운 당신, 나의 황금의 새! 당신 목소리는 정말 그윽해요. 오, 골드문트, 당신을 정말 사랑해요. 당신과 단둘이 어디론가 멀리 갈 수만 있다면! 오, 여기가 너무 싫어요."

그러더니 그녀가 갑자기 불안한 듯 말했다.

"오. 당신, 백작 눈에 띄면 안 돼요. 당신을 당장에 죽일 거예요. 당신이 너무 걱정돼요."

골드문트는 그녀의 걱정하는 목소리가 오히려 너무 달콤했다. 은밀하지 않은 사랑, 위험이 없는 사랑이 무슨 의미가 있단 말인가? 골드문트는 그녀에게 나지막하게 사랑의 밀어를 속삭이며 그녀의 눈썹에 키스를 해주었다. 그녀가 자기 때문에 불안해하는 것이 고마워서 그는 황홀할 지경이었다. 그녀는 사랑의 열정에 불타올라 그에게 매달렸지만 불안감이 가신 것 같지 않았다. 그때였다. 그녀가 깜짝 놀라며 몸을 부르르 떨었다. 가까운 곳에서 문소리가 들리더니 누군가 빠른 걸음걸이로 이 방을 향하고 있는 발소리가 들리는 것이 아닌가!

제16장

"맙소사, 백작이에요." 그녀가 절망적으로 외쳤다. "어서 의상실을 통해 빠져나가요. 서둘러요. 나를 배신하지 말아요!"

그녀는 골드문트를 의상실로 밀어 넣었다. 그는 어둠 속에서 더듬거리며 반대쪽 문으로 향했다. 밖에서 백작과 아그네스의 이야기 소리가 들렸다. 그런데 아뿔싸! 복도로 통하는 문에 이르러 문을 열려고 하는데 문이 잠겨 있는 것 아닌가! 함정에 빠진 것이 분명했다. 그가 이곳에 몰래 들어오는 것을 누군가가 본 것이 분명했다. 이제 끝장이었다. 순간 "나를 배신하지 말아요"라고 아그네스가 작별 인사 대신 했던 말이 떠올랐다. 그래, 절대로 그녀를 배신하지 않으리라. 심장이 사정없이 두근거렸지만 그의 결심은 단호했다. 그는 이를 굳게 다물었다.

모든 것이 순식간에 벌어진 일이었다. 드디어 아그네스 방쪽의 문이 열렸다. 백작이 왼손에는 촛불을, 오른손에는 칼집에서 빼낸 칼을 들고 들어섰다. 순간, 골드문트는 옷가지와 외투 몇 점을 재빨리 옷걸이에서 벗겨내어 팔에 걸었다. 백작이 자신을 도둑으로 오인하기를 바라고 취한 행동이었다.

백작은 그를 발견하고 천천히 그에게 다가왔다.

"웬 놈이냐! 여기서 뭘 하는 거냐! 어서 대답해! 안 그러면 찔러버릴 테다!"

"용서해주십시오." 골드문트가 기어드는 목소리로 말했다. "나리, 저는 가난뱅이입니다요. 나리께서는 부자이시고요. 아이고, 훔친 물건을 고스란히 돌려드리겠습니다. 자, 여기 있습니다요."

그는 옷들을 바닥에 내려놓았다.

"뭐야? 도둑놈이로구나. 그래, 옷 몇 벌에 목숨을 걸어? 이 도시에 사는 놈이냐?"

"아닙니다요. 집도 절도 없는 놈입니다요. 불쌍한 놈이니 한 번만 용서해주시면……."

"입 닥쳐! 네 놈이 귀부인을 욕보이려 했는지도 모르지만 그건 문제 삼지 않겠다. 어차피 결과는 마찬가지이니까. 도둑질만으로도 네 놈은 교수형이다!"

백작은 잠겨 있던 문을 세차게 두드리며 외쳤다.

"거기들 있느냐? 문을 열어라."

문이 열리자 대기하고 있던 병졸 세 명이 보였다. 모두 칼을 들고 있었다.

"이놈을 단단히 묶어라." 백작이 경멸과 자만심이 뒤섞인 목소리로 말했다. "이놈은 도둑질하러 온 부랑자다. 놈을 지하 감옥에 가두어라. 내일 아침에 교수형에 처할 것이다."

제16장

277

골드문트는 아무런 저항도 못하고 지하 감옥으로 끌려갔다. 그런데 병졸 세 명과 함께 지하 감옥 앞에 골드문트가 서 있을 때 성에 손님으로 와 있던 성직자 두 명이 그 곁을 지나가고 있었다. 마침 그때 병졸 한 명이 도둑의 얼굴을 자세히 보고 싶은 호기심에 골드문트의 얼굴을 초롱불로 비추고 있었기에 골드문트는 눈이 부셔 성직자들의 모습을 볼 수 없었다. 성직자 중 한 명이 병졸을 한쪽으로 데려가더니 이 죄인이 무슨 죄를 지었느냐고 물었다. 병졸이 도둑질을 하다 붙잡혔고 내일 교수형에 처해질 것이라고 대답하자 그 신부는 고해 신부가 있느냐고 병졸에게 물었다. 병졸은 현장에서 바로 체포되었기에 아직 고해 신부가 없다고 대답했다. 그러자 그 신부가 낮은 목소리로 말했다.

"그렇다면 내가 내일 아침 미사를 드리기 전에 오겠네. 성전으로 데리고 가서 고해를 듣겠네. 그 전에 처형하면 안 돼. 백작님께는 오늘 중으로 내가 말하겠네."

성직자들이 그곳을 떠나자 병졸이 감옥 문을 열고 골드문트를 그 안에 처넣으며 말했다.

"내일 새벽 신부님 한 분이 오실 거다. 그때 고해 성사를 하도록 해."

이어서 병졸들은 육중한 감옥 문을 잠그고 가버렸다.

홀로 남게 되자 골드문트는 비참한 심정으로 작은 의자에 앉아 탁자에 머리를 괴었다. 그는 죽음이라는 불가피한 운명을 받아들일 수밖에 없다고 느꼈다. 비참한 기분으로 앉아 있는, 얼마 되지 않는 그 시간이 그에게는 영원처럼 느껴졌다.

내일이면 자신은 이미 이 세상 사람이 아닐 것이다. 교수형에 처해 그 몸 위에 새들이 앉아 살을 뜯어 먹는 물체가 될 것이다. 그는 니클라우스 스승처럼, 오두막에 버려졌던 레네처럼, 오두막 안에 널브러져 있던 가족들처럼, 수레에 쌓여 있던 시체들처럼 이 세상과 하직해야 하는 처지가 될 것이다. 그런 운명을 온몸으로 받아들인다는 것은 결코 쉬운 일이 아니었다. 아니, 아예 불가능했다. 그가 아직 포기하지 않은 일이 많았고 아직 작별 인사를 고하지 못한 상대도 많았다. 오늘 밤은 바로 포기와 작별을 위하여 주어진 시간이었다.

그는 아직도 눈앞에 아른거리는 아그네스와도 작별을 고해야 했고 태양과도, 흰 구름이 떠도는 파란 하늘과도, 나무와 숲과도, 방랑 생활과도, 시간과도, 계절과도 작별을 고해야 했다. 어쩌면 마리는 아직도 잠을 이루지 못한 채 그를 기다리고 있을지 모른다. 선량하고 사랑스런 눈을 가진 마리, 절뚝거리며

제16장

걸어야만 하는 그 불쌍한 마리는 부엌에서 그를 기다리다가 잠이 들 것이고 그러다가 다시 깨어나곤 할 것이다. 하지만 골드문트는 결코 집으로 돌아가지 못할 것이다.

오, 그리고 도화지와 연필들! 아직도 그리고 싶은 많은 인물들! 그것들도 다 가버렸구나. 나르치스를 다시 보고 싶다는 희망도, 자신이 만든 사도 요한상도 포기해야만 했다.

또한 자신의 손, 자신의 눈, 배고픔과 갈증, 사랑, 악기 연주, 취침과 기상, 그 모든 것들과도 작별을 고해야만 했다.

날이 밝아올 때까지 그는 온갖 상념에 잠겨 있었다. 골드문트는 터져 나오는 슬픔을 가누지 못하고 쉴 새 없이 눈물을 흘렸다. 그리고 그 슬픔에 자신을 완전히 맡겨버렸다. 오, 골짜기여! 울창한 산들이여! 푸른 느릅나무 사이로 흐르는 냇물이여! 오, 여인들이여! 오, 저녁 달빛에 반짝이는 강물 위의 다리여! 오, 아름답게 빛나는 이미지의 세계여! 내가 어찌 그대를 떠날 수 있단 말인가! 골드문트는 어린아이처럼 울면서 탁자 위에 쓰러졌다. 비통한 가슴에서 한숨과 함께 탄식이 터져 나왔다.

"어머니, 오, 어머니!"

그가 이 마법의 이름을 부르자 그의 저 깊은 기억 속에서 하나의 이미지가 화답했다. 그의 어머니의 이미지였다. 그 이미지는 그의 사념이나 예술가로서의 꿈에서 그린 이미지가 아니었다. 아름다우면서 생생한, 그가 수도원 생활을 한 이래 단 한 번도 본 적이 없는 진짜 자기 어머니의 이미지였다. 그는 바로 그 진짜 어머니에게 기도했고 죽어야만 하는 이 견딜 수 없는 고통을 울면서 하소연했다. 그리고 바로 그 어머니에게 숲과 태양을, 두 손과 두 눈을, 그리고 자신의 모든 삶과 존재 자체를 되돌려 드렸다.

그렇게 울다가 그는 깜빡 잠이 들었다. 극도의 피로와 졸음이 그를 어머니의 품으로 인도한 것이다. 그는 한두 시간 정도 잠을 잤고 그동안은 슬픔에서 벗어날 수 있었다.

다시 잠에서 깨어난 그는 심한 고통을 느꼈다. 하지만 이번에는 정신적 고통이 아니라 구체적인 육체적 고통이었다. 오랏줄에 묶여 있는 손목이 불타는 듯 아팠고 등과 목덜미도 심하게 아팠다. 신부님이 고해 성사를 받으러 올 것이라는 생각이 문득 떠올랐지만 고해 성사는 이미 그의 관심이 아니었다. 과연 신부님이 대속(代贖)을 해주신다고 자신을 천국으로 인도해 줄 수 있을지 의문이었다. 아니, 과연 천국이 있는지, 최후의 심판과 영생이 과연 존재하기나 하는지 의심스러웠다.

영원이야 있건 없건 그런 건 이미 그의 관심사가 아니었다.

그가 바라는 것은 이 불확실하고 덧없는 삶을 분명하게 느끼는 것, 이렇게 숨 쉬며 살아 있음을 피부로 느끼는 것뿐이었다. 그는 구원에 대해 생각했다. 하지만 지금 그가 생각하고 있는 구원은 영혼의 구원이 아니었다. 세속적 구원이었다. 그는 혹시 신부가 도움이 될지도 모른다고 생각했다. 신부를 설득한다면 백작에게 청원을 해줄지도 모르고, 형 집행을 연기시켜 줄지도 모른다. 승부는 끝나지 않았다. 우선 신부를 자기편으로 끌어들여야 한다. 골드문트는 죽을 운명을 거부하기로 했다. 그 운명을 아무리 순순히 받아들이려 애써도 되지 않았다. 이제 그 모든 일에 저항하며 끝까지 싸우리라. 보초의 다리를 걸어 넘어뜨리고 최후의 순간에는 사형집행인에게 달려들어 저항하리라.

그러자 그는 자신의 두 팔을 묶고 있는 오랏줄이 너무나 답답하게 여겨졌다. 그는 고통을 참아가며 오랏줄을 이빨로 물어뜯기 시작했다. 조금 느슨해진 것 같았다. 그는 습기 찬 지하실 계단 모서리에 오랏줄을 문지르기 시작했다. 오랏줄 대신 손목뼈가 자꾸만 돌에 닿았고 그럴 때마다 불에 덴 듯 고통스러웠지만 그는 작업을 멈추지 않았다. 그리고 문짝과 벽 사이 틈새로 희미한 아침 햇살이 비쳐올 무렵 그는 드디어 목적을 달성했다. 오랏줄이 끊어진 것이다! 이제 두 손이 자유를 찾은 것이다! 손이 자유로워지자 그에게 새로운 계획이 떠올랐다. 신부의 설득에 실패할 수도 있었다. 그렇게 될 경우 짧은 순간이나마 단둘이 있을 때 그를 죽여야 한다. 걸상 하나면 충분하리라. 목을 졸라 죽이기에는 지금 손과 팔의 힘이 부족하니 걸상으로 내리치는 수밖에 없었다. 그런 후 재빨리 신부복으로 갈아입고 도망치리라. 마리가 그를 숨겨 주리라.

그는 탁자로 돌아가서 의자에 웅크리고 앉아 두 손을 무릎 사이에 낀 채 오라줄이 풀린 것을 남들이 눈치채지 못하게 만들 수 있는 자세를 연습했다. 그리고 신부를 설득하기 위해 해야 할 말들을 곰곰이 생각했으며 신부 설득에 실패할 경우 취해야 할 행동에 대해 숙고했다.

마침내 바깥세상이 깨어났고 적들이 다가오고 있었다. 궁정 포석 위에서 발소리가 울렸고 열쇠 구멍에 열쇠를 꽂아 돌리는 소리가 들렸다. 마치 죽음과도 같은 정적 속에서 그 모든 소리 하나하나가 마치 천둥소리처럼 울렸다.

이윽고 삐걱거리는 소리를 내며 육중한 문이 천천히 열렸다. 성직자 한 명이 병졸을 대동하지 않은 채 혼자 안으로 들어왔다. 두 개의 촛불이 켜진 촛대를 손에 들고 있었다. 모든 것이 죄수가 예상하고 있던 것과는 딴판이었다.

제16장

오, 그런데, 그 얼마나 기이하며 감동적인 일이 벌어졌던 것인가! 안으로 들어온 신부가 등 뒤로 손을 돌려 문을 닫으며 거기 서 있었다. 오, 그런데 그는 바로 마리아브론 수도원 복장을 하고 있었던 것이니! 그 옛날 다니엘 수도원장이, 안젤름 신부님이, 마르틴 신부님이 입고 다니시던 바로 그 복장이었던 것이다!

그 모습을 보고 골드문트는 마음에 뭐라 말할 수 없이 충격을 받았다. 그는 고개를 돌려 외면했다. 그 수도원 복장은 뭔가 좋은 일이 있으리라는 약속일 수도 있었고, 좋은 전조일 수도 있었다. 하지만 신부를 죽이는 외에는 다른 방법이 없는 상황에 처하게 될지도 모른다. 그는 이를 악물었다. 이 형제 신부를 죽인다는 건 아주 힘든 일이리라.

제17장

"예수 그리스도를 찬미할지어다." 신부가 기도 말을 하면서 촛대를 탁자 위에 올려놓았다. 골드문트는 고개를 숙이고 바닥을 응시하면서 기도 말을 따라 했다. 신부는 아무 말도 하지 않았다. 신부는 뭔가 기다리는 듯 아무 말도 없었다. 이윽고 불안해진 골드문트가 뭔가 탐색하듯 고개를 들어 앞에 있는 사람을 바라보았다.

그를 바라보고 골드문트는 혼란에 빠졌다. 그는 마리아브론 수도원 복장을 하고 있을 뿐 아니라 수도원장의 휘장을 달고 있었다.

골드문트는 수도원장의 얼굴을 바라보았다. 얇은 입술에 또렷한 윤곽을 가진 앙상한 얼굴이었다. 골드문트가 아는 얼굴이었다. 골드문트는 무엇에 홀린 듯 오로지 정신과 의지로 이루어진 것 같은 그 얼굴을 바라보았다. 그는 떨리는 손으로 촛대를 집어 들어 상대방의 눈을 자세히 들여다보려고 그의 얼굴 가까이 가져갔다. 촛대를 다시 탁자에 놓는 그의 손이 심하게 떨리고 있었다.

"나르치스!" 그는 거의 들리지 않을 정도로 속삭였다. 주변이 온통 빙빙 돌기 시작했다.

"그래, 골드문트. 전에는 나르치스였지. 하지만 그 이름은 오래전에 버렸네. 서품을 받은 이후 내 이름은 요한이 되었네."

골드문트는 가슴 깊은 곳까지 흔들렸다. 별안간 세상 전체가 변해버렸고 초인적인 긴장 상태가 무너지자 이어서 질식할 것 같은 상태에 빠졌다. 온몸이 떨렸고 어지러웠으며 마치 풍선에서 바람이 빠지듯 머리가 텅 비어버린 것 같았다. 눈물이 왈칵 쏟아질 것 같았다. 그는 그대로 무너져 눈물을 쏟으며 기절해버리고 싶었다.

하지만 저 유년 시절의 깊은 추억으로부터 경고가 들려왔다. 전에도 이 검은 눈동자 앞에서 자신을 버린 채 울어버린 적이 있었다. 또다시 그럴 수는 없었다. 나르치스가 자기 인생에서 가장 기구한 순간에 마치 유령처럼 자신 앞에 나타났다. 어쩌면 자신의 목숨을 구해주기 위해서 나타난 것인지도 몰랐다. 하지만 또다시 울다가 기절할 수는 없다. 절대로 그럴 수는 없다. 그는 정신을 가다듬었다. 또다시 약한 모습을 보일 수는 없다.

그는 억지로 절제된 목소리로 겨우 말했다.

"자네를 여전히 나르치스라고 부르는 걸 용서해주게나."

"그러게나. 그런데 악수도 청하지 않을 셈인가?"

골드문트는 다시 한번 자신을 가다듬었다. 그는 마치 학생 시절에 그랬던 것처럼 고집스럽고 오만한 어린아이의 말투로 대답했다.

"용서하게, 나르치스. 자네가 수도원장이 된 건 알겠네. 하지만 나는 여전히 방랑자라네. 게다가 불행히도 별로 길게 이야기를 나눌 시간도 없을 것 같군. 나는 사형선고를 받았고 한두 시간 후면 목이 매달릴 걸세."

그 말을 듣고도 나르치스의 표정이 변하지 않았다. 여전히 어린아이처럼 허풍 떠는 것 같은 골드문트의 말투가 재미있기도 했고 가슴이 뭉클하기도 했다. 그는 골드문트가 자존심 때문에 자기 가슴에 얼굴을 묻고 울음을 터뜨리지 못하고 있다는 것을 충분히 이해했다. 나르치스는 아무렇지도 않다는 표정을 지으며 말했다.

제17장

287

"알았어. 하지만 교수형은 안심해도 좋아. 자네는 사면받았어. 내가 자네에게 그 사실을 알리고 자네를 멀리 데리고 갈 임무를 떠맡았네. 자네는 더 이상 이 도시에 머물 수 없어. 그게 사면 조건이야. 자, 이제 악수를 해주겠나?"

두 사람은 악수를 나누었다. 나르치스는 온통 엉망으로 부어 있는 데다 상처투성이인 골드문트의 손을 보고 물었다.

"아니, 손이 왜 이 모양인가? 온통 벗겨지고 퉁퉁 부은 데다 피투성이잖아. 정말 심한 대접을 받았군, 그래."

"괜찮아, 나르치스. 결박을 풀면서 내가 스스로 그런 거니까. 어쨌든 쉬운 일은 아니었네. 그나저나 수행하는 사람도 없이 혼자 이곳에 들어오다니 자네도 용기가 대단하군."

"용기라니? 여기는 조금도 위험한 것 같지 않은데."

"나한테 맞아 죽을 뻔한 가벼운 위험 빼놓고는 별로 위험한 것도 없지. 내가 그런 계획을 세워놓았었거든. 신부를 죽인 다음 그 옷을 입고 도망갈 작정이었네. 멋진 계획이었지."

"그렇다면 죽고 싶지 않았다는 말인가? 싸우려고 했단 말인가?"

"그렇다네. 물론 신부가 자네이리라고는 꿈에도 생각하지 못했지." 골드문트의 목소리가 갑자기 어두워졌다. "어쨌든 설사 그런 일이 일어났더라도 내가 사람을 처음 죽이는 건 아니라네."

두 사람은 침묵했다. 둘 다 가슴이 아팠다.

이윽고 나르치스가 침착한 목소리로 말했다.

"그런 건 나중에 이야기하세. 원한다면 내게 고해를 해도 좋아. 자, 이만 나가세."

"잠깐, 나르치스! 갑자기 뭔가 생각났어. 나는 자네를 이미 요한이라고 부른 적이 있어."

"무슨 말인지 모르겠군."

"물론 모를 거야. 자네가 알 리가 없지."

이어서 골드문트는 자신이 사도 요한의 조각상을 조각한 이야기를 간단하게 해주었다. 그리고 그 조각은 실제로 나르치스를 모델로 한 것이라는 이야기도 해주었다.

나르치스가 일어나서 문 쪽으로 걸음을 옮기면서 말했다.

"그렇다면 자네가 내 생각을 하고 있었단 말인가?"

골드문트가 나지막이 대답했다.

"물론이지, 나르치스. 자네 생각을 했고말고……. 언제나……."

나르치스는 골드문트를 자신의 숙소로 데려갔다. 수사 한 명이 출발 준비를 하고 있었다. 골드문트는 손을 씻고 식사를 한

제17장

289

다음 그를 위해 따로 마련한 말 위에 올랐다. 두 사람이 말에 올랐을 때 골드문트가 말했다.

"부탁이 있네. 어시장 쪽을 통해서 갈 수 있겠나? 볼 일이 좀 있다네."

나르치스는 쾌히 받아들였다. 성을 떠나면서 골드문트는 혹시 아그네스의 모습이라도 볼 수 있을까 해서 창문이란 창문은 다 살펴보았다. 하지만 그녀의 모습은 보이지 않았다. 어시장에 있는 숙소로 가니 골드문트 걱정을 무척이나 하고 있던 마리가 그를 너무나 반겼다. 골드문트는 말에서 내려 그녀와 그녀 식구들에게 작별 인사를 하며 몇 번이나 너무나 고마웠다고 말했다. 그는 언젠가 다시 들르겠다고 말한 다음 말 위에 올랐다. 마리는 말을 탄 사람들이 보이지 않을 때까지 문 앞에 서 있다가 다리를 쩔뚝거리며 천천히 집 안으로 들어갔다.

일행은 나르치스와 골드문트, 젊은 수도사와 무장한 마부 등 모두 네 사람이었다. 길을 가면서 골드문트가 나르치스에게 물었다.

"자네, 내가 타고 다니던 점박이 말 생각나나?"

"당연히 기억나지. 하지만 그 말이 여전히 살아 있으리라고 기대하는 건 아니겠지? 그 말이 죽은 지 벌써 7, 8년은 되었네."

"자네도 기억하고 있었군."

"암, 기억하고말고."

골드문트가 다시 입을 열었다.

"자네 나를 비웃을지 모르겠군. 이렇게 오랜만에 만나서 고작 말 이야기를 먼저 꺼냈으니 말일세. 하지만 실은 다른 이야기를 하고 싶어서였다네."

이어서 그는 다니엘 수도원장과 안젤름 신부, 마르틴 신부의 인부를 물었다. 그러자 나르치스가 덤덤한 어조로 말했다.

"간략하게 말해주겠네. 다니엘 원장님은 8년 전에 돌아가셨네. 마르틴 신부님이 그 뒤를 이어 원장이 되었지. 그분은 지난해에 일흔이 못 돼서 돌아가셨네. 내가 그분 뒤를 이은 거지. 안젤름 신부님도 몸이 붓는 수종증으로 돌아가셨다네. 그리고 우리 수도원에도 흑사병이 돌아 많은 사람이 희생되었지. 그 이야기는 그만하세. 더 궁금한 것 없나?"

"물론 아주 많지. 우선 자네가 어떻게 이곳 주교관에 교단 대표 자격으로 와서 백작을 만나게 되었는지 말해줄 수 있나?"

"자세히 말하자면 길어. 자네에게는 지루한 이야기일 거야. 정치 문제야. 간단히 말해 백작은 황제의 신임을 받는 사람이야. 그런데 교단과 황제 사이에는 여러 가지 타협할 문제들이

제17장

많아. 교단에서 백작과 담판을 벌여보라고 나를 파견한 걸세. 결과가 신통치 않아."

그는 그 정도로 입을 다물었고 골드문트도 더 이상 묻지 않았다. 다만 어젯밤 자신을 빼내려고 나르치스가 많은 양보를 했으리라는 것만은 짐작할 수 있었다. 이어서 나르치스는 도둑질을 한 게 정말이냐고 골드문트에게 물었고 골드문트는 껄껄 웃으면서 백작의 정부와 연애를 했다고 실토했다. 그러자 이번에는 골드문트가 나르치스에게 물었다.

"이보게, 내 한 가지 묻겠네. 자네, 유대인들을 화형에 처한 적이 있나?"

"아니, 내가 어떻게 그런 짓을 하겠나? 자네 혹시 나를 광신도 취급하는 건 아니지?"

"그렇다면 달리 묻겠네. 그런 명령을 내리지는 않았다하더라도, 그런 짓에 동의할 수는 있겠나? 수많은 영주들, 주교들을 비롯해 당국에서 그런 명령을 내리지 않았나?"

"나 같으면 그런 명령은 내리지 않을 걸세. 하지만 그런 잔인한 짓을 목격하면서 그냥 용인할 수밖에 없는 경우는 분명 있을 걸세."

"그럴 경우는 그걸 묵과한단 말인가?"

"물론일세. 그런 일을 저지할 권한이 없다면 말일세. 자네, 분명히 유대인들을 불태워 죽이는 것을 본 모양이지?"

"맞아."

이어서 그는 레베카의 이야기를 상세히 들려주었다. 그 이야기를 하는 동안 그는 자신도 모르게 흥분했다. 그는 화가 난 듯 말했다.

"그런 일이 마구 벌어지는 이 세상이란 게 도대체 뭐란 말인가? 이게 지옥이 아니고 뭔가? 정말 역겹고 불쾌하지 않은가?"

"맞아, 세상은 그런 거야."

"뭐야!" 골드문트는 화가 나서 소리쳤다. "자네는 세상은 신성하다고, 여러 개 원들이 큰 조화를 이루고 있고 그 가운데 조물주가 임해 계신다고, 존재하는 것은 모두 선하다고 주장하지 않았나? 아리스토텔레스와 성 토마스 아퀴나스도 그렇게 말했다고 하지 않았나? 도대체 이 모순을 어떻게 설명할 수 있다는 건지 듣고 싶군."

나르치스는 웃었다.

"자네의 기억력은 놀랍지만 약간은 착각한 것 같아. 나는 조물주를 완전한 존재로 경배했지만 피조물이 완전하다고 한 적은 없네. 나는 이 세상에 악이 존재한다는 사실도 부정하지 않

제17장

293

았어. 진정한 사상가라면 이 지상의 삶은 조화롭고 정당하다느니, 인간은 선량한 존재라느니 하는 주장은 하지 않을 거야."

"좋아. 이 세상이 온통 비열함으로 가득 차 있다는 것을 자네도 인정한단 말이지? 하지만 나는 거기서 그칠 수 없어. 레베카와 불에 타 죽은 유대인, 사람들을 무더기로 묻은 구덩이, 개처럼 죽어간 사람들을 생각하면 우리의 어머니들이 우리들을 아무런 희망도 없는 악마적인 세상에 던져 놓은 것 같은 느낌이 든단 말이야. 차라리 우리가 태어나지 않았다면, 하느님께서 이 세상을 창조하지 않았더라면, 그리스도가 이 세상을 위해 십자가에서 헛되이 피를 흘리지 않았더라면 좋았을 거란 생각이 든단 말이야."

나르치스가 정이 담뿍 담긴 표정으로 골드문트를 향해 고개를 끄덕였다.

"자네 말이 옳아. 하지만 자네가 한 가지 크게 잘못하고 있는 게 있어. 자네는 자네가 지금 하고 있는 말들을 자네의 '생각'이라고 착각하고 있어. 하지만 실제로 그것들은 감정이야. 삶의 공포에 사로잡힌 사람의 감정이야. 그런데 삶에 대한 그런 슬픈 감정들과 균형을 취하는 다른 감정들도 있다는 걸 잊지 말아야 해. 자네가 기분 좋게 말을 타고 아름다운 광경을 두루 돌아볼 때나 백작의 애첩과 사랑을 나누려고 밤에 무분별하게 성에 잠입했을 때는 세상은 전혀 다르게 보였을걸. 흑사병에 유린당한 집들이나 불타 죽은 유대인 때문에 그런 욕망을 추구하는 게 방해를 받지는 않았을걸. 그렇지 않은가?"

"물론 그렇지. 세상이 온통 죽음과 공포로 가득 차 있기에 나는 마음의 위안거리를 계속 찾은 거야. 그 지옥 한가운데 피어 있는 꽃을 꺾으려 한 거지. 행복을 누리면서 잠시라도 공포를 잊으려 한 거야. 그런다고 이 세상의 공포가 줄어드는 건 아니지만……."

"아주 잘 말했어. 세상이 온통 죽음과 공포로 가득 차 있기에 그로부터 벗어나기 위해 쾌락으로 뛰어든다 이거지? 하지만 쾌락은 지속되지 못하는 법이야. 다시 황량한 곳으로 내몰리게 되어 있어."

"맞아."

"대부분의 사람들도 그런 걸 느껴. 하지만 자네처럼 그렇게 날카롭고 고통스럽게 그런 걸 느끼는 사람은 드물어. 대개는 그럴 필요조차 느끼지 않지. 하지만 말해보게. 쾌락과 공포 사이를 절망적으로 왔다 갔다 하거나 삶의 쾌락과 죽음의 공포를 양쪽에 두고 시소를 타는 것 외에 다른 길을 찾아보지는 않았나?"

제17장

"물론 그랬지. 예술을 실천해보았네. 자네에게 말했다시피, 나는 그 무엇보다 예술가가 되었다네. 세상을 떠돈 지 3년쯤 지났을 때였을 거야. 어떤 수도원 예배당에서 성모 마리아 목상(木像)을 보고 너무 감동해서 그 상을 만든 장인을 찾아갔네. 그분은 유명한 대가였지. 나는 그분의 제자가 되어 몇 년간 그분 밑에서 일했네."

"그 이야기는 나중에 자세하게 들려주게나. 그런데 예술이 자네에게 무엇을 주었는가? 자네에게 예술의 의미가 무엇이던가?"

"덧없는 삶을 극복하는 거였지. 바보들의 유희 같고 죽음의 무도(舞蹈) 같은 삶에서 그 무언가 남아 지속되는 것, 그것이 바로 예술이었다네. 예술은 덧없이 사라지는 순간 너머에서 이미지들과 성스러운 것들로 이루어진 침묵의 제국을 형성하지. 예술 작업을 하는 게 너무 좋았고 위로가 되었다네. 덧없이 사라지는 것에 영원성을 부여하는 것 같았거든."

"자네 말을 들으니 아주 기분이 좋아. 앞으로도 좋은 작품들을 많이 만들기 바라네. 자네의 능력을 내가 크게 믿고 있어. 자네, 마리아브론 수도원에 오랫동안 손님으로 머물면 어떻겠나? 우리 수도원에는 꽤 오래 예술가가 없었거든. 내가 작업실을 마련해주지. 하지만 내 생각에 예술의 경이로움에 대해서는 좀 더 생각할 게 있을 것 같아. 예술은 덧없는 인간의 삶을 돌이나 나무나 색채를 사용해 좀 더 지속하게 만드는 것 이상의 기능을 갖는 것 같아. 나도 예술 작품들을 많이 보았지만 그것들이 단지 이 세상을 살다 간 개별적인 인간들을 형상화해 놓은 것 같다는 생각은 들지 않거든. 특히 성인들 상이나 성모 마리아 상 같은 건 더욱 그렇고."

"자네 말이 옳아." 골드문트가 흥분해서 말했다. "자네가 예술에 대해 그렇게 조예가 깊을 줄은 몰랐어! 좋은 예술 작품의 최초의 이미지, 혹은 원형은 실제로 살아 있는 어떤 존재가 아니야. 그 실재적 존재는 그 최초의 이미지에 대한 영감을 줄 뿐이지. 최초의 이미지는 살과 피로 이루어진 게 아니야. 그건 정신이야. 그건 예술가의 영혼 속에 들어 있는 거야. 나르치스, 내 안에도 그런 이미지들이 살아 있다네. 언젠가는 그것들을 표현해서 자네에게 보여주고 싶어."

"굉장해! 자네는 자네도 모르는 사이에 철학의 길로 들어선 거야. 철학의 비밀 중 하나를 표현한 거야."

"놀리지 말게."

"아니야. 자네 '최초의 이미지'라는 표현을 썼지? 물질적인 존재로 가시화되어 나타나되 창조적 정신 안 이외에는 그 어디에도 존재하지 않는 이미지, 하나의 가시적 형상을 띠고 실재(實在)로 나타나기 훨씬 이전부터 예술가의 영혼 내에 존재하는 이미지. 그 이미지, 그 '최초의 이미지'가 바로 고대 철학자들이 '이데아'라고 일컬었던 것일세."

"정말 그럴듯하군."

"자네가 그 말을 한 이상 자네는 이제 정신의 세계에 들어온 셈이야. 철학과 신학의 세계에 들어온 셈이야. 사실 나는 자네가 소년일 때부터 자네 속에 들어 있는 그 정신에 관심을 기울였다네. 자네의 정신은 사상가 정신이 아니라 예술가 정신이야. 그것도 분명 하나의 정신이고 그 정신은 감각 세계의 그 흐릿한 혼돈에서, 쾌락과 절망 사이의 영원한 시소에서 벗어날 수 있는 길을 제시해줄 걸세. 이보게, 자네에게 이런 고백을 듣게 되다니, 정말 기쁘네. 자네가 선생 나르치스를 떠나 스스로 용기 있게 자신을 찾아 나선 바로 그날부터 나는 바로 이것을 기다려 왔네. 우리는 이제 다시 새로운 친구가 된 거야."

나르치스의 말을 듣고 있자니 골드문트는 자신의 삶이 의미를 띠게 된 것 같았다. 마치 위에서 자신의 삶을 내려다볼 수 있게 된 것 같았다. 그러자 자신의 삶을 세 개의 커다란 단계로 나눌 수 있을 것 같았다. 나르치스에게 의존하다가 그가 자신을 깨운 시절, 자유와 방랑의 시절, 그리고 다시 돌아와 성숙하여 수확을 거두는 시절의 세 단계였다.

나르치스의 말대로 수도원에 머물겠다고 결심한 골드문트는 다짐, 혹은 경고를 주려는 듯 나르치스에게 말했다.

"나르치스, 자네 지금 어떤 사람을 수도원으로 데려가려는 것인지 잘 알고 있겠지? 나는 수도사가 아니고 수도사가 될 생각도 없는 사람이라네. 나는 수도원의 세 가지 서약을 알고 있네. 가난하게 사는 건 받아들일 수 있어. 하지만 나는 순결함과 복종은 별로 좋아하지 않아. 게다가 내게는 신앙심도 없어. 고해 성사나 영성체를 해본 게 얼마나 되었는지 모를 지경이야."

나르치스는 전혀 동요하지 않았다. 그가 차분히 말했다.

"마치 이교도가 된 것 같군. 하지만 두렵지 않네. 자네가 많은 죄를 지었다고 우쭐할 필요도 없어. 자네는 그냥 세속 생활을 한 거야. 집 나간 방탕한 자식처럼 지낸 거야. 자네는 이제 규율과 질서 같은 것과는 거리가 멀어. 나는 교단에 들어오라고 자네를 초대하는 게 아닐세. 그냥 자네를 손님으로 맞아서 작업실을 마련해주고 싶을 뿐이야. 만일 우리 수도원이 자네가 있을 만한 곳이 아니라고 생각되면 내가 먼저 자네에게 떠나

제17장

달라고 말할 걸세."

골드문트는 나르치스의 말을 들으며 나르치스 역시 한 명의 사나이가 되어 있음을 분명히 알 수 있었다. 그는 섬세한 손과 학자의 얼굴을 가진 정신적인 사내, 성당에 속한 사내이면서 동시에 확신과 용기에 충만한, 책임감에 투철한 지도자이기도 했다. 이 사나이는 더 이상 옛날의 청년이 아니었다. 또한 온유하고 헌신적인 사도 요한이 아니었다. 골드문트는 이 새로운 나르치스, 사내답고 늠름한 나르치스를 자신의 손으로 조각하고 싶었다. 그 외에도 조각하고 싶은 사람은 많았다. 다니엘 수도원장, 안젤름 신부, 스승 니클라우스, 아름다운 레베카 등이었다. 그는 신앙인으로건 혹은 학자로건 결코 교단의 형제가 되고 싶지 않았다. 그는 자신의 청소년기의 고향이 이 작품들을 태어나게 할 고향이 될 수 있다는 사실에 행복했다.

일행은 며칠 후 목적지에 도착했다. 그사이 일행은 골드문트가 오랜 기간 머물렀던 기사의 성, 뤼디아와 율리에와 아련한 사랑을 나누었던 바로 그 성 옆을 지났으며 집시 여인 리제에 의해 처음으로 남자가 되었던 들판을 지났다. 일행은 마리아브론 수도원 정문을 통과해 남국의 밤나무 아래에서 말에서 내렸

다. 골드문트는 정겹게 나무줄기를 어루만지고는 땅에 떨어진
말라빠진 갈색의 밤송이를 줍기 위해 허리를 굽혔다.

제18장

처음 며칠 동안 골드문트는 수도원 내 객실에 머물렀다. 얼마 뒤 그는 자신의 요청에 의해서 대장간 맞은편에 있는 별채한 곳을 숙소로 삼을 수 있었다. 시장처럼 넓은 마당이 빙 둘러싸고 있는 곳이었다.

수도원으로 돌아온 골드문트는 자기에게 친숙한 이 수도원이 마치 마력이라도 지닌 듯 자신을 사로잡는 것을 보고 놀랐다. 물론 수도원 내에 자신을 알아보는 사람은 수도원장 외에는 아무도 없었다. 또한 수도사들도 정해진 엄격한 일과에 의해 바쁜 생활을 했기에 골드문트에 대해서는 조금도 신경을 쓰지 않았다. 하지만 마당의 나무들, 현관 기둥과 창문들, 물방앗간, 회랑 바닥에 깔린 돌 등 모든 것이 낯이 익었다. 그는 그 모든 낯익은 것들을 바라보며 옛날 사춘기의 추억에 젖었다. 또한 휴식 시간을 알리는 종이 울리면 마당으로 떼 지어 내려오는 학생들의 모습을 보고 감동을 받았다. 오, 얼마나 어리고 서투르며 귀여운 모습들인가! 자신에게도 정말로 저렇게 어리고 서투르고 귀엽고 어린아이 같던 시절이 있었던가!

하지만 그 무엇보다 그의 눈길을 끈 것은 그가 이곳에서 새롭게 만난 것들이었다. 물론 이곳 수도원은 모든 것이 이전 그대로의 모습이었고 새롭게 덧붙여진 것은 하나도 없었다. 그러나 수도원의 모든 것들을 바라보는 그의 눈은 이미 학생의 눈이 아니었다. 그가 그 모든 것들을 새로운 눈으로 보게 되면서 그것들은 그에게 새로운 것이 되었다. 그는 수도원의 모든 건물들, 예배당의 아치형 천장, 오래된 그림들, 제단이나 현관에 있는 석상과 목상들을 새로운 눈으로 보고 느낄 수 있었다. 모두 이전부터 그 자리에 있던 것들이었지만 그는 이제야 그것들의 아름다움, 그것을 창조한 사람들의 정신을 알아볼 수 있었다. 그렇게 새로운 눈으로 모든 것들을 보게 되자 그 모든 것들이 유기적으로 맺어진 채 하나의 정신에서 뻗어 나온 가지들처럼 느껴졌다.

이처럼 모든 것들이 소리 없이 강력한 통일성을 이루고 있음을 느끼자 골드문트는 자신이 너무 왜소하게 느껴졌다. 게다가 자신의 친구인 나르치스가 요한 원장으로서 강력하게, 하지만 조용히, 그리고 다정하게 이 모든 질서를 다스리고 있는 모습을 옆에서 보니 자신이 더욱 왜소하게 느껴졌다.

그는 어느 날 나르치스에게 말했다.

"요한 수도원장, 들어보게나. 이렇게 아무 일도 하지 않으면 내가 정말 왜소하게 느껴지고 아무것도 아닌 존재로 여겨져 견딜 수가 없어. 나도 무언가 일을 하고 싶고 내가 어떤 사람이며 무엇을 할 수 있는 사람인지 자네에게 보여주고 싶어. 내가 과연 교수형을 면하게 해줄 만한 가치가 있는 인물인지 자네가 판단할 수 있게 해주고 싶어."

"자네가 그 말을 하길 기다리고 있었지." 나르치스가 평소보다 훨씬 바르고 정확한 발음으로 말했다. "자네가 원한다면 언제고 작업장을 설치할 수 있네. 당장이라도 대장장이와 목수를 불러줄 테니 자네가 알아서 하게. 나는 자네가 어릴 때부터 자네를 예술가로 생각했다네. 그래서 자네를 속세로 나가도록 부추긴 걸세. 만일 자네가 자네의 본성을 어기고 사상가가 되었다면 자네는 아마 신비주의자가 되었을 걸세. 신비주의자들은 상상의 세계에 빠져 있기에 엄밀한 의미에서 사상가가 아니야.

겉으로는 사상가이지만 내면적으로는 예술가야. 화필이 없는 화가, 소리가 없는 음악가인 셈이야. 그래서 그들은 불행하지. 자네도 그렇게 될 뻔했지만 다행히 예술가가 되어 이미지의 세계를 지배하는 창조자가 되고 주인이 된 거지. 나는 예술가적 기질을 갖고 있지 못하기에 내게 적합한 길을 걸은 걸세. 그리고 내 천성에 맞는 자아를 실현하기에 적합한 장소와 직위에 있는 셈이지. 오랫동안 전승된 공동체적 전통 속에서 살고 있는 거라네. 물론 수도원이 천국은 아니야. 온갖 불완전한 것들로 가득 차 있지. 하지만 나 같은 기질을 가진 사람에게는 속세에서 생활하는 것보다는 이런 곳에서 생활하는 것이 훨씬 유리하다네. 도덕적인 차원에서 그렇다는 말이 아니야. 아주 실천적인 차원에서 하는 소리라네. 순수한 사고뿐 아니라 나의 과업인 그 순수한 사고를 실행하고 가르치는 일은 어느 정도 세상으로부터 보호를 받을 필요가 있지. 나는 이 수도원 안에서 자네보다 훨씬 쉽게 나의 자아를 실현하고 있는 셈이야. 그런데 자네는 그 온갖 어려움에도 불구하고 예술가가 되는 길을 찾아냈으니 내가 크게 존경하지 않을 수 없네. 자네의 삶이 내 삶보다 훨씬 힘든 삶이라네."

나르치스의 칭찬을 받자 골드문트의 얼굴이 새빨개졌다. 골드문트는 화제를 돌리기 위해 '순수한 사고'라는 것이 어떻게 가능한지 나르치스에게 물었다. 자기로서는 상상력이나 현실과의 구체적 접촉 없이 어떻게 사고가 가능한지 믿을 수도 없고 이해도 할 수 없다고 그는 말했다. 나르치스는 순수한 사고란 현실과 아무 상관없는 단순히 추상적인 사고만을 의미하는 것이 아니라, 순수한 사고의 형태로 세상에 적용하고 적응하는 것이라고 대답했다. 이어서 그는 자신이 옛날에 골드문트에게 가졌던 관심이나 충고도 바로 그런 순수한 사고의 현실적 적용의 한 모습이며 지금 수도원과 수도사들에게도 적용하고 있다고 대답했다. 골드문트가 별로 탐탁하게 여기는 것 같지 않은 듯 계속 질문을 던지려 하자 나르치스가 말했다.

"자네가 그런 질문을 계속하는 건 자네가 지금 불안하고 흥분해 있기 때문이야. 자신과 작품 사이에 여전히 장애물이 놓여 있기 때문이지. 자, 그 장애물을 빨리 치워버리게. 자네가 직접 작업장을 찾거나 만들어. 그리고 빨리 작품을 창작해! 그러면 모든 게 저절로 해결될 거고, 자네는 자네가 품고 있는 의문의 답을 얻게 될 거야."

골드문트는 그 이상 바랄 게 없었다.

그는 마당 문 옆에 있는 빈 헛간을 발견했다. 작업장으로 안

성맞춤이었다. 그는 목수에게 제도판과 여타 도구들을 주문하면서 모든 도구들의 모습을 직접 꼼꼼하게 그려주었다. 또한 그는 인근 도시들로부터 구입해야 하는 물품 목록을 작성해 수도원 내 물품 운반인에게 건네주었다. 꽤 긴 목록이었다. 이어서 그는 목수 작업실과 숲속을 뒤져 자기가 쓸 만한 목재들을 찾아낸 뒤 작업실 뒤쪽 잔디밭에 쌓아놓게 했다. 그는 비 막이 지붕을 세워 목재들을 건조시켰다. 대장간에도 볼 일이 많았다. 그는 몽상가 기질의 대장장이 아들 에리히가 마음에 쏙 들었다. 그는 에리히와 함께 한나절 동안 목재를 다듬는 데 쓸 끝은 칼과 휘어진 칼, 드릴, 철판 등을 만들어냈다. 스무 살가량의 청년 에리히는 골드문트의 친구가 되어 무슨 일이건 나서서 힘껏 도와주었다.

근래에 골드문트의 모습은 많이 변해 있었다. 한마디로 나이보다 훨씬 늙어 보였다. 불안정한 떠돌이 생활의 효과가 뒤늦게 발휘된 것 같았다. 게다가 흑사병이 돌던 시절 목격했던 끔찍한 광경들, 지하 감옥에 갇히면서 받은 충격의 여파가 이제야 밀려온 것인지도 몰랐다. 수염은 아직 금발이었지만 머리칼을 희끗희끗해졌고 얼굴에는 잔주름이 생겼다. 게다가 불면의 밤을 보내기도 했고 가끔 무기력증에 빠지기도 했다. 하지만 일을 준비하거나 일에 대해 에리히와 대화를 나눌 때, 작업 도구들을 직접 자기 손으로 챙길 때면 다시 기운을 차려 생기와 젊음을 되찾았다.

어느 작품부터 시작할 것인가가 그에게 가장 중요한 문제였다. 그는 수도원의 호의에 보답할 만한 작품을 만들고 싶었다. 아무 데나 세워놓아도 좋을 만한, 그저 호기심이나 자극할 만한 것이어선 안 되었다. 옛날부터 전해져 오는 이 수도원의 다른 작품들과 함께 어울릴 수 있는 작품, 수도원의 건축 구조나 생활에 들어맞는 작품으로서 수도원 전체의 일부분이 될 수 있는 작품이어야 했다.

그는 내심 제단이나 설교단을 만들고 싶었다. 하지만 수도원에서 그런 건 필요치 않았고 놓을 만한 장소도 없었다. 그는 마땅한 것이 어떤 것일지 열심히 궁리했다. 신부들이 이용하는 식당에 바닥보다 높은 곳에 벽감(壁龕)이 있었다. 식사 때면 언제나 젊은 형제 한 명이 올라가 설교대 앞에서 성자들의 삶에 대해 낭송을 하는 곳이었다. 그 벽감에는 아무런 장식도 없었다. 골드문트는 설교대까지 오르는 계단에 조각을 새기고 설교대에도 일부는 부조(浮彫)로, 일부는 자유롭게 서 있는 모습으로 조각을 새기기로 마음먹었다. 그는 자신의 계획을 원장에게 설명했고 원장은 기뻐하며 받아들였다.

드디어 작업이 시작되자—눈이 쌓여 있었고 크리스마스는 이미 지난 뒤였다—골드문트의 삶이 바뀌었다. 마치 수도원으로부터 사라진 듯 그 누구도 그의 모습을 볼 수 없었다. 식사도 방앗간에서 했으며 작업실에는 조수 에리히 외에는 아무도 들이지 않았다. 하지만 에리히조차도 골드문트로부터 한마디 말도 듣지 못하는 날이 많았다.

골드문트는 오랜 숙고 끝에 다음과 같이 설교대를 디자인했다.

설교대는 두 부분으로 이루어진다. 한쪽은 세상을 나타내고 다른 한쪽은 하느님의 말씀을 나타낸다. 아랫부분인 계단에는 밤나무 줄기에 부조(浮彫) 형식으로 세상을 묘사해서 붙인다. 즉 피조물인 자연의 이미지와 교부들의 소박한 삶을 조각한다. 그리고 위쪽 난간에는 복음서의 네 명의 사도의 모습을 조각해서 놓는다. 그들 네 명 중 한 명은 다니엘 수도원장을, 또 한 사람은 그 후계자인 마르틴 신부를 모델로 삼고, 성 루가의 상은 스승 니클라우스를 모델로 삼아 그분을 영원히 기리기로 했다.

골드문트는 작업을 하면서 수많은 난관에 부딪혔다. 그가 예상했던 것보다 훨씬 큰 난관이었다. 그로 인해 그는 수많은 걱정거리에 휩싸였지만 그것은 오히려 달콤했다. 난관에 부딪힐

수록 그는 사력을 다해 그 난관과 맞섰고 그때마다 그 무언가를 깨우쳤으며 감각은 더욱 섬세해졌다. 그는 작업 외에 다른 일은 모두 잊었다. 수도원도 잊었고 나르치스도 잊었다. 나르치스가 몇 번인가 작업장을 방문했지만 골드문트는 겨우 밑그림만을 보여줄 뿐이었다.

그러던 어느 날 골드문트가 고해를 하겠다고 해서 나르치스는 놀랐다. 골드문트가 나르치스에게 말했다.

"이제까지는 고해를 할 수가 없었어. 자신이 너무 초라하게 느껴졌기 때문이야. 자네 앞에서는 더욱 초라하게 느껴졌었어. 하지만 이제는 훨씬 나아졌어. 일을 하다 보니 '나'라는 존재의 존재감이 조금 느껴졌달까……. 게다가 이렇게 수도원에서 지내고 있으니 수도원 규칙도 따라야 할 것 같고……."

나르치스는 엄숙한 절차 없이 그의 고해를 들어주었다. 고해는 두 시간가량 계속되었다. 골드문트는 자신이 하느님의 정의와 선에 대한 믿음을 잃어간 과정을 차분하게 고백했다.

고해가 끝나자 나르치스가 자신의 죄악을 그다지 심각하게 받아들이지 않는 것을 보고 골드문트는 놀랐다. 대신 나르치스는 골드문트가 기도와 고해 성사와 영성체를 게을리한 것에 대해서 엄한 벌을 내렸다. 한 달 동안 절제와 금욕 생활을 한 후에 영성체를 받을 것, 매일 새벽 미사에 참여할 것, 밤에는 세 번씩 주기도문을 외우고 성모 마리아 찬송가를 부를 것을 벌로 부과한 것이다.

이번 고해와 속죄의 벌은 골드문트의 마음을 평화롭게 해주었다. 작업하는 동안 그는 자신의 전 감각과 열정을 작품에 바쳤다. 하지만 예배를 드리는 순간 그는 다시금 순진무구한 상태로 돌아가 작업 중에 그를 사로잡았던 분노와 초조와 쾌감, 열광과 절망과 오만 등을 마지 차디찬 물에 식히듯 씻어낼 수 있었다.

그러는 사이 골드문트의 작업은 착착 진행되었다. 두터운 나선형 계단에 붙여 놓을 동물과 식물과 인간의 이미지들로 이루어진 작은 세계들이 모습을 드러내기 시작했다. 그 세계 한가운데 포도 덩굴과 포도송이에 둘러싸인 선지자 노아가 있었다. 그 작품은 마치 천지 창조와 피조물의 아름다움을 찬양하는 한 권의 그림책 같았다. 피조물들은 한껏 자유를 만끽하는 것 같으면서도 보이지 않는 질서와 규율에 의해 이끌리고 있었다.

지난 몇 달 동안 에리히 외에는 아무도 그 작품을 볼 수 없었다. 에리히는 골드문트의 조수로 일하면서 자신도 예술가가 되겠다는 일념에 불타고 있었다. 하지만 그 역시 며칠간 작업실

제18장

311

에 들어가지 못하는 때가 많았다. 또한 에리히를 옆에 두고 작업을 하면서 골드문트가 그에게 시험 삼아 무언가를 시켜볼 때도 많았다. 골드문트는 자신을 믿고 따르는 제자가 있다는 사실에 기뻤다. 작품이 성공적으로 끝나면 에리히의 아버지에게 그를 자신에게 맡겨 달라고 부탁해서 제자로 삼아야겠다고 그는 마음먹고 있었다.

골드문트는 마음속 모든 것이 조화를 이루고 자신에게 그 어떤 의혹의 그림자도 비치지 않는 최선의 날을 택해, 그런 날들에만 복음서의 사도들을 조각했다. 그가 보기에 다니엘 수도원장의 상이 가장 나은 것 같았다. 그는 그 상이 매우 마음에 들었다. 그 얼굴에는 상냥함과 순수함이 빛을 발하고 있었다. 에리히는 니클라우스 스승의 모습이 가장 좋다고 찬양했지만 골드문트는 뭔가 흡족하지 않았다. 그 얼굴에는 조화가 결여되어 있는 것 같았고 슬픔이 서려 있었다. 마치 창조자로서의 드높은 계획과 의지가 넘쳐흐르면서도 한편으로는 창조의 허망함에 대한 절망적 인식과 잃어버린 통일성과 순진성에 대한 비애가 함께 하는 것 같았다.

다니엘 수도원장의 상이 완성되자 골드문트는 에리히에게 작업실을 깨끗이 치우라고 지시했다. 그는 다니엘 수도원장의 상을 제외하고 나머지 상들은 모두 천으로 덮어놓게 했다. 그런 후 그는 나르치스를 찾아갔다. 하지만 나르치스가 너무 바쁜 것을 보고 다음 날까지 기다렸다. 다음 날 정오 무렵 그는 나르치스를 작업실로 데려와 다니엘 수도원장의 상을 보여주었다.

나르치스는 선 채로 그 상을 바라보았다. 그는 그곳에 서서 학자로서의 집중력으로 오랫동안 면밀히 작품을 살펴보았다. 골드문트는 말없이 나르치스의 뒤에 서서 마음속 동요를 가라앉히려 애쓰고 있었다. 그는 마음속으로 생각했다.

'우리 두 사람 다 지금 시험대에 놓인 거야. 둘 중 한 명이라도 이 시험을 통과하지 못한다면 실패야. 내 작품이 별로이거나 그가 내 작품을 이해하지 못한다면 내가 한 작업들은 아무 가치도 없어. 만일 그렇게 된다면 우리는 좀 더 기다려야만 해.'

그 몇 분이 그에게는 몇 시간처럼 느껴졌다. 골드문트에게는 스승 니클라우스가 그의 첫 번째 그림을 손에 들고 있었을 때가 생각났고 그때와 지금의 상황이 비슷하다고 느꼈다. 그는 긴장된 나머지 땀에 젖은 자신의 두 손을 움켜쥐고 기다렸다.

나르치스가 골드문트를 향해 고개를 돌렸다. 골드문트는 즉시 해방감을 느꼈다. 친구의 홀쭉한 얼굴이 그 무언가로 활짝

제18장

313

꽃피어나 있었던 것이다. 유년 시절부터 지금까지 그의 얼굴이 그렇게 환하게 꽃피어났던 적은 없었다. 정신과 의지만으로 이루어진 그의 얼굴에 미소가, 거의 수줍다고 할 만한 미소가 떠올라 있었다. 그 미소는 사랑과 승복의 미소였다. 마치 고독과 자부심이 한순간이나마 깨지고 오로지 기쁨에 가득 찬 마음만이 빛을 발하고 있는 것 같은 미소였다.

"골드문트," 나르치스가 부드럽게 말했다. 하지만 이런 순간에도 마치 자신이 하고 있는 말에 대해 숙고하듯 묵직한 어투였다. "내가 갑자기 예술에 전문가가 될 수 있으리라는 기대는 말게. 내가 그렇지 않다는 건 자네가 잘 알지. 내가 자네 작품에 대해 이러쿵저러쿵한다면 자네의 비웃음만 살 거야. 하지만 한 가지만은 분명히 말해야겠네. 나는 이 복음서의 사도가 다니엘 신부님임을 알아보았네. 단지 그분의 모습뿐 아니라 그분이라는 존재가 우리에게 의미했던 모든 것을 알아본 거라네. 그분의 기품, 상냥함, 소박함을 알아본 거라네. 고인이 되신 다니엘 신부님이 우리들의 소년 시절 존경의 대상으로 우리들 앞에 서 계시던 것처럼 지금 우리 앞에 서 계시네. 그리고 그분의 모습과 함께 그때 우리에게 성스럽게 여겨졌던 모든 것들이, 그 시절을 잊지 못하게 만드는 모든 것들이 지금 여기에 서 있네. 이

보게, 내 친구, 자네는 내게 아주 풍요로운 선물을 주었네. 다니엘 원장님을 내게 되돌려주었을 뿐 아니라 생전 처음으로 자네 자신을 완전히 열어 보인 거라네. 나는 이제 자네가 누구인지 알겠네. 그 이야기는 그만하세. 오, 골드문트, 우리에게 이런 시간이 올 줄이야!"

그 커다란 작업실에 정적이 감돌았다. 골드문트는 자신의 친구가 마음속 깊이 감동을 받았음을 알 수 있었다. 골드문트는 당황해서 숨이 막힐 지경이었다.

"그래," 골드문트가 짤막하게 말했다. "정말 기쁘군. 근데, 이제 식사하러 갈 때가 되지 않았나?"

제18장

제19장

  골드문트는 2년 동안 작업에 매달렸고 2년째 되던 해부터는
에리히를 제자로 받아들였다. 골드문트는 즐겁게 작업에 몰두
했지만 가끔 초조함, 권태로 인해 작업 의욕이 떨어지는 날도
있었다. 그런 날이면 그는 제자 에리히에게 작업을 맡긴 다음
말을 타고 야외 숲으로 나가 자유롭게 방랑하던 시절의 향기로
운 공기를 마시며 하루나 이틀 정도 지낸 후 돌아오곤 했다.
  나르치스는 자주 작업실로 찾아왔다. 이제 그곳은 그가 수도
원에서 가장 좋아하는 곳이 되었다. 그는 희열과 놀람에 젖어
작품을 바라보았다. 그 작품 안에서 불안하고 반항적이고 천진
한 친구의 마음속에 들어 있는 모든 것이 활짝 피어나고 있었
다. 그것은 놀이에 불과할지도 몰랐다. 하지만 그 놀이는 논리

나 문법, 혹은 신학 놀이보다 가치가 덜하다고 할 수 없었다.

　한번인가 나르치스가 생각에 잠긴 표정으로 골드문트에게 말했다.

　"골드문트, 내가 자네에게 많은 것을 배우고 있네. 예술이 무엇인지 이해하기 시작한 거야. 전에는 사유나 학문에 비해서 예술은 진지한 고려의 대상이 되지 못한다고 생각했네. 나는 이런 생각을 하고 있었던 거지. '인간이란 정신과 물질이 혼합된 미심쩍은 존재이다. 정신은 영원에 이르는 인식의 길을 인간에게 열어준다. 반대로 물질은 인간을 끌어내려 인간을 덧없이 사라지는 것에 묶어버린다. 삶을 고양시키고 의미 있게 만들려면 감각적인 것을 지양하고 정신적인 것을 추구해야 한다.' 겉으로는 예술을 높이 평가하는 척했지만 실은 속으로는 얕잡아 보고 있었던 거야. 오만했던 거지. 하지만 이제야 인식에 이르는 길이 그 얼마나 다양한지 알 것 같네. 정신의 길이 유일한 길도 아니고 또 최상의 길도 아닐지 모른다는 생각이 든 거라네. 물론 내가 갈 길은 그 길이고 나는 그 길 위에 남을 걸세. 하지만 자네는 나와 정반대되는 길, 즉 감각의 길에서 존재의 비밀을 깊이 포착해냈네. 그리고 그 어떤 사상가보다도 생생하게 그것을 표현해냈다네."

제19장

"이제 내가 이미지 없는 사유는 불가능해 보인다고 한 말을 이해하겠나?" 골드문트가 말했다.

"자네 말이 무슨 뜻인지는 이해하고 있었어. 우리 같은 사람들의 사유라는 것은 끊임없이 물질들을 추상화하는 것을 뜻해. 감각적인 것을 지양하고 순수하게 정신적인 세계를 구축하려고 시도하지. 반대로 자네는 가변적인 것, 유한한 것을 소중히 여기고 바로 그 유한성 속에서 세상의 의미를 보여주지. 자네는 세상을 외면하지 않아. 자네는 자네를 세상에 바치고 그 희생을 통해 세상에 가장 드높은 가치를 부여할 수 있게 하고 세상을 영원성의 상징으로까지 고양시켜. 반대로 우리는 하느님을 이 세상과 철저히 분리함으로써 하느님 가까이 가려고 애를 쓰지. 자네는 하느님의 피조물을 사랑하고 그것을 재창조함으로써 하느님 가까이 가고 있는 것이고. 그 둘 다 인간적인 노력이고 그렇기에 둘 다 불완전할 수밖에 없어. 하지만 예술이 더 순결하다고 할 수 있어."

"나르치스, 나는 잘 모르겠네. 하지만 인생을 극복하고 절망에 저항하는 일은 자네 같은 사상가나 신학자들이 더 잘하는 것처럼 보여. 이보게, 나는 오래전부터 자네의 학문을 부러워하지는 않았네. 하지만 자네의 평온함, 자네의 초연함과 평화는 부러웠다네."

"골드문트, 나를 부러워할 필요 없어. 자네가 생각하는 식의 평화란 없어. 평화는 물론 존재해. 하지만 우리 안에 계속 머물며 우리를 떠나지 않는 그런 평화란 없어. 우리가 살아가면서 매일매일 부단히 쟁취해야만 하는 그런 평화만 있을 뿐이야. 자네는 내가 싸우는 모습을 본 적이 없지. 자네처럼 기분에 좌지우지되지 않는 내 모습을 보고 내가 평화롭다고 생각했겠지. 하지만 내 삶 역시 싸움이라네. 머릿한 삶이 모두 그러하듯 내 삶도 싸움이고 희생이야. 자네의 삶처럼 말일세."

골드문트는 더 이상 대꾸하지 않았다. 그는 속으로, 자신만 나르치스의 싸움을 보지 못한 것이 아니라 나르치스도 자기, 골드문트의 싸움을 제대로 보지는 못하고 있다고 생각했다. 그는 마음속으로 작업을 마친 후의 공허감을 미리 느끼고 있었던 것이다.

그로부터 몇 주 뒤 골드문트의 대작이 완성되어 전시되었다. 모두들 그의 작품에 대해 경탄을 감추지 않았다. 하지만 그 작품들은 이제 그를 떠나 다른 사람의 것이 되어 있었다. 그의 마음과 작업실은 텅 비어버렸으며 그는 자신의 작품이 과연 그런 희생을 치를 만한 가치가 있는지조차 알 수 없는 상태가 되어

버렸다. 전에도 작품을 완성했을 때마다 겪은 일이었다.

수도원에서는 수도원장의 지시에 의해 새로운 작업이 시작되었다. 수도원에 딸린 마리아 예배당의 제단을 만드는 일이었다. 골드문트는 그 제단에 마리아상을 제작할 계획을 세웠다. 그리고 자신의 젊은 시절의 잊지 못할 인물 중의 하나인 뤼디아를 모델로 하기로 결심했다.

그런데 이번 작업을 하면서 골드문트의 태도는 지난번 작업을 할 때와는 달랐다. 전보다 에리히에게 작업을 맡기고 넓은 숲속을 돌아다니는 횟수가 잦아진 것이다. 때로는 며칠간이나 돌아오지 않는 경우도 있어서 나르치스를 걱정에 휩싸이게 만들기도 했다. 그렇게 며칠간 밖에서 헤매다 들어온 다음에는 일주일간 만사 제치고 작품에 매달렸다가 다시 밖으로 나돌곤 했다.

실제로 골드문트는 근심 걱정에 싸여 있었다. 대작을 완성하고 난 뒤에 그의 생활은 무질서해졌다. 새벽 미사에도 참여하지 않았으며 불안과 불만에 휩싸여 있었다. 그는 자주 스승 니클라우스를 생각했다. 그리고 자신도 스승처럼 되지 않을까 우려했다. 일에만 빠져 기술적으로는 장인이 될 수도 있으리라.

하지만 자유와 젊음을 잃게 되리라. 그는 비단 자신의 외모가 늘어간다는 것에 대해서만 비관한 것이 아니었다. 자기 내면의 그 무언가가 늙어가는 것처럼 느껴졌고 자신이 스승 니클라우스와 너무 닮았다는 사실을 절감했다. 대자연을 마음껏 날고 뛰어다니는 독수리나 토끼가 아니라 집에서 기르는 가축 같은 신세가 된 것이다.

그는 결심했다. 마리아상을 완성하면 다시 한번 방랑 생활을 하리라. 이렇게 오랫동안 수도원에서 남자들 사이에서만 지내는 것은 그와 같은 기질의 사내에게는 결코 바람직하지도 않고 좋은 일도 아니었다. 세상을 진정으로 살아간다는 기쁨을 누리려면 여자가 필요했고 여행과 방랑이 필요했다. 그래야만 마음 속에 새로운 이미지가 떠오를 수 있었다.

일단 그런 계획을 세우자 그 계획이 위안이 되어 힘을 북돋아주었고 그는 더 열심히 작업에 몰두할 수 있었다. 한시라도 빨리 자유로운 몸이 되기 위하여 그는 더욱더 용기를 냈다. 나무에 서서히 뤼디아의 얼굴이 모습을 드러내고 무릎 위의 옷주름이 조금씩 모습을 드러내자 골드문트는 마음 저 깊은 곳에서 고통스러운 환희가 치솟는 것을 느꼈다. 그는 이 이미지, 이 아름답고 수줍은 처녀상, 그 시절에 대한 기억, 그의 첫사랑, 그의 첫 여행, 그의 젊음에 대한 회상에 젖어 그 모든 것들과의 사랑에 빠진 것이다. 그는 그 인물상이 자기 마음속에 품고 있는 최고의 이미지와 자신의 청춘과 자신의 달콤한 추억들과 하나가 되는 것을 느끼며 경건한 마음으로 섬세하게 작업했다. 고개를 숙이고 있는 그녀의 목덜미, 다정하면서도 슬퍼 보이는 입, 우아한 손, 기다란 손가락, 아름다운 반월형 손톱 등, 그 모든 것을 형상화한다는 것이 그에게는 기쁨이었다. 에리히 역시 틈만 나면 감탄과 경의가 담긴 시선으로 그 상을 응시했다.

작품이 거의 완성되자 골드문트는 그것을 수도원장 나르치스에게 보여주었다. 그러자 나르치스가 말했다.

"정말 아름답군. 수도원 전체에도 이에 필적할 만한 작품은 없을 걸세. 솔직히 지난 몇 개월 동안 걱정이 많았다네. 자네가 밖에 나가 있는 동안 영원히 돌아오지 않으면 어쩌나 걱정했지. 하지만 결국 이렇게 훌륭한 작품을 완성했군! 정말 기쁘고 자네가 자랑스럽네."

"그래, 작품은 비교적 잘됐어." 골드문트가 말했다. "하지만 잘 듣게, 나르치스. 이 상을 만들기 위해서는 내 청춘, 내 방랑, 내 연애, 여자들과의 경험들이 모두 필요했네. 바로 그것들이 내 작품의 원천이었지. 그런데 이제 곧 그 샘물도 말라버리고 내 가슴도 텅 비어버리겠지. 마리아상은 곧 끝을 볼 거네. 그러면 나는 좀 길게 휴가를 떠나겠네. 얼마나 될지는 나도 몰라. 내 청춘, 그리고 내가 사랑했던 것들을 다시 한번 되짚어보고 싶어. 이해할 수 있겠나? 나는 이곳에 손님으로 있을 뿐이고 내가 한 일에 대해 보수를 받은 적이 없으니까……."

"내가 종종 보수를 제안했지 않은가?"

"맞아, 이제 그 제안을 받아들이겠네. 새 옷과 말 한 필을 보수로 요구하겠네. 그리고 약간의 돈도……. 나르치스 더 이상 아무 말도 말게. 내 소원을 들어주겠나?"

그들은 그에 대해 더 이상 이야기를 나누지 않았다. 여름이 가까이 다가올 때쯤 골드문트는 마리아상을 완성했고 그러던 어느 날 골드문트는 나르치스를 찾아와 작별을 고했다. 그는 나르치스가 마련해준 옷을 입고 말을 탄 채 그렇게 떠났다.

친구가 떠나자 나르치스는 온통 친구에 대한 생각과 걱정에 휩싸여 있었다.

'오, 이제 다시 골드문트는 나비처럼 온 세상을 돌아다니며 죄를 범하고 여자들을 유혹하고 자신의 욕망이 이끄는 대로 행동하리라. 또다시 살인을 저지를지도 모르고 감옥에 갇혔다가 죽을지도 모른다. 나이를 먹는 것을 한탄하면서 여전히 어린아이 눈으로 세상을 바라보는 이 금발의 사나이가 정말 걱정스럽구나! 오, 제발 무사히 돌아올 수만 있다면!'

하지만 그는 걱정만 한 것이 아니었다. 한편으로는 기쁘기도 했다. 이 고집스러운 반항아를 여전히 길들이기 어렵다는 사실이, 이 어른-아이가 여전히 변덕스럽다는 사실이, 다시 한번 둥지를 부수고 모험에 나설 수 있다는 사실이 사랑스럽게 여겨진 때문이었다.

매일 일정한 시간이 되면 수도원장 나르치스의 생각은 골드문트에게로 달려갔다. 애정과 향수와 감사와 걱정이 뒤섞인 생각이었고 때로는 자책감에 휩싸이기도 했다. 그리고 그를 생각할 때마다 수도원장에게는 이런 의문들이 맴돌았다.

'저 높은 곳 하느님의 눈으로 본다면 질서와 규율에 의한 이 모범적인 삶이, 감각적 쾌락을 포기한 이 삶이, 더러운 것과 피를 멀리 하고 철학과 명상으로 물러선 이 삶이 과연 골드문트의 삶보다 나은 것일까? 인간은 과연 기도 시간을 알리는 벨처럼 정해진 일과와 의무 속에서 살도록 창조된 것일까? 인간은 과연 아리스토텔레스와 토마스 아퀴나스를 공부하기 위해, 그리스어를 배우기 위해 창조된 것일까? 관능들을 죽이고 세속으로부터 달아나기 위해 창조된 것일까? 하느님은 인간에게 관능과 본능, 피로 얼룩진 어두움, 죄와 향락과 절망에 빠질 수 있는 성향을 부여해서 이 땅에 내려보내신 게 아닐까? 세상 밖에서 손을 깨끗이 씻고 순수한 삶을 누리는 것보다는, 조화로운 사상(思想)들로 이루어진 아름답고 외로운 정원에서 죄를 짓지 않은 몸으로 안전하게 화단 사이를 거니는 것보다는, 현실이라는 잔인한 물결, 그 혼란에 몸을 내맡긴 채 죄를 범하고 그 쓰린 결과를 감수하는 것이 보다 더 순수하며 인간다운 삶이 아닐까? 보다 더 용감하고, 나아가 보다 더 고결한 삶이 아닐까? 너덜너덜해진 신발을 신고 따가운 햇볕을 받으며, 혹은 비를 맞으며 굶주림과 궁핍을 겪고, 관능적 쾌락에 몸을 맡겼다가 그 대가를 고통스럽게 치르고 살아가는 것이 어쩌면 더 힘들고 더 용감하며 더 고귀한 삶이 아닐까?'

어쨌든 골드문트는 높은 성취를 이룩하도록 점지된 인간이, 왜소해지거나 평범하게 되어 자기 내면의 신성한 불꽃을 꺼버리지 않은 채, 피비린내 나는 저 삶의 혼돈에 깊이 빠져 오물과 피로 자기 몸을 더럽힐 수도 있음을 보여주었다. 또한 자신의 영혼 깊은 곳에 깃들어 있는 신성한 빛과 창조적 힘을 꺼버리지 않고도 어두운 욕망에 깊이 빠져 방황할 수 있음을 보여주었다. 나르치스는 친구의 혼돈에 휩싸인 삶을 깊이 들여다보았지만 그를 향한 사랑도, 그를 존중하는 마음도 전혀 줄어들지 않았다. 그렇다! 나르치스는 내적인 조화의 빛을 발하는 놀랍도록 평온하면서도 생명이 넘치는 이미지가 골드문트의 더럽혀진 손에 의해 태어나는 것을 지켜보면서, 또한 내면의 모습을 드러내면서 영혼의 빛을 발하는 그 얼굴들, 그 순박한 식물들과 꽃들, 기도하고 축복받은 손들이 태어나는 것을 바라보면서 조물주의 풍요로운 빛과 선물이 이 예술가의, 이 유혹자의 변덕스러운 가슴속에 넘쳐흐르고 있음을 알게 되었다.

나르치스가 골드문트와 대화할 때 자신의 규율과 지적인 논리를 친구의 정열과 대립시키면서 우위를 점하는 것은 쉬운 일이었다. 하지만 골드문트가 만든 작품들 속에서의 사소한 몸짓 하나, 그 눈과 입, 식물의 잔가지 하나, 의복의 주름 하나하나가 한 사람의 사상가가 성취할 수 있는 것 전부보다 더 가치가 있고 더 실재적이고 더 생생하며 더 절대적인 것이 아닐까? 마음속에 온통 갈등과 고통을 간직한 이 예술가는 현재와 미래의 수많은 사람들을 위해 그들이 겪을 고통과 노력의 상징을 만들어낸 것이 아닐까? 수많은 사람들이 그 상을 향해 경배하면서 그들의 고뇌와 갈망이 위안과 확신으로 변하고, 그로부터 큰 힘을 얻게 되는 것이 아닐까?

나르치스는 어린 시절부터 골드문트를 가르치고 인도했던 모습들을 떠올리며 미소를 지었고 슬퍼했다. 친구는 그의 인도와 가르침을 고맙게 받아들였고 나르치스의 우월성을 인정했으며 그를 인도자로 인정했다. 그런 후 친구는 자신의 너덜너덜해진 삶의 폭풍과 고통으로부터 태어난 작품들을 아무 말도 없이 조용히 만들었다. 거기에는 어떤 말도, 가르침도, 설명이나 경고도 없었고 오로지 진정한 삶, 고양된 삶만이 있었다. 그에 비한다면 자신의 지식, 수도원의 규율, 그의 논리는 그 얼마나 초라하단 말인가!

나르치스의 생각은 언제나 그 질문 주변을 맴돌았다. 이전에 그가 골드문트의 젊은 삶에 거의 난폭할 정도로 끼어들어 그를 새로운 영역으로 옮겨 놓았던 것처럼 이번에는 반대로 그 친구가 자신을 뒤흔들고 스스로를 의심하고 검토하게 만들었다. 이제 둘은 동격이었다. 나르치스는 골드문트에게 자신이 주었던 것을 몇 배로 되돌려 받고 있는 셈이었다.

골드문트가 떠난 지 몇 주일이 흘러갔다. 그의 부재 기간이 길어질수록 나르치스는 골드문트가 자신에게 얼마나 소중한 존재인지를 알게 되었다. 수도원 내의 그 어떤 박식한 수도사도 골드문트처럼 자신과 대등한 위치에서 겨룰 수 있는 사람은 없다는 것을 그는 알게 된 것이다. 나르치스는 그렇게 곁에 없는 친구를 떠올리며 내면의 싸움을 계속했다. 그리고 그는 그 싸움을 이겨냈다. 그는 자신의 길에서 조금도 벗어나지 않았다. 그는 자신의 엄중한 임무를 조금도 게을리 하지 않았다. 하지만 그는 친구를 잃었다는 상실감에 괴로워했으며 오직 하느님과 자신의 직분에만 충실해야 하는 그의 마음이 그의 친구에게 너무 쏠려 있음을 깨닫고 괴로워했다.

제20장

　여름이 지나갔다. 양귀비와 수레국화, 선옹초꽃도 시들어버렸다. 연못의 개구리도 조용해지고 황새도 높이 날아올라 떠날 준비를 했다. 바로 그때 골드문트가 돌아왔다.

　그는 어느 날 오후 이슬비를 맞으며 도착했다. 그는 수도원 건물로 가지 않고 곧바로 작업장으로 갔다. 말은 어디론가 사라졌는지 걸어서 왔다.

　그가 작업장으로 들어서는 모습을 보고 에리히는 깜짝 놀랐다. 한눈에 그를 알아보고 가슴이 두근거렸지만 다시 보니 전혀 다른 사람 같았다. 마치 가짜 골드문트 같았다. 몇 년은 더 늙은 것 같았고 거의 기운이 다 빠져버린 잿빛 얼굴은 먼지투성이였으며 몹시 수척한 모습에 병색이 완연했다. 하지만 얼굴에 고통의 기색이라고는 없었다. 오히려 선량하고 인내심 많은 늙은이의 다정한 미소가 떠올라 있었다. 그는 조수를 야릇한 눈길로 바라보며, 마치 조금 전까지 옆방에 있다고 돌아온 사람처럼 "잠을 좀 자야겠네"라고만 말했다. 몹시 피곤한 모습이었다. 그는 에리히에게 내일 아침까지 잠을 좀 자야겠으니 아무에게도 자기가 돌아왔다는 사실을 알리지 말라고 말한 후 자기 방으로 들어갔다. 방 한쪽 구석에 덮개로 가려놓은 마리아상이 서 있었지만 한 번 고개를 끄덕였을 뿐 덮개를 벗기고 인사를 건네지는 않았다.

잠시 후 그는 옷도 벗지 않은 채 침대에 드러누웠다. 하지만 좀처럼 잠을 이루지 못하고 천천히 침대에서 일어나 벽에 걸린 거울 쪽으로 걸어갔다. 그는 거울 속에 비친 자신의 모습을 주의 깊게 살폈다. 흐릿한 거울 안에서 자기를 바라보고 있는 사람은 초라한 행색의 늙은이였다. 낯익은 동시에 낯선 얼굴이었다. 그 얼굴 자체가 실존하는 것 같지도 않았고 자신과 아무 관계가 없는 것 같기도 했다. 거울 속의 얼굴은 그가 잘 알고 있는 여러 얼굴들을 떠오르게 했다. 조금은 스승 니클라우스 같기도 했고 조금은 그에게 옷을 장만해 주었던 노기사 같기도 했으며 조금은 성당에 있는 야곱상 같기도 했다.

그는 그 낯선 이를 자세히 파악하는 것이 매우 긴요한 일이라도 되는 듯 거울 속의 얼굴을 찬찬히 살펴보았다. 그는 고개를 끄덕였다. 그를 알아보았던 것이다. 그렇다, 그것은 바로 그였다. 그 얼굴은 그가 자기 자신에 대해 품고 있는 느낌과 그대로 부합했다. 여행으로부터 돌아온 조금은 둔감해지고 극도로 지친 노인, 자랑할 것이라고는 아무것도 없는 평범한 노인이었다. 하지만 그는 그 얼굴에 대해 조금도 반감이 없었고 오히려 그 얼굴이 마음에 들었다. 그 얼굴에는 젊은 시절의 아름다웠던 골드문트에게는 없던 그 무언가가 깃들어 있었다. 온통 피곤과 무기력에 찌들어 있음에도 불구하고 그 얼굴에는 만족감이, 또한 일종의 초연함이 엿보였다. 그가 부드럽게 미소를 짓자 거울 속 이미지도 함께 미소를 지었다. 여행에서 돌아오면서 썩 괜찮은 녀석을 데리고 왔군, 그래! 그 짧은 여행을 통해 그는 기력을 완전히 소진했고 지닌 것을 모두 다 잃었다. 말과 행랑과 돈만 잃은 것이 아니었다. 다른 것도 모두 잃고 온 것이었다. 젊음, 건강, 자신감, 발그레한 뺨, 시력 등을 모두 잃은 것이었다. 그런데도 그는 그 이미지가 좋았다. 거울 속에 비친 이 늙고 허약한 친구가 오랫동안 그의 모습이었던 골드문트보다 더 좋았다. 더 늙었고 더 쇠약해졌으며 가련한 모습이었지만 훨씬 더 유순했고 만족스러운 모습이었다. 저 친구와는 썩 잘 지낼 수 있을 것 같았다. 그는 씩 웃은 후 잠자리에 들어 잠이 들었다.

다음 날 골드문트가 자기 방 탁자 앞에서 몸을 구부리고 그림을 그리고 있을 때 나르치스가 찾아왔다.

"자네가 돌아왔다는 말을 듣고 찾아왔네. 너무 반가워. 그런데 혹시 방해가 된 건 아닌가?"

골드문트가 그림을 중단하고 허리를 펴며 악수를 청했다. 에리히가 미리 귀띔해 주긴 했지만 나르치스는 친구의 변한 모습을 보고 너무 놀랐다. 골드문트가 다정하게 미소를 지으며 말했다.

"어서 오게, 나르치스. 그래, 이렇게 돌아왔다네. 오자마자 자네에게 찾아가지 않은 걸 용서해주게나."

나르치스는 친구의 눈을 들여다보았다. 눈에도 기운이 없었을 뿐 아니라 얼굴 전체가 가련할 정도로 쇠약해져 있었다. 하지만 그 쇠약한 얼굴에서 그는 다른 풍모도 알아볼 수 있었다. 그 얼굴에는 놀라울 정도의 평정과 초연함, 노인의 체념과 기품이 깃들어 있었다. 사람들의 얼굴 표정을 읽는 데 일가견이 있는 나르치스는 이렇게 이상하게 변해버린 골드문트의 얼굴이 더 이상 이곳 이승의 얼굴이 아니라는 것, 그의 영혼은 이미 현실을 떠나 꿈길을 떠돌고 있으며 이미 피안으로 통하는 문 앞에 서 있음을 알 수 있었다.

"어디 아픈가?" 나르치스가 조심스럽게 물었다.

"그래, 아프다네. 여행을 떠나자마자 며칠도 되지 않아 아프기 시작했어. 바로 돌아오고 싶었지만 자네가 비웃을까 봐 여행을 계속했다네. 아무튼 이렇게 돌아오지 않았나. 곧 좋아지겠지."

"고생을 많이 한 모양이로군."

"고생? 많이 했지. 하지만 자네도 알다시피 고생은 그다지 나쁜 게 아니야. 분별력을 갖게 해주니까. 나는 이제 부끄럽지 않다네. 자네 앞에서도 부끄럽지 않아. 자네가 내 목숨을 구해주려고 감옥으로 찾아왔을 때는 너무 부끄러워서 이를 악물어야만 했지. 하지만 이젠 다 지난 일이야."

나르치스는 골드문트의 맥을 짚어보았다. 골드문트는 이내 말을 그치고 미소를 띤 채 눈을 감았다. 그는 탁자에 고개를 숙인 채 평화롭게 잠에 빠져들었다. 나르치스는 당황해서 수도원의 의사인 안톤 신부에게 달려가 환자를 한번 봐 달라고 했다. 그들이 다시 돌아왔을 때 골드문트는 여전히 탁자 앞에 앉아 잠들어 있었다. 두 사람은 그를 침대로 옮겼고 안톤 신부가 그를 진찰했다.

안톤 신부는 그가 가망이 없다고 했다. 골드문트는 수도원 내 병실로 옮겨졌고 에리히가 곁에서 간호했다.

그가 여행 중 무슨 일을 겪었는지 전모는 밝혀지지 않았다. 골드문트는 몇 가지 듬성듬성 말해주었을 뿐이었고 나머지는 추측에 의존할 수밖에 없었다. 골드문트는 정신이 들면 어김없이 나르치스를 찾았다. 나르치스가 골드문트와 나눈 마지막 대화들은 나르치스에게 아주 중요한 것이 되었다. 골드문트가 해준 이야기와 고백 중 일부는 나르치스가 정리해둔 것이고, 나머지는 에리히가 기록으로 남긴 것이다. 다음은 나르치스와 골드문트가 마지막 며칠간 나눈 대화의 기록이다.

"언제 고통이 시작되었느냐고? 여행을 시작하자마자였다네. 숲에서 말을 타고 가다가 말과 함께 개울로 굴러떨어졌고 밤새 차가운 물에 쓰러져 있었네. 그 사고로 갈비뼈가 몇 개 부러졌고 그때부터 줄곧 가슴 쪽이 아팠다네. 여기서 별로 먼 곳이 아니었지만 돌아오고 싶지 않았네. 좀 유치한 생각인지 몰라도 창피했거든. 말을 타고 계속 갔지만 너무 아파 더 이상 말을 탈 수 없게 되자 말을 팔았네. 그리고 오랫동안 병원에 누워 있었지.

나르치스, 이제 이곳에 머물러 있겠네. 다시 말을 타고 나갈 수도 없고 더 이상 방랑 생활을 할 수도 없어. 춤도 출 수도 없고 연애도 할 수 없어. 더 이상 아무것도 할 수 없게 되자 죽기 전에 그림도 몇 점 더 그리고 조각도 몇 점 더 남기고 싶다는 생각이 들더군. 결국은 뭔가 즐기고 싶어 하는 게 인간 아닌가?"

나르치스가 그에게 말했다.

"자네가 돌아와서 정말 기쁘다네. 날마다 자네 생각을 했지. 자네가 영원히 돌아오지 않을까 봐 걱정이 많았어."

나르치스는 마음속으로 슬픔과 사랑이 가득한 채 천천히 고개를 골드문트를 향해 숙였다. 그리고 오랜 세월 동안 친구로 지내오면서 단 한 번도 하지 않았던 행동을 했다. 골드문트의 머리와 이마에 입을 맞춘 것이다. 골드문트는 처음에는 놀랐다가 이윽고 사태를 파악하고는 감동했다.

"골드문트," 그의 귀에 대고 나르치스가 속삭였다. "자네에게 진작 말해줄 수 없었던 것을 용서해주게. 주교관에서 자네를 감옥으로 찾아갔을 때나 자네의 첫 작품을 보았을 때, 혹은 다른 때라도 진작 말했어야 했는데 이제야 말해주겠네. 나는 자네를 너무나 사랑한다네. 자네는 내게 너무나 소중하고 자네는 내 삶을 풍요롭게 해주었네. 자네에게는 별로 의미가 없을지도 모르지. 자네는 사랑에 익숙해 있으니까. 수많은 여자들이 자네에게 사랑을 속삭였으니까. 그러나 나는 전혀 다르다네. 내 삶에는 사랑이 부족했네. 내게는 인생의 최고가 결여된 셈이었지. 언젠가 다니엘 수도원장님이 내가 오만해 보인다고 말씀하신 적이 있는데 그분 말씀이 옳았네. 나는 사람들을 불공평하게 대하지는 않았어. 언제나 공정하고 인내심 있게 대하려고 노력했지. 하지만 결코 그들을 사랑하지는 않았어. 나는 박식한 사람을 언제나 좋아했고 약점이 있는 학자를 그 약점에도 불구하고 사랑한 적은 없었네. 내가 사랑이 무엇인지 조금이라도 알게 되었다면 그건 자네 덕분이야. 많은 사람들 중에서 오로지 자네만을 사랑할 줄 알게 된 거지. 그게 내게 무슨 의미인지 자네는 짐작도 할 수 없을 걸세. 그건 사막에서 솟는 샘물과 같은 것이고 황무지에서 꽃을 피운 나무와 같은 거야. 내 마음이 메말라버리지 않은 것은, 내 안에 은총을 향해 열린 자리가 남아 있던 것은 오로지 자네 덕분이라네."

골드문트는 약간 당황하면서도 기쁜 미소를 지었다. 그는 정신이 맑을 때의 차분하고 부드러운 목소리로 말했다.

"나르치스, 나 역시 자네를 늘 사랑했네. 내 인생의 절반은 자네에게 구애(求愛)하는 데 써버린 셈이야. 나는 자네 역시 나를 좋아한다는 걸 알고 있었어. 하지만 자네가 그걸 내게 털어놓으리라고는 감히 기대할 수 없었다네. 자네는 자존심이 강한 사람이니까. 그런데 바로 이 순간, 내가 아무것도 가진 것이 없는 이 순간, 방랑도, 자유도, 이 세상도, 여자들도 나를 버린 이 순간 그것을 고백하는군. 기꺼이 받아들이겠네. 그리고 정말 고맙네."

"자네 지금 죽음을 생각하고 있나?" 나르치스가 물었다.

"그래, 죽음뿐 아니라 지나온 내 삶도 생각하고 있네. 어릴 적 내가 자네의 학생이었을 때는 자네처럼 정신적이고 지적인 사람이 되고 싶었다네. 자네는 그게 내 운명이 아니라는 것을 내게 가르쳐주었지. 그리고 나는 삶의 또 다른 면, 즉 관능의 세계에 나를 내던졌네. 그리고 여자들은 거기서 쉽게 기쁨을 찾을 수 있게 도와주었지. 그녀들은 탐욕스럽게 그리고 자발적으로 내게 응해주었어. 하지만 여성에 대해서, 또한 관능적 쾌락에 대해서 경멸적으로 말하고픈 생각은 없네. 나는 그 안에서 이따금 최고의 행복을 맛보았으니까. 그리고 관능의 세계에도 영혼이 스며들어 있다는 것을 개인적 경험을 통해 배우는 행운을 누렸으니까. 바로 거기로부터 예술이 탄생하는 것이라네.

하지만 이제 관능의 불꽃도, 예술의 불꽃도 모두 꺼졌다네. 이
제 동물적 황홀경 속에서 행복을 느낄 기회는 갖지 못하게 된
거지. 하지만 여성들이 여전히 내 꽁무니를 따라온다 하더라도
다시 관능에 몸을 맡기고 싶지 않다네. 예술 작품을 창조하는
것도 이제 더 이상 내 소망이 아니라네. 숫자가 중요한 건 아니
지만 나는 이미 충분히 많은 조상(彫像)을 만들었네. 이제는 내
가 죽어야 할 때가 되었어. 죽을 준비가 되어 있고, 죽음에 대해
호기심을 느끼고 있어."

"왜 호기심을 느낀다는 건가?" 나르치스가 물었다.

"그래, 좀 어리석게 보이겠지. 하지만 나는 정말로 죽음에 대
해 호기심이 많다네. 죽음 이후의 세계에 대한 호기심이 아니
라네, 나르치스. 나는 피안에 대해서는 별로 생각도 하지 않
고 있어. 아니, 솔직히 말하자면 그런 건 믿지도 않네. 그런 것
은 존재하지 않아. 말라 죽은 나무는 영원히 죽은 것이고 얼어
붙은 새는 다시 소생할 수 없어. 인간도 마찬가지야. 누군가 죽
으면 사람들이 한동안은 그에 대해 생각하겠지. 하지만 그다지
오래가지는 않아.

내가 죽음에 대해 호기심을 느끼는 것은 내가 아직 어머니를
향해 가는 도중에 있다는 믿음, 혹은 꿈 때문이라네. 나는 죽음

이 행복이기를, 최초의 사랑의 행위만큼 큰 행복이며 기쁨이기를 바라고 있다네. 나는 죽음이 칼을 손에 들고 있는 사내가 아니라 나를 무(無)와 순수로 이끄는 어머니라는 생각을 떨쳐버릴 수 없다네."

그 후 며칠 동안 골드문트는 아무 말도 할 수 없었다. 나르치스가 그를 찾아간 어느 날 골드문트는 의식을 회복하고 말을 할 수 있었다.

나르치스가 골드문트에게 물었다.

"안톤 신부님 말씀으로는 자네는 자주 무서운 고통에 시달리고 있는 게 틀림없다고 하더군. 그런데 어떻게 이렇게 차분하게 참아낼 수 있는 건가? 아마 마음의 평화를 찾은 게지?"

"하느님의 평화를 말하는 건가? 아닐세, 그런 평화는 찾지 못했네. 나는 하느님의 평화는 원치도 않아. 하느님은 세상을 잘못 만드셨어. 그러니 그런 분을 찬양할 필요는 없지. 게다가 하느님은 내가 하느님을 찬양하건 아니건 관심도 없으실 걸세. 나는 내 가슴속의 고통과 평화 협정을 맺은 거라네. 전에는 견디기 힘든 고통을 겪으면서 차라리 죽는 게 낫겠다고 생각한 적이 이따금 있었어. 죽음을 받아들이는 게 별로 힘들지 않을 거라고 생각한 거지. 하지만 그건 잘못된 생각이었어. 하인리히

제20장

339

백작의 감옥에서 죽음이 가까이 다가왔을 때 나는 죽음을 받아들이는 것이 쉽지 않다는 것을 알았지. 오로지 내가 죽기에는 아직 너무 강하고 거칠었기 때문이었어. 나를 죽이려면 내 사지를 두 번씩 분질러야만 했을 거야. 하지만 지금은 달라."

말을 하는 것이 힘든 듯 그의 목소리가 점점 약해졌다. 나르치스가 무리하지 말라고 당부했다.

"아니야." 골드문트가 말을 이었다. "자네에게 말해주고 싶어. 전 같으면 부끄러워서 이런 이야기는 자네 앞에서 꺼내지도 못했겠지. 내 이야기를 들으면 자네는 분명 나를 비웃을 걸세. 지난번 내가 말을 타고 길을 나선 것은 무작정 한 행동이 아니었네. 하인리히 백작이 다시 그 도시로 돌아왔고 그의 애인 아그네스도 함께 있다는 소문을 들었기 때문이라네. 자네에게나 지금의 나에게는 별로 중요한 소문이 아니겠지만 당시에는 그 소문에 내 피가 끓어올랐다네. 그 소문을 듣자 내게는 오로지 아그네스 생각뿐이었다네. 그녀는 내가 알고 사랑한 여자 중에 가장 아름다운 여자였거든. 그녀를 다시 보고 싶었다네. 다시 한번 그녀와 행복을 나누고 싶었다네. 나는 말을 달렸고 일주일 후에 그녀를 다시 보았네. 긴 말 하지 않겠네. 겨우 그녀를 대면하고 말을 걸자 그녀는 나를 외면해 버렸네. 난 그제야 깨달았네. 그녀와 어울리기에는 내가 너무 늙었고 아무 매력도 없는 사내가 되어버렸다는 것을……. 사실상 그때 내 여행이 끝난 셈이라네. 하지만 나는 말을 타고 계속 여행을 했다네. 그렇게 절망한 꼴, 우스꽝스러운 꼴로 자네에게 돌아오기 싫어서였지. 그렇게 여행을 하면서 나의 힘, 젊음, 내 정신은 완전히 나를 저버리고 떠났고 그러다가 개울에 처박히는 사고를 당한 거라네. 나는 그때 저음으로 진짜 아픔이 무엇인지 알게 되었네. 나는 개울로 떨어지면서 갈비뼈가 몇 대 부러진 것을 알 수 있었지. 갈비뼈 부러지는 소리가 기분 좋게 들렸고 갈비뼈가 부러진 게 만족스러웠네. 나는 개울에 처박힌 채, 내가 죽어간다는 것을 알았네. 하지만 모든 것이 백작의 감옥에 있었을 때와는 달랐네. 나는 죽음에 맞서지 않았네. 죽어간다는 것이 더 이상 내게는 두렵지 않았네. 그때부터 나는 격렬한 고통에 시달리는 가운데 꿈을 꾸었네. 혹은 환영을 본 것인지 모르지만 자네 좋을 대로 생각하게.

　가슴에 격렬한 통증을 느끼고 비명을 질렀더니 누군가 웃는 소리가 들렸네. 어린 시절 이래 한 번도 들어본 적이 없는 소리였다네. 바로 어머니의 웃음소리, 환희와 사랑에 가득 찬 어머니의 웃음소리였다네. 그때 어머니의 모습이 보였네. 어머니는

제20장

나를 무릎에 눕히더니 내 가슴을 열고 갈비뼈 사이로 손가락을 깊숙이 넣고는 내 심장을 꺼내려 하시더군. 내가 그것을 보고, 이해한 순간, 하나도 아프지 않았네. 지금도 다시 고통이 찾아왔지만 그것들은 고통도 아니고 적도 아니라네. 그것은 내 심장을 들어내는 어머니의 손가락일 뿐이라네. 어머니는 부지런히 손을 놀리시지. 때로는 내 심장을 꽉 누르며 마치 황홀경에 빠진 듯 신음 소리를 내기도 하고, 때로는 웃기도 하고, 때로는 정감 있게 흥얼거리기도 하지. 때로는 내 곁에 있지 않고 저 하늘에 계시기도 하지. 그럴 때면 구름 사이로 어머니의 얼굴이 보인다네. 마치 구름처럼 큰 얼굴이지. 어머니는 둥둥 떠다니면서 슬픈 미소를 짓고 계시네. 그 슬픈 미소가 나를 끌어당기고 내 가슴에서 심장을 꺼낸다네."

골드문트는 계속해서 그녀, 그의 어머니 이야기를 했다. 마지막 날들의 어느 무렵 그가 중얼거리듯 말했다.

"나는 어머니를 완전히 잊고 지냈는데 자네가 내게 어머니를 상기시켰지. 그때도 마치 짐승들이 내 내장을 파먹는 것처럼 가슴이 아팠다네. 그때 우리는 소년일 뿐이었지. 귀여운 소년일 뿐이었어. 하지만 그때도 어머니가 나를 불렀고 나는 따를 수밖에 없었지. 어머니는 어디나 나타나셨어. 때로는 집시 여인

리제로, 때로는 니클라우스 스승의 아름다운 마돈나로……. 어머니는 삶이었고 사랑이었고 황홀경이었어. 또한 어머니는 공포, 기아, 본능이었어. 이제 어머니는 죽음으로 오셨어. 어머니가 내 가슴에 손가락을 집어넣고 계셔."

"오, 내 친구, 말을 너무 하지 말게." 나르치스가 말했다. "내일 또 하세."

골드문트는 미소를 지은 채 나르치스의 눈을 들여다보았다. 그가 여행과 함께 가져온 새로운 미소였다. 너무 늙어 보이고 허약해 보이는 미소였지만 순수한 선량함과 지혜로 가득한 미소였다.

골드문트가 다시 중얼거리듯 말했다.

"이보게, 나는 내일까지 기다릴 수 없어. 이제 자네에게 작별을 고해야만 해. 작별하기 전에 자네에게 모든 걸 다 말해야만 해. 자네에게 어머니에 대해 진작 말하고 싶었어. 어머니의 손가락이 내 가슴 주변을 움켜쥐고 있었다는 사실을. 어머니의 상을 만들고 싶다는 것이 오랫동안 나를 사로잡고 있던 가장 소중하고 가장 은밀한 꿈이었네. 어머니의 이미지가 내가 만든 모든 이미지들 중에 가장 신성한 것이었다네. 나는 어머니의 이미지를, 사랑과 신비의 이미지를 언제나 마음에 품고 다녔다네. 그런데 바로 얼마 전부터 어머니의 상을 조각하지 못하고 죽는다는 생각을 견딜 수 없었다네. 내 삶이 모두 헛된 것처럼 여겨졌지. 그런데 묘한 일이 벌어졌다네. 내 손가락이 어머니의 모습을 빚고 만들고 있는 것이 아니라 그녀의 손이 나를 빚고 만들고 있다는 것을 알게 된 거야. 그녀가 손가락으로 내 심장 주변을 감싸고 그것을 떼어내어 그것을 비우고 있어. 어머니는 그렇게 나를 죽음으로 인도하고 계시고 나와 함께 내 꿈, 나의 아름다운 조상(彫像), 위대한 어머니-이브의 이미지도 죽게 되는 거라네. 아직 그녀의 모습이 보여. 그리고 내 손에 힘이 남아 있다면 조각할 수 있어. 하지만 어머니가 그걸 원치 않으셔. 어머니는 어머니의 비밀을 드러내는 걸 원치 않으셔. 어머니는 차라리 내가 죽길 원하셔. 나는 기꺼이 죽겠어. 어머니가 도와주셔서 조금도 어렵지 않아."

마음의 동요를 느끼며 나르치스는 친구의 말에 귀를 기울였다. 그의 말을 알아듣기 위해서는 입가까지 고개를 숙여야만 했다. 어떤 말들은 분명하게 알아들을 수 없었고 어떤 말들은 또렷이 들을 수 있었지만 그 의미는 비밀에 싸여 있는 듯했다.

환자가 다시 한번 눈을 뜨고 친구의 얼굴을 오랫동안 바라보았다. 그는 그 눈으로 작별을 고하고 있었다. 그런데 그가 갑자기 머리라도 흔드는 듯한 동작을 하면서 속삭였다.

"그런데 나르치스, 자네는 때가 되면 어떻게 죽음을 맞이할 수 있겠는가? 자네에게는 어머니가 없는데. 어머니가 없으면 사랑할 수 없는 법이라네. 어머니가 없으면 죽을 수도 없는 법이라네."

그다음에 중얼거리는 말은 더 이상 알아들을 수 없었다. 그 마지막 이틀 동안 나르치스는 밤낮으로 친구의 침대 옆에 앉아 그의 생명이 꺼져가는 것을 지켜보았다. 골드문트의 마지막 말들이 그의 가슴속에서 불꽃처럼 타올랐다.

내가 철이 없었을 때 산은 그냥 산이고 물은 그냥 물인 줄 알았다. 하지만 공부를 해서 지식이 쌓이고 세상에 대해 알게 되니 산은 그냥 산이 아니고 물은 그냥 물이 아니었다. 그런데 상상력을 공부하고 인간과 삶에 대한 지혜를 깨치고 나니 역시 산은 산이고 물은 물이었다.

정확한지는 모르겠지만 옛날에 「대학신문」에서 읽은 존경하는 은사분의 글을 기억나는 대로 옮긴 것이다. 세부적 문구는 다를 수도 있겠지만 내용은 별로 어긋나지 않을 것이다. 헤르만 헤세(Hermann Hesse, 1877~1962)의 『나르치스와 골드문트』를 번역하면서 문득 떠오른 글이다. 과감하게 말한다면 『나르치스와 골드문트』는 위의 내용을 소설적으로 풀어놓은 것이라 해도 과언이 아니다. 위의 글을 다른 식으로 풀면 아무런 분별력 없이 세상을 그냥 있는 그대로의 겉모습으로만 보는 상태, 분별력을 가지고 세상을 구분하고 분류하게 된 상태, 그런 인위적 분류 너머의 보이지 않는 우주적 질서를 깨달은 상태의 세 단계로 요약할 수 있을 것이다. 더 간단히 줄인다면 무지의 단계, 앎의 단계, 깨달음의 단계로 압축할 수도 있을 것이다. 물론 소설 속의 골드문트의 행로이다.

이 소설을 읽으면서 생각나는 사람이 한 명 더 있다. 바로 스위스의 심층 심리학자 칼 구스타프 융(Carl Gustav Jung, 1875~1961)이다. 헤르만 헤세가 1877년생이니까 두 사람은 거의 동년배이다. 출생 연도도 비슷하고 사망 연도도 비슷하다. 하지만 둘이 활동한 분야는 다르다. 융은 심리학자이고 헤세는 소설가이다. 그런데 융이 자신의 심리학 이론에서 펼치고 있는 내용과 헤세의 소설에서 전개되고 있는 내용이 꽤 여러 부분에서 상응한다. 헤세가 39세 되던 해에 정신 쇠약에 시달렸고 그때 융의 제자인 랑 박사로부터 정신요법 치료를 받은 적이 있다고 하더라도 그 때문에 헤세의 소설이 융의 이론에 전적으로 영향을 받았다고 볼 수는 없다. 학문적 이론을 자신의 작품에 적용하는 방식으로는 위대한 소설가가 될 수 없다. 나는 차라리 동년배의 뛰어난 사람들은 직접적 교류가 없어도 무의식적인 교감을 이루는 모양이라고 생각하고 싶다.

융은 인간의 심층 심리 속에는 생물학적인 성(性)과는 상관없이 남성적인 성향과 여성적인 성향이 공존한다고 주장했다. 그는 여성 속에 들어 있는 남성적 성향을 아니무스(animus)라고 불렀고 남성 속의 여성적 성향을 아니마(anima)라고 불렀다. 참고로 라틴어 아니무스는 정신, 마음, 용기 등을 뜻하고 아니마는 빛, 생명, 영혼 등을 뜻한다. 즉 남성이건 여성이건 인간은 심리적으로 남녀양성이다. 융은 아니무스의 속성이 보다 진취적이고 합리적이며 항시 표층으로 떠오르려는 경향이 있다고 말했고 아니마의 속성은 보다 몽상적이고 보다 부드러우며 인간의 심층 심리 깊은 곳으로 내려가려는 경향이 있다고 말했다. 따라서 아니무스의 활동은 논리, 추론에 적합하고 아니마의 활동은 꿈, 사랑, 몽상에 적합하다.

아니무스와 아니마의 활성화, 비활성화에 따른 재미있는 융의 이론들에 대한 이야기는 삼가기로 하자. 다만 이 작품의 주인공 나르치스와 골드문트를 각각 아니무스와 아니마의 화신으로 읽으면 이 소설에 대한 이해가 훨씬 빠르고 재미있을 것 같아 융을 소개한 것이다. 그러고 보면 이 소설 제목을 옛날에 『지(知)와 사랑』으로 번역한 것이 그다지 잘못된 것은 아니라는 생각도 든다. 나르치스를 지성(知性)의 상징으로 골드문트를 사랑의 상징으로 간주하고 붙인 제목이니 어찌 보면 잘 옮긴 제목이다.

이 작품 앞부분에서 이야기를 주도해가는 것은 나르치스이다. 그는 학사이지 외적으로 정해진 수도사의 길을 한 치의 오차도 없이 걸어가는 경건한 사람이다. 그는 더없이 합리적이며 더없이 공정하다. 가장 바람직한 아니무스의 화신이다. 그런 그에게 두드러지는 것은 바로 분별력이다. 그는 지적(知的) 놀이인 학문을 이렇게 정의한다.

"학문이라는 것은 네 말을 그대로 빌리면 '차이를 정립하겠다는 집념' 외에 아무것도 아니야. 그보다 더 정확하게 학문의 본질을 정의할 수는 없을 거야. 학문을 하는 우리 같은 사람들에게는 차이를 정립하는 것보다 중요한 건 없어. 학문이란 차이를 정립하는 기술이야. 각각의 사람들을 구별할 수 있게 해주는 차이를 발견하는 것, 그것은 바로 그를 알게 되는 것과 같아." (55쪽)

위의 인용에서 우리 눈에 들어오는 단어는 '집념'이라는 단어이다. 한마디로 학문도 집념과 욕망의 소산이다. 무슨 욕망? '차이를 정립해서' 세상에 대해 더 많이, 더 정확하게 알고 싶다는 욕망이다. 그리고 우리가 인간인 한 그 욕망은 자연스러운 욕망이다. 사람은 누구나 무언가 알아간다는 사실 자체에서 무상의 즐거움을 느끼는 경향을 지니고 있다. 바로 그런 경향을 프랑스 철학자 가스통 바슐라르(Gaston Bachelard, 1884~1962)는 '프로메테우스 콤플렉스'라고 명명했다. 그는 다음과 같이 말했다.

> 우리의 아버지만큼, 우리의 아버지보다 더, 우리의 스승만큼, 우리의 스승보다 더 많이 알도록 부추기는 모든 경향을 프로메테우스 콤플렉스라는 이름하에 두자고 제안한다. (가스통 바슐라르, 『불의 정신분석』, Folio, 30쪽, 인용자 역)

나르치스가 학문만이 자신의 본령이고 자신은 그 길을 갈 수밖에 없다고 말하는 것은 바로 그가 그런 욕망의 화신이라는 것을 의미하며, 따라서 우리는 그를 아니무스의 화신이라고 간주해도 큰 무리가 없을 것이다.

그런 지적인 존재로서의 나르치스는 분명히 골드문트보다

우월한 존재이다. 골드문트는 아직 분별력을 갖추지 못한 순진한 소년인 때문이다. 골드문트는 수도원에 들어오면서 자신은 수도사의 길을 걷게 되어 있다고 생각하고 있었다. 그는 그런 자신과 나르치스가 별 차이가 없다고 생각한다. 그리고 그는 실제로 경건한 신앙심을 가진 모범생으로 등장한다. 그는 나르치스를 존경하고 사랑한다. 그 애정과 존경은 비슷한 삶의 목표를 지닌 사람, 하지만 모든 면에서 우월한 사람을 향한 애정과 존경이다. 그러나 그는 자신이 왜 그런 길을 걸어야 하는지 자각이 없다. 그가 자신의 길이라고 생각하고 있던 길은 아버지의 욕망, 의도가 심어준 길일 뿐이었다. 그는 나르치스와 자신은 엄연히 다른 사람이라는 것, 둘은 다른 길을 가게 되어 있다는 것을 자각하지 못한 상태였다. 그런 골드문트를 나르치스가 깨우쳐준다. 그는 마치 헤세의 다른 소설 『데미안』에서 싱클레어를 알에서 깨어나게 한 데미안과 비슷한 역할을 한다. 나르치스는 데미안처럼 골드문트에게 자신의 길을 가도록 인도해준 스승이다. 하지만 결정적인 차이가 있다. 데미안은 싱클레어와 동류이다. 그는 싱클레어를 '그들이 함께 가야 할 길'로 이끈다. 따라서 데미안은 싱클레어에게 영원한 스승이요 선지자이다. 그런데 『나르치스와 골드문트』에서의 나르치스의 역할은 데미안과 다르다. 그는 분명 골드문트를 미망에서 깨어나게 한다. 하지만 그가 골드문트를 깨운 것은 자신과 같은 길을 가고 있다고 착각하고 있는 그를 자신과는 다른 길로 가도록 만들기 위해서이다. 작품 앞부분에서 나르치스는 골드문트에게 다음과 같이 말한다.

> "골드문트, 내가 너보다 우월한 건 딱 한 가지밖에 없어. 네가 반쯤 깨어 있거나, 때로는 아예 잠들어 있는 데 반해 나는 깨어 있다는 거야. 내가 깨어 있다고 말하는 건, 이성과 의식으로 자신 내부의 비이성적인 힘과 충동과 나약함을 인식한다는 것, 그리고 그것을 어떻게 다루어야 할지 안다는 것을 뜻해. 그렇게 하는 법을 배우는 것, 그게 바로 네가 나를 만나는 이유야. (……) 내가 깨어 있다는 점에서는 너보다 우월해. 그리고 바로 그 점에서 나는 네게 도움을 줄 수 있어." (59~60쪽)

나르치스는 깨어 있는 존재이고 많은 것을 알고 있다. 골드문트가 자신과 다르다는 것도 알고 있고, 자신이 해야 할 일은 골드문트를 잠에서 깨어나게 해서 스스로를 제대로 인식하게 이끄는 일이라는 것도 알고 있다. 그에 비해 골드문트는 아무 것도 모르는 무지한 상태이다. 그런 골드문트를 나르치스가 깨운다. 나르치스 덕분에 골드문트는 자신과 나르치스가 다르다는 것을 알게 된다. 내가 남과 다르다는 것을 알게 되는 순간 '그렇다면 나는 누구인가?'라는 질문이 떠오르는 건 당연하다. 하지만 골드문트는 그 질문에 대한 답을 알 수 없다. '앎'은 그의 본령이 아니기 때문이다. 그 답은 살아보아야만 그 모습을 보이는 것이기 때문이다. 그 답은 '앎'의 길을 통해 얻을 수 있는 명확한 답이 아니라, '삶'의 길을 통해 깨우칠 수밖에 없는 신비이기 때문이다. 골드문트는 자신이 누구인지 '알기' 위해서가 아니라, 나르치스와는 다른 자신의 삶을 '살기' 위해, 그 삶의 신비를 체험하기 위해 방랑의 길에 나선다. 잘못 들어선 '앎'의 길에서 벗어나 '삶'의 길을 택하는 것이다. '지성'과 '사랑'은 바로 '앎'과 '삶'이다. '나르치스'와 '골드문트'는 바로 '지성'과 '사랑'이며 '앎'과 '삶'이다. 그리고 '나르치스'와 '골드문트'는 바로 인간의 운명이기도 하다. 앎과 삶 사이를 왕복할 수밖에 없는 것이 인간의 운명인 때문이다. 인간은 세상 속에서 세상과 더불어 살아가는 존재이다. 좀 거창하게 말하자면 우주의 질서 속에 속한 존재로서 살아가고 소멸한다. 하지만 인간은 거기서 그치지 않는다. 그런 존재로 살아가면서 동시에 그렇게 살아가는 자기 자신을, 자신을 포함하고 있는 우주 전체를 밖에서 바라보고 설명하고 알고 싶어 하는 것이 또한 인간이다. 그렇게 인간은 '삶'과 '앎' 사이를, 안과 밖을 왕복하는 존재이다. 세상을 합리적으로 설명하고 이해하고 싶은 욕망으로서의 아니무스와 세상과 더불어 꿈꾸고 싶은 아니마가 인간 심리 속에 공존하는 것과 마찬가지이다. 헤세의 명작 『나르치스와 골드문트』를 그 심리적 두 경향의 대립과 공존의 드라마로 읽으면 훨씬 재미가 있다. 나르치스와 골드문트를 각각 개별적인 인물로 보지 말고 우리들 심리 깊은 곳에 존재하는 두 경향을 대표하는 상징으로 보면 더 재미가 있다. 어떤가? 두 인물을 내 마음속 각기 다른 두 경향으로 느끼며 다시 읽어보고 싶지 않은가?

그런데 이 작품에는 아주 흥미로운 내용이 숨어 있다. '나르치스'와 '골드문트'가, '지'와 '사랑'이, '앎'과 '삶'이 단순히 대립적으로 공존하는 관계에서 머물지 않고 그 둘 간의 우열 관계가 성립되는 것이다.

앞서의 인용문 다음에 나르치스는 다음과 같이 말한다. 아주 아름다운 문장이다.

"하지만, 골드문트, 다른 모든 점에서는 네가 나보다 우월해. 아니, 그보다는, 네가 너 자신을 발견하는 순간 네가 나보다 우월해질 거라고 말하는 게 낫겠군. (……) 너처럼 강렬하고 섬세한 감각을 가진 사람들, 영혼 지향적이고 몽상에 잘 빠지는 사람들, 시인이며 사랑을 하기 쉬운 사람들은 언제나 우리 같은 정신적인 사람들보다 우월하기 마련이야. 너희들은 모성으로부터 태어난 존재들이야. 너희들은 충만한 삶을 살 수 있어. 사랑의 힘과 감수성을 타고 났기 때문이야. 우리처럼 이성을 지닌 존재들은 종종 너희 같은 사람들을 이끌고 지배하는 것처럼 보이기도 하지. 하지만 우리는 충만한 삶을 살지 못해. 우리는 메마른 땅에 살고 있어. 충만한 삶, 달콤한 과일즙, 정열의 정원, 아름다운 예술적 풍경, 이런 것들은 너희에게만 있어. 너희들의 고향은 바로 이 땅이야. 우리들의 고향은 관념이며 이상이야. 너희에게는 감각의 세계에 빠져버릴 위험이 있고 우리에게는 진공 상태의 대기에서 질식해버릴 위험이 있어. 너는 예술가이고 나는 사상가야. 너는 어머니의 품에서 잠자고 있고 나는 사막에서 깨어 있어. 내게는 태양이 빛나고 네게는 달과 별들이 빛나고 있어. 네

꿈속에는 소녀들이 나타나고 내 꿈속에는 나의 학생들이

나타나고……." (60~61쪽)

위의 인용문에서 나르치스(지성과 학문)는 골드문트(감각과 예술)

에게 모든 면에서 골드문트가 자신보다 우월하다고 말한다. 무

심코 고개를 끄덕일 당신에게 묻고 싶다. 여러분은 과연 진심으

로 동의하는가? 우리는 머리 좋은 사람, 지식을 많이 갖춘 사람

을 우월한 존재로 생각하며 살아가지 않는가? 사람들을 이끌고

지배하는 능동적인 삶에 더 큰 가치를 부여하지 않는가? 권력

욕, 지식욕, 지배욕을 인간이 지닌 가장 원초적인 욕망으로 간

주하고 있지 않은가? 아니무스의 씩씩한 남성성에 비해 아니마

의 부드러운 여성성은 열등한 것으로 간주하고 있지 않은가?

솔직히 당신은 과연 그중에 어떤 존재가 되고 싶은가?

　이번에는 질문을 바꿔보자. 당신은 어떤 길을 택하겠는가?

삶이 앎보다 우위에 있음을 알면서도 앎을 위해 삶을 희생한

삶? 아니면 비록 정해진 길은 없고, 자신의 삶 자체로 온전히

살아내야 할 심연 같은 것이 앞에 놓여 있더라도 끝까지 살아

내는 삶? 질문이 너무 거창하다. 하지만 『나르치스와 골드문

트』는 그런 거창한 질문을 던지는 소설이다. 그리고 그 질문 앞

에는 대전제가 있다. 그 질문은, 그 어느 길을 택하건 결코 왜소한 존재로서 아무 의미 없는 삶을 살지는 않겠다는 큰 욕망을 지닌 존재가 던지는 질문이다. 그리고 그런 질문을 잊고 사는 우리들에게 진지하게 그런 질문을 던지게 만든다는 것, 바로 그것이 우리가 이 소설을 정독하는 의미이다.

헤세는 이 소설을 통해 분명 아니무스적인 삶보다 아니마적인 삶을 우위에 두고 있다. 그는 나르치스의 입을 통해 분명히 그 뜻을 밝힌다. 몇 문단 인용해보자.

우선 그는 자신이 걸어온 길에 대한 의혹에 사로잡힌다.

'저 높은 곳 하느님의 눈으로 본다면 질서와 규율에 의한 이 모범적인 삶이, 감각적 쾌락을 포기한 이 삶이, 더러운 것과 피를 멀리 하고 철학과 명상으로 물러선 이 삶이 과연 골드문트의 삶보다 나은 것일까? 인간은 과연 기도 시간을 알리는 벨처럼 정해진 일과와 의무 속에서 살도록 창조된 것일까? 인간은 과연 아리스토텔레스와 토마스 아퀴나스를 공부하기 위해, 그리스어를 배우기 위해 창조된 것일까? 관능들을 죽이고 세속으로부터 달아나기 위해 창조된 것일까? 하느님은 인간에게 관능과 본능, 피로 얼룩진 어두움, 죄와 향락과 절망에 빠질 수 있는 성향을 부여해서 이 땅에 내려 보내신 게 아닐까? 세상 밖에서 손을 깨끗이 씻고 순수한 삶을 누리는 것보다는, 조화로운 사상(思想)들로 이루어진 아름답고 외로운 정원에서 죄를 짓지 않은 몸으로 안전하게 화단 사이를 거니는 것보다는, 현실이라는 잔인한 물결, 그 혼란에 몸을 내맡긴 채 죄를 범하고 그 쓰린 결과를 감수하는 것이 보다 더 순수하며 인간다운 삶이 아닐까? 보다 더 용감하고, 나아가 보다 더 고결한 삶이 아닐까? 너덜너덜해진 신발을 신고 따가운 햇볕을 받으며, 혹은 비를 맞으며 굶주림과 궁핍을 겪고, 관능적 쾌락에 몸을 맡겼다가 그 대가를 고통스럽게 치르고 살아가는 것이 어쩌면 더 힘들고 더 용감하며 더 고귀한 삶이 아닐까?' (324~325쪽)

그리고 대역전이 벌어진다. 그 옛날 자신이 골드문트를 흔들어 깨어나게 한 것처럼 이번에는 골드문트의 '삶' 자체가 그의 '앎으로서의 삶' 전체를 뒤흔들어 놓은 것이다.

나르치스의 생각은 언제나 그 질문 주변을 맴돌았다. 이

전에 그가 골드문트의 젊은 삶에 거의 난폭할 정도로 끼어들어 그를 새로운 영역으로 옮겨 놓았던 것처럼 이번에는 반대로 그 친구가 자신을 뒤흔들고 스스로를 의심하고 검토하게 만들었다. 이제 둘은 동격이었다. 나르치스는 골드문트에게 자신이 주었던 것을 몇 배로 되돌려받고 있는 셈이었다. (327쪽)

이윽고 그는 골드문트에게 고백한다.

"자네에게 진작 말해줄 수 없었던 것을 용서해주게. (……) 나는 자네를 너무나 사랑한다네. 자네는 내게 너무나 소중하고 자네는 내 삶을 풍요롭게 해주었네. (……) 내 삶에는 사랑이 부족했네. 내게는 인생의 최고가 결여된 셈이었지. (……) 나는 사람들을 불공평하게 대하지는 않았어. 언제나 공정하고 인내심 있게 대하려고 노력했지. 하지만 결코 그들을 사랑하지는 않았어. 나는 박식한 사람을 언제나 좋아했고 약점이 있는 학자를 그 약점에도 불구하고 사랑한 적은 없었네. 내가 사랑이 무엇인지 조금이라도 알게 되었다면 그건 자네 덕분이야. 많은 사람들 중에서 오로지 자네만을 사랑할 줄 알게 된 거지. 그게 내게 무슨 의미인지 자네는 짐작도 할 수 없을 걸세. 그건 사막에서 솟는 샘물과 같은 것이고 황무지에서 꽃을 피운 나무와 같은 거야. 내 마음이 메말라버리지 않은 것은, 내 안에 은총을 향해 열린 자리가 남아 있던 것은 오로지 자네 덕분이라네." (335~336쪽)

　내게는 이 고백이 마치, 온갖 변신술과 분신술을 부리며 여의봉을 들고 권두운을 타고 세상이 좁다하며 휘젓고 다니던 손오공이 문득 자신이 이제껏 부처님 손바닥 안에서 놀고 있었음을 자각하고 내뱉는 고백처럼 들린다. 지성은, 아니무스는 그렇게 손오공처럼 의기양양하다. 하지만 자신이 이제껏 부처님 손바닥 안에 들어 있었음을 알고 겸손해진다. 조금 도식적으로 표현한다면 지성>사랑에서 지성=사랑으로, 이어서 지성<사랑으로 이어지는 행로이다. 하지만 지성>사랑의 도식이 지성이 사랑보다 우월함을 뜻하는 것이라면 지성<사랑의 도식의 의미는 다르다. 그때 사랑은 지성보다 우월한 것이 아니라 지성을 품는다. 사랑은 지성과 우열 경쟁을 하는 것이 아니라 그 품에 감싸 안는다. 아니마는 아니무스와 대립하면서 그것을 품

는다. 그 품은 사랑의 품이고 어머니의 품이다. 골드문트가 사랑, 예술을 통해 궁극적으로 가고자 한 것은 바로 그 어머니의 품이다. 그리고 이 작품에서의 골드문트의 여정은 바로 어머니를 향해 가는 여정이다. 헤세는 동양 사상에서는 '대지모신'이라고 표현했을 그 어머니를 '어머니-이브'라고 표현한다. 그 '대지모신', '어머니-이브'는 인간 심리 속의 여성성인 아니마가 가장 아름답게 꽃피어난 이미지이고 상징이다. 바로 그 어머니의 품에서 맞게 되는 죽음은 더 이상 공포의 대상이 아니다. 죽음도 그냥 어머니의 품에 안기는 것이 된다. 지성의 입장에서라면 시작과 끝을 의미할 뿐인 탄생과 죽음이 어머니의 품에서 나와 어머니의 품으로 돌아가는 것이 된다.

> "내가 죽음에 대해 호기심을 느끼는 것은 내가 아직 어머니를 향해 가는 도중에 있다는 믿음, 혹은 꿈 때문이라네. 나는 죽음이 행복이기를, 최초의 사랑의 행위만큼 큰 행복이며 기쁨이기를 바라고 있다네. 나는 죽음이 칼을 손에 들고 있는 사내가 아니라 나를 무(無)와 순수로 이끄는 어머니라는 생각을 떨쳐버릴 수 없다네." (338~339쪽)

"나는 개울에 처박힌 채, 내가 죽어간다는 것을 알았네. 하지만 모든 것이 백작의 감옥에 있었을 때와는 달랐네. 나는 죽음에 맞서지 않았네. 죽어간다는 것이 더 이상 내게는 두렵지 않았네. 그때부터 나는 격렬한 고통에 시달리는 가운데 꿈을 꾸었네. 혹은 환영을 본 것인지 모르지만 자네 좋을 대로 생각하게.

가슴에 격렬한 통증을 느끼고 비명을 질렀더니 누군가 웃는 소리가 들렸네. 어린 시절 이래 한 번도 들어본 적이 없는 소리였다네. 바로 어머니의 웃음소리, 환희와 사랑에 가득 찬 어머니의 웃음소리였다네. 그때 어머니의 모습이 보였네. 어머니는 나를 무릎에 눕히더니 내 가슴을 열고 갈비뼈 사이로 손가락을 깊숙이 넣고는 내 심장을 꺼내려 하시더군. 내가 그것을 보고, 이해한 순간, 하나도 아프지 않았네. 지금도 다시 고통이 찾아왔지만 그것들은 고통도 아니고 적도 아니라네. 그것은 내 심장을 들어내는 어머니의 손가락일 뿐이라네. 어머니는 부지런히 손을 놀리시지. 때로는 내 심장을 꽉 누르며 마치 황홀경에 빠진 듯 신음 소리를 내기도 하고, 때로는 웃기도 하고, 때로는 정감 있게 흥얼거리기도 하지. 때로는 내 곁에 있지 않고 저 하늘에 계시기도 하지. 그럴 때면 구름 사이로 어머니의 얼굴이 보인다네. 마치 구름처럼 큰 얼굴이지. 어머니는 둥둥 떠다니면서 슬픈 미소를 짓고 계시네. 그 슬픈 미소가 나를 끌어당기고 내 가슴에서 심장을 꺼낸다네."(341~342쪽)

그런 어머니-이브에 대해 우리도 더 이상 길게 이야기를 늘어놓지 말자. 골드문트가 말하고 있듯이 어머니가 그것을 원치 않기 때문이다.

"이보게, (……) 이제 자네에게 작별을 고해야만 해. 작별하기 전에 자네에게 모든 걸 다 말해야만 해. 자네에게 어머니에 대해 진작 말하고 싶었어. 어머니의 손가락이 내 가슴 주변을 움켜쥐고 있었다는 사실을. 어머니의 상을 만들고 싶다는 것이 오랫동안 나를 사로잡고 있던 가장 소중하고 가장 은밀한 꿈이었네. 어머니의 이미지가 내가 만든 모든 이미지들 중에 가장 신성한 것이었다네. 나는 어머니의 이미지를, 사랑과 신비의 이미지를 언제나 마음에 품고 다녔다네. 그런데 바로 얼마 전부터 어머니의 상을 조각하지 못하고 죽는다는 생각을 견딜 수 없었다네. 내 삶이 모두 헛된 것처럼 여겨졌지. 그런데 묘한 일이 벌어졌다네. 내 손가락이 어머니의 모습을 빚고 만들고 있는 것이 아니라 그녀의 손이 나를 빚고 만들고 있다는 것을 알게 된 거야. 그녀가 손가락으로 내 심장 주변을 감싸고 그것을 떼어내어 그것을 비우고 있어. 어머니는 그렇게 나를 죽음으로 인도하고 계시고 나와 함께 내 꿈, 나의 아름다운 조상(彫像), 위대한 어머니-이브의 이미지도 죽게 되는 거라네. 아직 그녀의 모습이 보여. 그리고 내 손에 힘이 남아 있다면 조각할 수 있어. 하지만 어머니가 그걸 원치 않으셔. 어머니는 어머니의 비밀을 드러내는 걸 원치 않으셔. 어머니는 차라리 내가 죽길 원하셔. 나는 기꺼이 죽겠어. 어머니가 도와주셔서 조금도 어렵지 않아." (343~344쪽)

그 작별은 작별이 아니다. 나는 번역을 마치면서 나르치스처럼 살고 있는 내 마음속 골드문트에게 귀를 기울여본다. 그리고 가만히 속삭여본다.

'이 세상이 어머니 품속같이 되었으면…….'

끝내기 전에 하나만 덧붙이자. 골드문트가 걸어간 길은 예술가의 길이다. 비록 예술가가 되는 것이 궁극적인 목표는 아니었을지언정, 예술은 그를 어머니에게로 인도하는 도중에 필연적으로 거쳐야만 하는 과정이다. 따라서 『나르치스와 골드문트』에는 예술에 대한 번득이는 성찰들이 많이 나온다. 아쉬운 김에 몇 문단만 인용하는 것으로 해설을 마친다.

작품 잎에 서서 의지를 쓰니고 그 인물상을 창조하고 있는 사람은 더 이상 골드문트 자신이 아니었다. 예술가 골드문트의 손의 힘을 빌려 삶의 무상함과 가변성에서 벗어난 존재의 순수한 이미지를 창조해내는 주체는 바로 나르치스 자신이었다. (194쪽)

"아시겠지만 이 상의 모델은 제가 아니라 제가 가장 아끼는 친구입니다. 이 작품에 빛과 평화를 갖다준 것은 제가 아니라 그 친구입니다. 이 작품은 제가 만든 것이 아니라 제 영혼에 들어온 그 친구가 만든 겁니다." (201쪽)

"덧없는 삶을 극복하는 거였지. 바보들의 유희 같고 죽음의 무도(舞蹈) 같은 삶에서 그 무언가 남아 지속되는 것, 그것이 바로 예술이었다네. 예술은 덧없이 사라지는 순간 너머에서 이미지들과 성스러운 것들로 이루어진 침묵의 제국을 형성하지. 예술 작업을 하는 게 너무 좋았고 위로가 되었다네. 덧없이 사라지는 것에 영원성을 부여하는 것 같았거든." (296쪽)

"좋은 예술 작품의 최초의 이미지, 혹은 원형은 실제로 살아 있는 어떤 존재가 아니야. 그 실재적 존재는 그 최초의 이미지에 대한 영감을 줄 뿐이지. 최초의 이미지는 살과 피로 이루어진 게 아니야. 그건 정신이야. 그건 예술가의 영혼 속에 들어 있는 거야. 나르치스, 내 안에도 그런 이미지들이 살아 있다네. 언젠가는 그것들을 표현해서 자네에게 보여주고 싶어." (297쪽)

"골드문트, 내가 자네에게 많은 것을 배우고 있네. 예술이 무엇인지 이해하기 시작한 거야. 전에는 사유나 학문에 비해서 예술은 진지한 고려의 대상이 되지 못한다고 생각했네. 나는 이런 생각을 하고 있었던 거지. '인간이란 정신과 물질이 혼합된 미심쩍은 존재이다. 정신은 영원에 이르는 인식의 길을 인간에게 열어준다. 반대로 물질은 인간을 끌어내려 인간을 덧없이 사라지는 것에 묶어버린다. 삶을 고양시키고 의미 있게 만들려면 감각적인 것을 지양하고 정신적인 것을 추구해야 한다.' 겉으로는 예술을 높이 평가하는 척했지만 실은 속으로는 얕잡아 보고 있었던 거야. 오만했던 거지. 하지만 이제야 인식에 이르는 길이 그 얼마나 다양한지 알 것 같네. 정신의 길이 유일한 길도 아니고 또 최상의 길도 아닐지 모른다는 생각이 든 거라네. 물론 내가 갈 길은 그 길이고 나는 그 길 위에 남을 걸세. 하지만 자네는 나와 정반대되는 길, 즉 감각의 길에서 존재의 비밀을 깊이 포착해냈네. 그리고 그 어떤 사상가보다도 생생하게 그것을 표현해냈네." (317쪽)

나르치스가 골드문트와 대화할 때 자신의 규율과 지적인 논리를 친구의 정열과 대립시키면서 우위를 점하는 것은 쉬운 일이었다. 하지만 골드문트가 만든 작품들 속에서의 사소한 몸짓 하나, 그 눈과 입, 식물의 잔가지 하나, 의

복의 주름 하나하나가 한 사람의 사상가가 성취할 수 있
는 것 전부보다 더 가치가 있고 더 실재적이고 더 생생하
며 더 절대적인 것이 아닐까? 마음속에 온통 갈등과 고통
을 간직한 이 예술가는 현재와 미래의 수많은 사람들을
위해 그들이 겪을 고통과 노력의 상징을 만들어낸 것이
아닐까? 수많은 사람들이 그 상을 향해 경배하면서 그들
의 고뇌와 갈망이 위안과 확신으로 변하고, 그로부터 큰
힘을 얻게 되는 것이 아닐까? (326~327쪽)

그런데 예술가는 예술을 창작하면서 창작의 기쁨에 젖어 있
기만 하는 존재가 아니다. 예술가로서의 고뇌도 존재한다. 이
작품에서 헤세가 묘사하고 있는 다음과 같은 예술가의 고뇌는
모든 진정한 예술가의 고뇌이기도 하다. 예술 창작이냐, 그 예
술 창작을 가능하게 하는 삶의 체험이냐!

삶에게 우롱 당한다는 것은 수치스러운 일이었다. 그것
은 농담 같은 것이었고 슬프기도 했다. 사람은 원초적 어
머니 이브의 품에서 젖을 빨며 감각이 이끄는 대로 살 수
도 있다. 그렇게 되면 온갖 행복을 맛볼 수 있지만 인간

존재의 불안정한 운명에서 벗어날 수 없다. 마치 숲속에서 자라는 버섯처럼 오늘은 화려한 색을 뽐내다가 내일이면 썩어버리는 것과 같다. 그와는 반대로 삶의 무상함에 저항하며 작업실에 틀어박혀 이 덧없는 인생에 하나의 기념비를 세울 수도 있다. 하지만 그것은 삶을 포기하고 하나의 도구가 되는 것을 의미한다. 그 삶은 삶이라기보다는 영원에 봉사하는 하나의 도구이다. 그런 노력의 과정에서 삶은 푸석푸석 말라갈 것이고 자유와 충만함과 살아 있다는 환희를 잃게 될 것이다. 스승 니클라우스의 삶이 바로 그러했다.

오, 인간의 삶이란 이 둘을 모두 이루었을 때만, 이 양자택일의 잔인한 요구에 의해 찢기지 않을 때만 그 의미가 있는 것이다. 자신의 삶을 그 대가로 지불하지 않고 창조한다는 것! 창조자로서의 숭고한 운명을 포기하지 않고 삶을 살아낸다는 것! 그것은 정말 불가능한 것인가? (271~272쪽)

헤르만 헤세는 1877년 7월 2일 남독일 산골의 작은 도시 칼프에서 태어났다. 그가 평생 사랑한 그의 고향은 작은 도시였지만 헤세는 넓은 세계에서 산 셈이었다. 그의 아버지 요하네스 헤세는 북독일계 러시아인으로서 인도에서 선교 활동을 한 선교사였으며 어머니 마리도 역시 선교사의 딸로서 인도에서 태어났다. 또한 헤세는 칼프에서 신교에 관한 서적 출판 일을 하고 있던 외조부로부터 많은 영향을 받았다.

헤세는 열세 살에 괴핑엔에 있는 라틴어 학교를 거쳐 열네 살에 신학교에 입학했으며 열여덟 살이 되던 해에 대학 도시 튀빙겐의 어느 서점에서 견습 사원으로 일하게 된다. 그리고 괴테에 심취하여 시작(詩作)에 몰두해 1899년 첫 시집 『낭만적인 노래』를 자비 출판하고 이어서 두 번째 시집 『자정 이후의 한 시간』을 출간했지만 반응은 별로 좋지 않았다.

이후 소설 창작으로 방향을 전환한 그는 1906년 『수레바퀴 아래서』, 1910년 『게르트루트』를 발표하여 소설가로서의 명성을 얻었다. 이후 제1차 세계대전이 일어나기까지 시와 소설들을 계속 발표했으며 1919년 그에게 불후의 명성을 안겨준 『데미안』을 발표했다. 제2차 세계대전 발발 전까지 그는 『싯다르타』 『황야의 늑대』 『나르치스와 골드문트』 등 중요 작품들을 발표하며 마치 나치즘에 맞서듯 유토피아 이야기인 『유리알 유희』의 집필을 시작한다. 히틀러 정권과 거의 비슷한 시기에 시작된 그 작품은 그가 57세이던 1934년 서장을 발표한 이래

10년이 지난 1943년 제2권 발간으로 완료되었으며 헤세는 그 작품으로 세계대전 이후 첫 번째 노벨 문학상을 수상했다.

이후 그는 속세를 벗어나 조용히 풍요로운 삶을 살다가 1962년 8월 9일 85세를 일기로 세상을 떠났다. 그는, 자신의 작품들은 '본래 소설이 아니라 영혼의 전기'라는 그의 말처럼 길 잃고 헤매는 현대인의 영혼에 길잡이가 되는 작품들을 남겼다. 그의 작품이 전 세계에서 여전히 수많은 사람들의 사랑을 받고 있다는 사실은 현대인이 길을 잃고 헤메고 있다는 증거이기도 하지만 인간은 영원히 영혼의 갈증을 느낀다는 증거이기도 하다.

나르치스와 골드문트

생각하는 힘: 진형준 교수의 세계문학컬렉션 82

펴낸날	초판 1쇄 2023년 1월 15일

지은이	헤르만 헤세
옮긴이	진형준
펴낸이	심만수
펴낸곳	(주)살림출판사
출판등록	1989년 11월 1일 제9-210호

주소	경기도 파주시 광인사길 30
전화	031-946-1350 팩스 031-624-1356
홈페이지	http://www.sallimbooks.com
이메일	book@sallimbooks.com

ISBN	978-89-522-4697-4 04800
	978-89-522-3984-6 04800 (세트)